COZINHEIROS DEMAIS

REX STOUT

COZINHEIROS DEMAIS

Tradução:
CELSO NOGUEIRA

COMPANHIA DAS LETRAS

Título original:
Too many cooks

Projeto gráfico da capa:
João Baptista da Costa Aguiar

Capa:
Ettore Bottini

Foto da capa:
Hilton Ribeiro

Produção da foto:
Ricardo Graudi e Heloísa Mesquita
Agradecimentos a
Diana Backstage (locação)

Preparação:
Jonas Pereira dos Santos

Revisão:
Lucíola Silveira de Moraes
Selma Caetano

Dados de Catalogação na Publicação (CIP) Internacional
(Câmara Brasileira do Livro, SP, Brasil)

Stout, Rex, 1886-1975.
Cozinheiros demais / Rex Stout ; tradução Celso Nogueira. — São Paulo : Companhia das Letras, 1991.

ISBN 85-7164-175-7

1. Romance norte-americano I. Título.

91-0549 CDD - 813.5

Índices para catálogo sistemático:

1. Romances : Século 20 : Literatura norte-americana 813.5
2. Século 20 : Romances : Literatura norte-americana 813.5

1991

Editora Schwarcz Ltda.
Rua Tupi, 522
01233 — São Paulo — SP
Fone: (011) 826-1822
Fax: (011) 826-5523

PREÂMBULO

Usei o mínimo possível de palavras francesas e outros fricotes ao relatar este caso de Nero Wolfe, mas não deu para deixá-las totalmente de fora, por causa do tipo de gente envolvida. Não sou responsável pela grafia, de modo que evitem escrever reclamando dos erros. Wolfe não quis me ajudar, tive de ir até a escola de idiomas Heinemann e pagar 30 paus para um professor dar uma olhada e fazer as correções no texto. Na maioria das vezes, durante estes acontecimentos, quando alguém falou alguma coisa que para mim não passava de ruído, eu sequer registrei — por não ser vital — ou então acabei dando um jeito de descobrir o sentido geral da idéia.

1

Andando de um lado para outro, ao longo da plataforma ao lado do trem, na estação Pensilvânia, limpei o suor da testa e acendi um cigarro. Depois de ter passado pelo que passei, sentia que estaria pronto, assim que acalmasse um pouco os nervos, a entrar na concorrência para mudar a pirâmide de Queóps do Egito para o alto do Empire State Building usando só as mãos, e de maiô. Mas enquanto dava a terceira tragada fui interrompido pelas batidas em uma das janelas por que passava. Virei para espiar pelo vidro e dei de cara com a expressão desesperada de Nero Wolfe, sentado na poltrona da cabine que havíamos reservado em um dos pullmans último tipo, local onde eu finalmente conseguira depositá-lo intacto havia pouco. Ele gritou para mim através da janela fechada:

— Archie! Seu infeliz! Venha já pra dentro! O trem vai partir. As passagens estão com você!

Gritei de volta: — Você disse que aí dentro era abafado demais para fumar! São 9h32. Resolvi não ir mais! Divirta-se!

Caminhei bem devagar. Passagens uma ova. Não eram as passagens que o incomodavam. Ele morria de medo de ficar sozinho no trem, pois este era bem capaz de se mexer. Odiava coisas que se moviam, e gostava de dizer que nove entre dez lugares para onde as pessoas iam não eram nem um pouco melhores do que aqueles de onde vinham. Mas, graças à minha iniciativa, ele chegou à estação vinte minutos antes da partida, apesar de empecilhos como três valises, duas malas e dois sobretudos para uma viagem de quatro dias no mês de abril, Fritz Brenner parado nos degraus com os olhos cheios de lágrimas enquanto deixávamos a casa, Theodore Horstmann correndo para fora, após termos enfiado Wolfe no sedã, para fazer outras tantas dúzias de perguntas sobre as orquídeas, ou até mesmo os soluços do pequeno Saul Panzer, ao dizer adeus a Wolfe quando nos deixou na estação. Dava a impressão de que a gente ia para a estratosfera, conhecer a Lua e pegar estrelas perdidas.

E então, logo na hora em que esticava o pé para vencer o vão entre o trem e a plataforma, eu poderia ter agarrado uma estrela bem ali, ou pelo menos tocado em uma. Ela passou perto o suficiente para permitir que eu aspirasse de leve algo que poderia ter sua origem em um frasco de perfume, embora parecesse tão natural naquelas circunstâncias. E, apesar de seu rosto possivelmente ter sido maquiado, ele também transmitia uma impressão de tecnicolor permanente, dispensando retoques. Dei só uma olhada, mas pude perceber que a moça não era feita em série, mas todinha à mão. Ela largou o braço do homem alto e corpulento de capa curta e chapéu mole de feltro marrom, e entrou na frente, seguindo o carregador até o vagão atrás do nosso. Resmunguei para mim mesmo — Meu coração era tudo o que eu tinha, e agora se foi. Eu deveria ter posto uma venda. — Dei de ombros com indiferença fingida e entrei no trem quando gritaram o todos-a-bordo.

Em nossa cabine, Wolfe ficou com a poltrona grande da janela, mantendo-se agarrado a ela com as duas mãos. Ainda assim, ele se enganou quanto ao instante da partida, balançando para a frente e para trás com o solavanco. Acompanhei com o canto do olho a fúria que tomava conta dele, resolvido a ignorar o assunto. Peguei uma revista na valise e me espremi na poltrona pequena do canto. Continuando agarrado aos braços da poltrona com as duas mãos, ele gritou para mim:

— Vamos chegar ao Kanawha Spa às 11h25, amanhã de manhã! Quatorze horas! Este vagão será atrelado a outra composição em Pittsburgh! Em caso de atraso, teremos de esperar pelos trens da tarde! Se acontecer algum problema com a locomotiva...

Interrompi friamente — Não sou surdo, senhor. E, apesar de seu direito de reclamar à vontade, pois a saliva é sua mesmo, protesto quanto à alusão, em palavras ou no tom de voz, de que sou de algum modo responsável por seu sofrimento. Preparei este discurso ontem à noite, sabendo que me seria útil. Esta viagem foi idéia sua. Desejava vir, ou pelo menos queria estar no Kanawha Spa. Há seis meses disse a Vukcic que estaria lá no dia 6 de abril. Agora arrepende-se. Eu também. Quanto à locomotiva, eles usam somente as melhores e mais novas, nestes trens de primeira, e só uma criança...

O comboio começava a ganhar velocidade, depois de passar pelo túnel por baixo do rio, enquanto chocalhava por entre os pátios de Jersey. Wolfe gritou: — Uma locomotiva tem 2309 partes móveis!

Larguei a revista e sorri para ele, pensando que era bem possível. Ele sofria de fobia a trens, e não havia sentido em deixá-lo ficar remoendo isso, pois só tornaria as coisas piores para nós dois. Sua mente precisava ser desviada para outros assuntos. Mas, antes que eu pudesse escolher um tema mais agradável, uma interrupção provou que ele não estava desorientado, apesar de morto de medo na hora em que eu fumava um cigarro na plataforma. Ouvi batidas na porta, que se abriu para dar passagem a um camareiro com um copo e três garrafas de cerveja em uma bandeja. Ele armou um suporte para o copo e a primeira garrafa, que destampou, guardando as outras duas na prateleira junto com o abridor. Pegou depois o dinheiro que lhe dei como pagamento e saiu. Quando o trem balançou na curva, Wolfe fechou a cara furioso. Ao entrarmos na reta de novo, ele ergueu o copo e deu um, dois, cinco goles e o baixou vazio. Lambeu os lábios, tirando a espuma, e os limpou com o lenço, comentando sem o menor sinal de histeria:

— Excelente. Não posso esquecer de dizer a Fritz que a primeira veio na temperatura exata.

— Pode telegrafar da Filadélfia.

— Obrigado. Isso está sendo uma tortura, você bem sabe. Mas faça alguma coisa para justificar seu salário, senhor Goodwin. Pegue um livro em minha valise, o *Inside Europe*, de John Gunther.

Peguei a valise e procurei o livro até encontrá-lo.

Quando ocorreu a segunda interrupção, meia hora depois, estávamos viajando com rapidez e suavidade noite adentro, no interior de

Jersey, as três garrafas de cerveja vazias. Wolfe franzia as sobrancelhas para o livro, que realmente lia, a julgar pelas páginas que virava ocasionalmente, e eu me arrastava pela parte final de um artigo sobre confrontação de provas na *Revista de Criminologia*. Não foi muito proveitoso, pois eu não estava em condições de me preocupar com o cotejamento de provas, tendo a mente ocupada com a questão de como tirar a roupa de Nero Wolfe. Em casa ele fazia isso sozinho, claro, como era igualmente claro que eu não havia sido contratado para ser criado dele — servia apenas de secretário, guarda-costas, gerente, assistente de detetive e bode expiatório — mas o problema continuava a existir, e em duas horas seria meia-noite. Ele ainda estava de calça, e alguém teria de dar um jeito de removê-la sem desequilibrar o trem. Não que ele fosse desajeitado; é que praticamente não tinha experiência alguma de se equilibrar dentro de veículos em movimento. Puxar a calça com Wolfe deitado estava fora de questão, pois pesava algo entre 110 quilos e uma tonelada. Ele nunca tinha subido em uma balança, pelo que eu sabia, de modo que era necessário adivinhar seu peso. Meu palpite naquela noite seria alto; estava apavorado com a tarefa que tinha pela frente e disposto a considerar 140 quilos uma boa base de cálculo, quando ouvi batidas à porta. Mandei entrar.

Era Marko Vukcic. Eu sabia que estaria no trem, tinha escutado uma conversa telefônica entre ele e Wolfe na semana anterior. Mas eu o havia visto pela última vez no começo de março, quando jantou conosco na casa de Wolfe — um costume mensal. Era um dos dois únicos homens que Wolfe chamava pelo primeiro nome, exceção feita aos empregados. Fechando a porta atrás de si, ele ficou ali parado, imenso sem ser gordo, como um leão em pé sobre as patas traseiras, sem um chapéu que cobrisse sua vasta cabeleira.

Wolfe gritou:

— Marko! Você conseguiu uma poltrona ou uma cama por aí? Por que fica galopando no ventre deste monstro?

O sorriso de Vukcic revelou o branco magnífico de seus dentes.

— Nero, sempre o eterno ermitão! Não sou uma tartaruga dentro da gelatina, como você. De qualquer modo, você está realmente no trem, e isso é um triunfo. Consegui encontrá-lo, e também a um colega, no vagão de trás, alguém que não via fazia cinco anos. Sugeri que falasse com você. Ele ficaria encantado se fosse até a cabine onde está.

Wolfe apertou os lábios. — Isso, presumo, é uma brincadeira. Eu não sou acrobata. Não pretendo levantar daqui antes de esta coisa parar. Vou esperar até desatrelarem a locomotiva.

— Bem, então... — Vukcic sorriu, olhando para a pilha de malas. — Parece que está levando bastante equipamento. Eu não esperava que você aceitasse se mexer, na verdade. Por isso vou trazê-lo aqui, se não se importa. Foi o que vim pedir.

— Agora?

— Neste exato momento.

Wolfe balançou a cabeça. — Por favor, Marko. Olhe para mim. Não estou em condições de fazer cortesias ou conversar.

— Só alguns instantes, então. Apenas um cumprimento. Foi sugestão minha.

— Não. É melhor não. Você não percebe que se esta coisa parar de repente, por causa de um obstáculo ou capricho demoníaco, nós todos seguiremos em frente, a 120 quilômetros por hora? Acha que esta é uma situação adequada para amenidades sociais? — Ele comprimiu os lábios de novo, movendo-os em seguida para pronunciar com firmeza — Amanhã.

Vukcic, provavelmente tão acostumado quanto Nero Wolfe a ver tudo feito do seu jeito, tentou insistir, mas não adiantou nada. Ele procurou distraí-lo com brincadeiras, o que também não funcionou. Bocejei. Vukcic finalmente desistiu, dando de ombros. — Está bem, então, amanhã. Se não toparmos com nenhum obstáculo, e se ainda estivermos vivos. Vou dizer a Berin que você já foi dormir...

— Berin? — Wolfe aprumou-se, e até mesmo largou o braço da poltrona, que apertava até agora. — Não seria Jerome Berin?

— Certamente. Ele é um dos quinze.

— Traga-o. — Wolfe havia fechado os olhos. — Sem dúvida. Quero vê-lo. Por que não disse de uma vez que era Berin?

Vukcic ergueu as mãos e partiu. Em três minutos estava de volta, abrindo a porta para a entrada do colega. Só que apareceram duas pessoas. Primeiro entrou a mais importante, em minha opinião. Ela havia tirado o casaco, mas ainda usava o chapéu, e o perfume, suave e fascinante, era o mesmo que eu havia sentido quando passou por mim na plataforma da estação. Naquele momento tive a chance de observar que ela era jovem como eu sonhara, e que os olhos, naquela luz, pareciam ser purpúreos, de tão escuros, e os lábios indicavam que sorria naturalmente, mas sempre com delicadeza. Wolfe dedicou-lhe uma olhada rápida e atônita, transferindo sua atenção para o homem alto e corpulento que entrou atrás dela, a quem reconheci, mesmo sem a capa marrom e o chapéu mole de feltro.

Vukcic havia contornado os dois. — Senhor Nero Wolfe, senhor Goodwin. Senhor Jerome Berin. A filha dele, senhorita Constanza Berin.

Fiz um gesto com a cabeça e deixei que eles se dedicassem aos cumprimentos, virando a poltrona na direção desejada. No final da acomodação, os três grandalhões ficaram com as poltronas, e a moça dos meus sonhos, com a cadeira pequena. Eu me sentei em uma mala, a seu lado. Então percebi que meu ângulo de visão era desfavorável e me virei, dando as costas para a parede, de modo a vê-la melhor. Ela me brindou com um sorriso discreto, inocente e amigável, e me deixou em paz. Pelo canto do olho vi Wolfe se arrepiar quando Vukcic acendeu um charuto, e Jerome Berin encheu o enorme cachimbo preto antigo, colocando-o em ação em meio a nuvens de fumaça. Uma vez que soube ser ele o pai da moça, não abrigava outro sentimento em relação ao sujeito que não fosse a boa vontade. Tinha cabelos negros, com mechas grisalhas abundantes, uma barba bem aparada, em parte também grisalha, e olhos negros brilhantes.

Ele disse a Wolfe — Não, esta é minha primeira visita aos Estados Unidos. Mas já deu para sentir a natureza de sua força. Nenhuma corrente de ar neste trem. Nenhuma! E o movimento é suave como o vôo de uma gaivota! Maravilhoso!

Wolfe deu de ombros, mas ele não notou. E prosseguiu. Mas me deixou apavorado quando falou em "primeira visita aos Estados Unidos". Inclinado para a frente, murmurei para a princesa dos meus sonhos — Você fala inglês?

Ela sorriu para mim. — Oh, claro. Muito bem. Moramos em Londres durante três anos. Meu pai trabalhava no Tarleton.

— Que bom! — Mexi a cabeça e recuei um pouco para focalizá-la melhor. Refleti sobre quanto havia sido sábio ao não me amarrar a nenhuma das tentações anteriores que passaram por minha vida. Se eu o tivesse feito, estaria agora rangendo os dentes. A atitude correta a tomar é segurar tudo, até que os dentes estejam gastos demais para ranger. Mas não havia lei alguma contra olhar.

Seu pai estava comentando — Vukcic disse que você será o convidado de honra de Servan. E que a última noite ficará por sua conta. É a primeira vez que um americano recebe essa honraria. Em 1932, em Paris, quando Armand Fleury ainda vivia e era o decano, foi a vez de o premiê da França discursar para nós. Em 1927 convidamos Ferid Khaldah, que ainda não era profissional. Vukcic me contou que você é um *agent de sûreté*. É verdade? — Ele avaliou o diâmetro de Wolfe.

Wolfe meneou a cabeça. — Não exatamente. Não sou policial, e sim detetive particular. Preparo armadilhas para criminosos, e procuro provas que possam mandá-los para a prisão ou para a morte, por dinheiro.

— Maravilhoso! Que trabalho mais sujo!

Wolfe ergueu os ombros por um centímetro, em sinal de pouco-caso, mas o trem o perturbou. Ele fez cara feia para o trem, não para Berin. — Talvez. Cada um de nós procura uma atividade que possa tolerar. O fabricante de carrinhos de bebê, preso às malhas do sistema, mas sem deter o monopólio da cobiça, aprisiona seus operários nas armadilhas da necessidade. Patriotas dolicocéfalos e patriotas braquicéfalos matam-se uns aos outros, e os cérebros de ambos apodrecem antes que suas estátuas possam ser erigidas. Um lixeiro recolhe os restos das mesas, enquanto um senador recolhe indícios de corrupção entre membros do alto escalão. Será que alguém não poderia preferir os restos, que são menos enojantes? Acontece que o lixeiro ganha menos, e é isso que importa. Eu não me vendo por qualquer quantia. Faço questão de cobrar muito.

Berin deixou passar. Abriu um sorriso. — Mas você não pretende discutir os restos da mesa conosco, não é?

— Não. O senhor Servan me convidou para falar sobre o que ele definiu como *Contributions américaines à la haute cuisine*.

— Bah! — Berin resmungou. — Não há nenhuma.

Wolfe ergueu as sobrancelhas. — Nenhuma, senhor?

— Nenhuma. Dizem que se pode encontrar uma boa comida nos lares americanos, mas ainda não a experimentei. Ouvi falar no cozido da Nova Inglaterra, em broa de milho, *chowder* de mariscos e *gravy* ao leite. Pratos para as multidões, que não devem ser desprezados quando bem preparados. Mas não são para os mestres. — Ele riu de novo. — Essas coisas estão para a *haute cuisine* assim como as canções românticas estão para Beethoven e Wagner.

— Diga — Wolfe apontou um dedo para ele —, você já comeu cágado refogado na manteiga, com caldo de galinha e xerez?

— Não.

— E já experimentou um filé grelhado servido na tábua, com cinco centímetros de altura, soltando seu rubro suco na faca, guarnecido com salsa-americana e fatias de lima cortadas na hora, acompanhado de purê de batata que derrete na boca e rodeado de fatias grossas de cogumelos frescos malpassados?

— Não.

— Ou a dobradinha *créole* de Nova Orléans? Ou o presunto Boone County do Missouri, assado com vinagre, melado, Worcestershire, sidra doce e ervas? Ou galinha Marengo? Ou frango em molho de ovo talhado, com passas, cebolas, amêndoas, xerez e lingüiça mexicana? Ou opossum do Tennessee? Ou lagosta Newburgh? Ou sopa de peixe da Filadélfia? Pelo que posso perceber, ainda não. — Wolfe apontou o dedo para ele. — O paraíso da gastronomia é a França, eu sei. Mas seria bom, antes de ir até lá, dar uma volta por aqui. Eu comi dobradinha à moda de Caen no Pharamond, em Paris. É sensacional, mas não supera a dobradinha *créole*, que, por evitar o excesso de vinho, jamais agride o estômago. Na minha juventude, quando eu me movia com mais facilidade, provei a *bouillabaisse* em Marselha, seu berço e seu templo, e só servia para encher a pança, lastro para estivadores, comparada com a que se prepara em Nova Orléans! Se a caranha vermelha não estiver disponível...

Pensei, por um segundo, que Berin estava cuspindo nele, mas vi que era só um congestionamento vocal causado pela indignação. Deixei que resolvessem isso entre si, e me debrucei na direção de Constanza novamente:

— Soube que seu pai é um grande cozinheiro.

Os olhos purpúreos voltaram-se para mim, as sobrancelhas levemente erguidas. Ela gorjeou — Ele é *chef de cuisine* no Corridona, em San Remo. Não sabia disso?

Fiz que sim. — Claro. Vi a lista dos quinze. Saiu ontem, no suplemento do *Times*. Só estava puxando conversa. Você também cozinha?

— Não. Odeio cozinhar. Mas sei fazer um café delicioso. — Ela olhou para mim, detendo-se na gravata. Eu usava a marrom-escura de bolinhas, com uma camisa bege de risca de giz. Ergueu os olhos para meu rosto novamente. — Não ouvi seu nome quando o senhor Vukcic fez as apresentações. Também é detetive?

— Meu nome é Archie Goodwin. Archibald significa sagrado e bom, mas apesar disso meu nome não é Archibald. Nunca ouvi uma garota francesa dizer Archie. Não quer tentar?

— Não sou francesa. — Ela franziu a testa. Sua pele era tão lisa que a ruga parecia um risco em uma bola de tênis nova. — Sou catalã. Certamente posso dizer Archie. Archiearchiearchie. Chega?

— Sim. Maravilhoso.

— Você é detetive?

— Sem dúvida. — Peguei a carteira, procurei lá dentro até encontrar uma licença de pesca que tirei no Maine, durante o último verão. — Olhe. Está vendo meu nome aqui?

Ela leu. — Pes... caria? — Pareceu intrigada, e a devolveu. — E Maine? Suponho que seja o seu *arrondissement*.

— Não. Não tenho nenhum. Existem duas espécies de detetive nos Estados Unidos: o tipo forte e o cerebral. Eu sou do tipo cerebral. Isso quer dizer que faço só uma pequena parte do trabalho pesado, como dar água aos cavalos, atirar nos prisioneiros e pôr graxa na escada. Em geral, o que faço é pensar. Por exemplo, quando querem que alguém pense no que fazer em seguida. O senhor Wolfe é do tipo forte. Vê como ele é grande e musculoso? Corre como uma gazela.

— Mas.. para que são os cavalos?

Expliquei pacientemente. — Há uma lei neste país estabelecendo que você só pode matar um homem se, como se dizia, tiver um cavalo contra ele, ou seja, se tiver prova de sua desonestidade. Quando dois ou mais homens jogam dados para ver quem paga a bebida, é freqüente ouvir um deles dizer "você tem um cavalo", ou "eu tenho um cavalo", isto é, dados viciados. Não se pode matar um homem sem falar isso antes dele. Outra coisa que você pode ouvir um homem dizendo é "ninho de égua", quando descobre uma brincadeira, porque há muitas éguas e nenhum cavalo. Outro problema acontece com as penas do cavalo. No caso de ele ter penas...

— O que é uma égua?

Pigarreei — O oposto de um cavalo. Como sabe, todas as coisas precisam de seu oposto. Não pode haver direita sem esquerda, ou topo sem fundo, ou bem sem mal. Do mesmo modo, não pode haver um cavalo sem uma égua. Se tivéssemos, por exemplo, dez milhões de cavalos...

Fui interrompido, indiretamente, por Wolfe. Eu estava interessado demais em minha conversa com a garota catalã para ouvir o que os outros falavam. Vukcic ergueu-se e convidou a senhorita Berin para acompanhá-lo ao vagão-restaurante. Pelo jeito, Wolfe havia manifestado o desejo de ter um diálogo confidencial com o pai da moça, e voltei os olhos na direção dele, tentando imaginar que espécie de charada estava preparando. Um dos dedos tamborilava levemente no joelho, de forma que percebi que o projeto era sério. Quando Constanza se levantou, eu a imitei.

Fiz um movimento com a cabeça. — Permitem? — E disse a Wolfe — Você pode mandar o camareiro ao vagão-restaurante, se precisar de mim. Ainda não terminei de falar sobre as éguas com a senhorita Berin.

— Éguas? — Wolfe olhou para mim desconfiado. — Não há nenhuma informação que ela possa querer sobre éguas que Marko não consiga fornecer. Vamos precisar — espero — de suas anotações. Sente-se.

Vukcic a levou embora. Fiquei de novo com a poltrona minúscula, sentindo vontade de lançar um ultimato exigindo oito horas de trabalho, mas sabia que um trem em movimento era o último lugar do mundo para isso. Sem dúvida, a história do cavalo seria decepcionante, contada por Vukcic, e poderia até manchar minha reputação para sempre.

Berin havia enchido o cachimbo novamente. Wolfe dizia, em um tom despreocupado que significava uma preparação para um ataque pesado — Eu gostaria, para começar, de relatar uma experiência que tive há vinte anos. Estou certo de que não vou chateá-lo.

Berin resmungou. Wolfe prosseguiu. — Aconteceu antes da guerra, em Figueras.

Berin tirou o cachimbo da boca. — É mesmo?

— Sim. Eu era apenas um jovem, mas mesmo assim estava na Espanha em missão confidencial para o governo austríaco. A pista de um homem me levou a Figueras, e às dez horas, uma noite, tendo perdido a hora do jantar, entrei em um pequeno estabelecimento, num canto da praça, e pedi comida. A senhora disse que não havia muita coisa, e trouxe vinho da casa, pão e um prato de salsichas.

Wolfe inclinou-se para a frente. — Senhor, Luculo jamais experimentou um salsicha como aquela. Nem Brillat-Savarin, Vatel ou Escoffier fizeram uma assim. Perguntei à senhora onde a conseguira. Ela disse que o filho as preparava. Implorei pelo privilégio de conhecê-lo. Ela disse que não estava em casa. Pedi a receita. Ela declarou que ninguém sabia, exceto o filho. Perguntei o nome dele. Ela disse que era Jerome Berin. Comi mais três pratos de salsichas, e marquei um encontro com o filho, ali mesmo, na manhã seguinte. Uma hora depois, minha presa tentou escapar para Port-Vendres, onde pegou um barco para Argel, e eu tive de segui-lo. A perseguição acabou me levando até o Cairo, e outras missões impediram que eu visitasse a Espanha novamente, antes do início da guerra. — Wolfe se recostou e suspirou. — Ainda posso fechar os olhos e sentir o sabor daquela salsicha.

Berin mexeu a cabeça, e franziu a testa. — Uma história curiosa, senhor Wolfe. Um verdadeiro elogio, e eu agradeço. Mas naturalmente a *saucisse minuit*...

— Não era conhecida como *saucisse minuit* naquele tempo. Era apenas a salsicha caseira de um pequeno hotel em uma cidadezinha da Espanha. Este é o ponto que quero enfatizar, é com isso que desejo impressioná-lo: em minha juventude, sem possuir paladar treinado, em circunstâncias difíceis e em um local desconhecido, percebi que aquela salsicha era uma obra de arte. Lembro muito bem: quando comi a primeira, suspeitei e temi que havia sido apenas uma mistura descuidada e acidental de ingredientes. Mas as outras eram iguais, assim como todas as que vieram nos três pratos seguintes. Coisa de gênio. Meu paladar reconheceu isso ali. Não sou um dos que vão de Nice ou Monte Carlo até o Corridona, em San Remo, para almoçar, só porque Jerome Berin é famoso e a *saucisse minuit* sua obra-prima. Não precisei esperar pela fama para perceber sua grandeza. Se eu fizesse uma viagem até lá, não seria por afetação, mas pela comida.

Berin mantinha o cenho franzido. Ele resmungou — Preparo outras coisas, além de salsichas.

— Mas é claro. O senhor é um mestre. — Wolfe apontou o dedo para ele. — Parece que eu o desagradei. Devo ter sido desajeitado, pois este deveria ser o preâmbulo para um pedido. Não pretendo discutir sua previsível recusa, durante vinte anos, a revelar a receita da salsicha; um *chef de cuisine* precisa pensar também em si, e não só na humanidade. Conheço as tentativas feitas para imitá-la. Todas fracassaram. Eu posso...

— Fracassaram? — Berin rugiu. — Eram insultos. Crimes!

— Sem dúvida. Concordo. Percebo que sua atitude é razoável, pois impediu as atrocidades que seriam perpetradas em dez mil cozinhas de restaurantes de todo o mundo, caso divulgasse a receita. Existem poucos cozinheiros excepcionais, um punhado de bons cozinheiros e uma horda peçonhenta de incompetentes. Tenho um bom em minha casa, o senhor Fritz Brenner. Ele não é muito inspirado, mas tem um desempenho satisfatório e se destaca nos detalhes. Uma pessoa muito discreta, assim como eu. Suplico — este é o pedido que venho ensaiando fazer — eu imploro, diga a receita da *saucisse minuit*.

— Meu Deus do céu! — Berin quase deixou cair o cachimbo. Ele o apertou, e manteve os olhos fixos em Wolfe. Depois riu. Ergueu os braços e balançou-os, e gargalhou como se nunca mais fosse ouvir uma piada na vida, e precisasse gastar todas as risadas naquela. Finalmente parou, lançando um olhar de desprezo. — Para *você*? — Quis saber, em tom de escárnio. Era desagradável, especialmente vindo do pai de Constanza.

Wolfe retrucou calmamente — Sim, senhor. Para mim. Eu não abusarei de sua confiança. Não a revelarei a ninguém. Não será servida a pessoa alguma, exceto ao senhor Goodwin e a mim. Não pretendo me exibir. Só quero comê-la. Eu tenho...

— Meu Deus! Inacreditável. Você realmente pensa que...

— Não, eu não penso. Apenas peço. Desejará, sem dúvida, investigar minha pessoa. Pagarei os custos dessa investigação. Eu nunca voltei atrás em minha palavra. Além das despesas, eu pagarei três mil dólares. Recentemente recebi honorários razoáveis.

— Ora! Já me ofereceram quinhentos mil francos.

— Com propósitos comerciais. Desta vez é para meu uso particular, com garantias. Será preparada sob meu teto, com ingredientes adquiridos pelo senhor Goodwin, que, garanto, é imune à corrupção. Tenho uma confissão a fazer. Em quatro oportunidades, entre 1928 e 1930, quando o senhor estava no Tarleton, um homem de Londres foi até lá, pediu *saucisse minuit*, levou um pouco no bolso e a enviou para mim. Tentei fazer uma análise — pessoalmente, depois via especialistas em alimentação, cozinheiros e químicos. Os resultados foram completamente insatisfatórios. Aparentemente, é uma combinação de ingredientes e métodos. Eu...

Berin perguntou, quase rosnando — Foi Laszio?

— Laszio?

— Phillip Laszio. — Pronunciou o nome como se fosse uma maldição. — Você disse que um cozinheiro tentou analisar...

— Ah. Não foi Laszio. Eu não o conheço. Confessei isso em uma tentativa de mostrar que o entusiasmo me levou a buscar desvendar o segredo, mas eu respeitaria um acordo para mantê-lo e não o trairia nunca. Novamente eu confesso: concordei com esta viagem horrenda, mas não foi só pela honra do convite. Meu principal objetivo era encontrá-lo. Tenho apenas mais algum tempo de vida, e tantos livros para ler, tantas ironias para meditar a respeito, e tantas refeições para comer. — Ele suspirou, semicerrou os olhos e os abriu novamente. — Cinco mil dólares. Detesto pechinchar.

— Não — Berin foi duro. — Vukcic estava sabendo desta história? Foi para isso que me trouxe até aqui?

— Senhor. Por favor! Eu falei em confiança. Esta idéia não foi discutida com ninguém. Comecei implorando. Faço isso novamente. Vai me atender?

— Não.

— Em hipótese alguma?

— Não.

Wolfe suspirou, olhando para a barriga. Balançou a cabeça. — Sou um jumento. Nunca deveria ter tentado uma coisa dessas em um trem. Não me reconheço aqui. — Ele inclinou-se para a campainha na estante. — Gostaria de tomar uma cerveja?

— Não — Berin resmungou. — Quer dizer, sim. Gostaria de uma cerveja.

— Ótimo. — Wolfe recostou-se na poltrona e fechou os olhos. Berin acendeu o cachimbo de novo. O trem deu um solavanco em uma junção, e balançou na curva. O braço de Wolfe procurou o apoio da poltrona e o agarrou. O camareiro chegou para anotar o pedido, e em pouco tempo retornava com os copos e as garrafas. Ele nos serviu, e mais uma vez meti a mão no bolso para acertar a conta. Sentei-me e esbocei salsichas em uma página em branco de meu caderno de despesas enquanto bebíamos cerveja.

Wolfe disse — Muito grato, senhor, por aceitar esta cerveja. Não há razão para não sermos amigos. Tenho a impressão de que comecei com o pé esquerdo. Mesmo antes de fazer meu pedido, enquanto relatava um caso que só poderia ser considerado elogioso, seu olhar era hostil. Senti sua desaprovação. Qual foi meu erro?

Berin estalou os lábios ao baixar o copo vazio, e suas mãos desceram em um movimento involuntário até o canto de um avental que não estava lá. Procurou um lenço, que usou, inclinou-se para a frente e bateu no joelho de Wolfe com o dedo. — O senhor vive no país errado.

Wolfe ergueu as sobrancelhas. — É? Espere até experimentar o cágado à Maryland. Ou mesmo, se me permite, torta de ostra à la Nero Wolfe, preparada por Fritz Brenner. Em comparação com as ostras dos Estados Unidos, as existentes na Europa não passam de pústulas de protoplasma cor de cobre.

— Não estou falando de ostras. Você vive em um país que permite a presença de Phillip Laszio.

— Entendo. Eu ainda não o conheço.

— Mas ele faz suas gororobas no Hotel Churchill, na cidade de Nova York! Deve saber disso.

— Ouvi falar dele, certamente, uma vez que faz parte de seu grupo...

— Meu grupo? Ah! — As mãos de Berin, em um movimento largo e rápido, jogaram Phillip Laszio pela janela. — Do meu grupo? Nunca!

— Perdoe-me. — Wolfe inclinou a cabeça. — Mas ele faz parte de *Les Quinze Maîtres*, e o senhor também. Está sugerindo que o sujeito não vale nada?

Berin deu outro tapinha no joelho de Wolfe. Sorri ao ver Wolfe, que não gostava de ser tocado, reprimir sua aversão por causa das salsichas. Berin disse lentamente, entredentes — Laszio só serve para ser cortado em pedacinhos e dado aos porcos! Não, nem isso, pois o presunto seria intragável. Só cortado em pedacinhos. — Ele apontou para o chão. — E enterrado. Vou dizer uma coisa. Conheço Laszio há muitos anos. Será que ele é turco? Ninguém sabe. Ninguém sabe seu nome. Ele roubou o segredo de *Rognons aux Montagnes* de meu amigo Zelota de Tarragona, em 1920, e reivindicou a paternidade da criação. Zelota vai matá-lo. Já afirmou isso. Ele roubou outras coisas também. Foi eleito para *Les Quinze Maîtres* em 1927, apesar de meus protestos violentos. Sua jovem esposa — você a conhece? Ela se chama Dina, é filha de Domenico Rossi, do Café Empire de Londres. Eu a tive no joelho tantas vezes! — Ele deu um tapa no joelho. — Como você bem sabe, seu amigo Vukcic casou-se com ela, e Laszio a roubou dele. Vukcic vai matá-lo, sem dúvida, mais dia menos dia! Ele é um cão, uma víbora que chafurda na imundície! Você conhece Leon Blanc, nosso querido amigo Leon, antes tão grande? Sabe que agora ele está marcando passo em um lugar medíocre chamado Clube Willow, em uma cidade chamada Boston? Sabe que durante muitos anos o Hotel Churchill, em Nova York, teve a honra de contar com sua presença, como *chef de cuisine*? Sabe que Laszio roubou o lugar dele — por meio de calúnias, de mentiras, de trapaças? Coitado do Leon, ele ainda vai matar Laszio! Sem dúvida. Justiça será feita.

Wolfe murmurou — Três vezes morto, Laszio. Outras mortes não o aguardariam?

Berin recostou-se novamente na poltrona, resmungando. — Sim. Eu mesmo vou matá-lo.

— É mesmo? Ele roubou alguma coisa de você também?

— Ele rouba a todos. Pelo jeito, Deus o colocou no mundo para roubar, e que Deus o defenda. — Berin levantou-se. — Cheguei a Nova York no sábado, no Rex. Na mesma noite fui com minha filha jantar no Churchill, levado por uma fúria irresistível. Fomos para o salão que Laszio chama de Resort Room. Não sei onde roubou essa idéia. Os garçons usam os uniformes de restaurantes mundialmente famosos, um diferente para cada garçom: Shepheard's, do Cairo, Les Figuiers, de Juan-les-Pins, o Continental, de Biarritz, o Del Monte, aqui na Califórnia, o Kanawha Spa, para onde este trem nos leva — muitos deles, dúzias — tudo aqui é grande. Escolhemos uma mesa, e o que vi? Um garçom — um garçom carregando a gororoba de Laszio — usando o uniforme do meu restaurante, o Corridona! Imagine só! Eu tive vontade de ir até ele e exigir que o tirasse — eu poderia arrancar a roupa com minhas próprias mãos. — Ele as balançou violentamente na cara de Wolfe. — Mas minha filha me conteve. Disse que não permitiria que eu a envergonhasse. Mas e a *minha* vergonha? Não importa, então?

Wolfe mexeu a cabeça, em evidente solidariedade, esticando-se para servir a cerveja. Berin prosseguiu: — Felizmente a mesa dele era longe da nossa, e eu virei de costas para aquilo. Mas tem mais. Quer saber? Olhei para o menu. Em quarto lugar, nas entradas, o que era? O quê?

— Não era, espero, *saucisse minuit*.

— Sim! Isso mesmo! Incluída como uma das entradas! Claro, eu já havia sido prevenido. Sabia que Laszio servia havia anos couro moído temperado sabe-se lá com quê, chamando o resultado de *saucisse minuit*. Mas ver o nome ali, escrito como no meu próprio menu, foi demais! O salão inteiro, as mesas e as cadeiras, todos aqueles uniformes dançaram na frente dos meus olhos. Se Laszio tivesse aparecido naquele momento, eu o teria esganado com minhas próprias mãos. Mas ele não apareceu. Pedi duas porções ao garçom — minha voz tremeu quando pronunciei seu nome. Foram servidas em porcelana — bah! — e pareciam com... não preciso dizer com quê. Desta vez não dei chance para minha filha protestar. Peguei os pratos, um em cada mão, me levantei da cadeira e, deliberadamente calmo, virei o braço e larguei a massa infame no carpete! Naturalmente houve comentários. Meu garçom chegou correndo. Peguei minha filha pelo braço e fui embora. Fomos interceptados por um maître. Eu fiz com que se calasse! Disse a ele com autoridade: — Sou Jerome Berin, do Corridona de San Remo! Tragam Phillip Laszio aqui é mostrem a ele o que fiz! Mas me mantenham longe de sua garganta! — Não falei mais nada, praticamente. Não foi necessário. Levei minha filha para o Rusterman, onde encontrei Vukcic. Ele me acalmou com um prato de *goulash* e uma garrafa de Chateau Latour. De 29.

Wolfe balançou a cabeça. — Isso acalmaria um tigre.

— Foi o que aconteceu. Dormi bem. Mas, na manhã seguinte — ontem — sabe o que aconteceu? Um sujeito foi até meu hotel com um recado de Phillip Laszio, que me convidava para almoçar! Pode imaginar afronta maior? E tem mais ainda, isso não foi tudo. O homem que levou o recado chamava-se Albert Malfi!

— É mesmo? Eu deveria conhecê-lo?

— Hoje em dia não. Agora ele não é Alberto, e sim Albert — Albert Malfi, um descascador de frutas corso que descobri em um café de Ajaccio. Eu o levei para Paris — na época, eu estava no Provençal — e o treinei. Ensinei tudo a ele, transformei-o em um bom encarregado de *entrées*. Ele agora é o principal assistente de Laszio no Churchill. Laszio o roubou de mim em 1930, em Londres. Roubou meu melhor aluno, e riu na minha cara! E agora aquele francês descarado tem a coragem de enviá-lo com um convite para almoçar! Alberto aparece na minha frente, de terno, faz uma mesura e, como se nada tivesse acontecido, me dá um recado destes em inglês impecável!

— Suponho que o senhor não foi.

— Bah! Acha que eu comeria veneno? Botei Alberto para fora do quarto. — Berin deu de ombros. — Jamais me esquecerei. Uma vez, em 1926, quando estava doente, sem poder trabalhar, faltou isso — ele mostrou o polegar e o indicador, e uma distância de um centímetro entre os dedos — para eu dar a Alberto a receita da *saucisse minuit*. Deus do céu! Seu eu tivesse feito isso, ele a estaria preparando agora para o menu de Laszio! Terrível!

Wolfe concordou. Ele havia terminado outra garrafa e iniciou uma conversa suave, cheia de solidariedade e compreensão. Senti um desconforto palpável. Ele poderia ter percebido que era perda de tempo, não havia nenhuma chance de conseguir o que desejava. Fiquei indignado por vê-lo de joelhos tentando arrancar um favor daquele salsicheiro de olhos arregalados. Ademais, o trem me deu tanto sono que eu não conseguia manter os olhos abertos. Levantei-me.

Wolfe olhou para mim. — Pois não, Archie?

Disse em tom decidido: — Vagão-restaurante — e abri a porta, batendo-a atrás de mim.

Passava das onze da noite, e metade das cadeiras do vagão-restaurante estavam vazias. Dois sujeitos saudáveis, do tipo que posa para anúncio de brilhantina, bebiam *highballs*, e viam-se carecas e grisalhos esparsos, do tipo que chamava o camareiro de George havia trinta anos. Vukcic e a senhorita Berin estavam sentados na frente de dois copos vazios, e não pareciam animados ou extasiados. Perto dela, do outro lado, havia um tipo atlético, de queixo quadrado e olhos azuis, em um terno cinza discreto, que obviamente seria um *self-made man* em dez anos. Parei na frente de meus amigos e os cumprimentei. Eles responderam. O atleta de olhos azuis olhou por cima do livro e se preparou para se levantar e ceder o lugar a mim.

Vukcic, no entanto, ergueu-se primeiro. — Sente-se aqui, Goodwin. Tenho certeza de que a senhorita Berin não se importará com a troca. Passei a noite de ontem em claro.

Ele deu boa-noite e saiu. Eu me acomodei, e fiz sinal para o atendente quando ele botou o nariz para fora. Aparentemente, a senhorita Berin havia se apaixonado pela *ginger ale* americana. Eu pedi um copo de leite. Nossas necessidades foram atendidas e bebemos.

Ela virou os olhos purpúreos em minha direção. Pareciam mais escuros do que nunca e percebi que a questão só seria resolvida quando os visse à luz do dia. Ela perguntou, com sua voz levemente rouca — Você é detetive de verdade, não é? O senhor Vukcic estava me contando, ele janta na casa do senhor Wolfe uma vez por mês, e você mora lá. Disse que você é muito corajoso, que já salvou a vida do senhor Wolfe três vezes. — Balançou a cabeça e fixou os olhos em mim. — Mas nunca deveria ter me dito aquelas coisas sobre dar água aos cavalos. Deveria saber que eu faria perguntas e descobriria a verdade.

Eu disse com firmeza — Vukcic está neste país apenas há oito anos, e não sabe nada sobre detetives.

— Nada disso! — Ela gorjeou. — Não sou uma menina para cair numa dessas. Terminei o colégio há três anos.

— Está bem. — Fiz um gesto com a mão. — Esqueça os cavalos. Qual o tipo de escola freqüentado pelas garotas de lá?

— Um colégio de freiras. Freqüentei um em Toulouse.

— Você não é nem um pouco parecida com as freiras que conheço.

Ela terminou um gole de *ginger ale* e riu. — Eu não tenho nada de freira. Nem sou muito religiosa, gosto dos prazeres da vida. Madre Cecília costumava dizer para as meninas que uma vida dedicada aos outros era a mais pura e doce de todas, mas eu pensei bem no assunto e me pareceu que a melhor maneira era aproveitar a vida até ficar gorda ou doente, ou ter uma família enorme, e aí começar a dedicação aos outros. Você não concorda?

Mexi a cabeça, incerto. — Não sei. Sou muito envolvido com meu trabalho. Mas obviamente não se deve exagerar. Tem aproveitado bem a vida até agora?

Ela fez que sim. — De vez em quando. Minha mãe morreu quando eu era pequena, e meu pai é muito rigoroso comigo. Eu via como as garotas americanas agiam quando iam para San Remo, e achava que agiria do mesmo modo, mas descobri que não sabia como proceder, e de qualquer modo meu pai descobriu que eu saí velejando no barco de Lord Gerley para contornar o cabo, sem uma acompanhante.

— Mas Gerley estava junto.

— Sim, ele foi também, mas não trabalhou nada. Dormiu e caiu no mar, e eu precisei bordejar três vezes para resgatá-lo. Você gosta dos ingleses?

Ergui a sobrancelha. – Bem... suponho que possa gostar de um inglês, se as condições forem favoráveis. Por exemplo, se eu estiver em uma ilha deserta, sem nada para comer durante três dias, e ele conseguir pegar um coelho... ou, na falta deste, um javali ou uma morsa. Você gosta dos americanos?

– Não sei! – Ela riu. – Só encontrei alguns, desde a infância, em San Remo e agora aqui, e tenho a impressão de que eles falam coisas engraçadas e tentam bancar os superiores. Quero dizer, os homens. Gostei de um que conheci uma vez em Londres, um americano rico, com problemas de estômago, que se hospedou no Tarleton, e meu pai preparava pratos especiais para ele. Quando ele foi embora, me deu bons presentes. Acho que muitos dos que vi, desde minha chegada a Nova York, têm boa aparência. Vi um no hotel ontem que era *muito* bonito. O nariz dele era um pouco parecido com o seu, embora o cabelo fosse mais claro. Não sei dizer se gosto realmente das pessoas até conhecê-las muito bem...

Ela prosseguiu, mas eu estava ocupado, fazendo uma descoberta complicada. Quando ela parou de sorver a *ginger ale*, meus olhos desviaram-se de seu rosto para estudar o resto, e no momento em que cruzou a perna, como fazem as moças americanas, sem ligar muito para onde vai a saia, seus pés bem desenhados e o tornozelo bem torneado estavam entre os mais belos que eu já havia visto. Até aí, tudo bem. O problema foi ter percebido, no atleta de olhos azuis do lado oposto, a atenção desviada do livro para o mesmo objeto interessante com que eu me ocupava. Isso era óbvio. Minha reação íntima a esse fato foi anti-social e preocupante. Ao invés de sentir prazer em partilhar com um semelhante tal experiência deliciosa, tomei consciência de um impulso quase incontrolável de fazer duas coisas ao mesmo tempo: encarar o atleta e dizer a ela que puxasse a saia para baixo!

Contive meus impulsos, e refleti logicamente: havia apenas uma teoria que poderia justificar meu ressentimento por ele estar olhando para aquela perna e meu desejo de que parasse de fazer isso, a saber, que a perna me pertencesse. Obviamente, portanto, eu estava começando a achar que aquela perna era minha propriedade, ou então estava com um desejo crescente de que aquela perna fosse minha. A primeira hipótese era absurda: a perna *não* era minha propriedade. A segunda, perigosa, uma vez que, analisando a situação como um todo, havia apenas um método prático e ético de adquiri-la.

Ela ainda estava falando. Bebi o resto do leite de uma golada, o que não fazia parte de meus hábitos, esperei uma brecha e me virei na direção dela, sem correr o risco de mais um mergulho nos olhos escuros cor de púrpura.

— Tem razão — eu disse. — Leva mesmo muito tempo para se conhecer as pessoas. O que você pode dizer a respeito de alguém, antes de conhecê-lo bem? O amor à primeira vista, por exemplo, é ridículo. Nem é amor, apenas um desejo incontrolável de conhecimento. Lembro-me da primeira vez que vi minha esposa, em Long Island. Eu a atropelei com meu conversível. Ela não ficou muito machucada, mas eu a peguei no colo e a levei para casa de carro. Só depois que ela me processou, exigindo 20 mil dólares por danos, eu comecei a sentir o que se poderia chamar de amor por ela. Depois, o inevitável aconteceu, e as crianças começaram a nascer: Clarence e Merton, Isabel e Melinda, e Patrícia e...

— Tenho a impressão de que o senhor Vukcic disse que você não era casado.

Fiz um gesto de pouco-caso. — Não sou amigo íntimo de Vukcic. Eu e ele nunca discutimos problemas familiares. Você sabe que no Japão é de mau gosto mencionar sua mulher a outro homem, ou perguntar como está passando a dele? Seria o mesmo que perguntar se ele estava ficando careca ou se ainda conseguia se abaixar o suficiente para calçar a meia.

— Quer dizer que você é casado?

— Claro que sim. E *muito* feliz.

— E como se chamam seus outros filhos?

— Bem... acho que já citei os mais importantes. Os outros são só bebês.

Continuei falando, e ela também, na nova atmosfera. Eu me sentia como um homem que acabasse de ser salvo, na beirada de um perigoso precipício, porém um tanto triste. Logo em seguida uma coisa aconteceu. Não quero discutir o assunto; estou pronto a admitir que possa ter sido um acidente, mas devo descrever tudo como vi. Enquanto ela conversava comigo, sentada, seu braço direito ficou estendido ao longo do braço da poltrona ao lado, perto do atleta de olhos azuis, e ela segurava o copo pela metade de *ginger ale*. Não percebi em que momento o copo começou a virar, foi um movimento gradual e discreto; juro que ela continuava a olhar para mim. Quando me dei conta, era tarde demais. O líquido havia começado a pingar na discreta calça cinza do atleta. Eu a interrompi e estiquei o braço para pegar o copo. Ela virou o rosto e viu o que tinha feito, engasgando. O atleta ficou vermelho e procurou o lenço. Como disse, não pretendo discutir a respeito disso; só dizer que foi uma bruta coincidência ela começar a despejar *ginger ale* em um homem, quatro minutos depois de descobrir que o outro era casado.

— Oh! Meu Deus! Será que mancha? *Si gauche!* Estou tão envergonhada! Eu não reparei... não estava olhando.

O atleta disse: — Não, tudo bem... mesmo... mesmo... Não vai manchar... mesmo, não é?

E por aí afora. Mas ele se recuperou rapidamente, pois em um instante deixou de falar como chinês, aprumou-se e conversou comigo em sua própria língua — Não houve nenhum dano, senhor. Nada mesmo. Com sua permissão, sou Barry Tolman, promotor público da comarca de Marlin, em West Virginia.

Quer dizer que ele era um abutre, e político. Mas, apesar do fato de que a maioria dos meus contatos com promotores não tivesse fornecido nenhum motivo para que eu enfeitasse minha cabeceira com fotos deles, eu não vi vantagem em bancar o mal-educado. Disse meu nome a ele e apresentei Constanza, oferecendo um drinque como compensação pela bebida que havia sido derramada em cima dele.

Para mim, outro copo de leite, o que preencheria minha quota noturna. Quando veio, fiquei sentado bebendo, e evitei interferir no desenvolvimento de uma nova amizade que se processava ali do meu lado, a não ser por resmungos ocasionais, para mostrar que eu não estava emburrado. Quando meu copo estava pela metade, o senhor Barry Tolman dizia:

— Eu ouvi... perdão, mas não pude deixar de escutar... sua menção a San Remo. Nunca estive lá. Passei por Nice e Monte Carlo em 1931, e alguém, não me lembro quem disse que deveria conhecer San Remo porque era mais bonito do que qualquer outro lugar da Riviera, mas acabei não indo. Bem... agora... acredito que seja mesmo.

— Oh! Você deveria ter ido! — Sua voz se tornara levemente rouca de novo; fiquei feliz ao constatar isso. — As colinas e os vinhedos e o mar!

— Sim, claro. Adoro paisagens. O senhor não as aprecia, senhor Goodwin? As... — O ar estremeceu, com o rugido súbito de um trem ultrapassado pelo nosso. O ruído diminuiu. — As paisagens?

— Sem dúvida. — Fiz que sim e dei um gole.

Constanza disse — Lamento tanto que seja noite. Eu poderia estar olhando para fora, apreciando a América. Dá para ver as Montanhas Rochosas?

Tolman não riu. Eu não me dei ao trabalho de conferir se ele estava olhando para os olhos cor de púrpura. Sabia que este era o motivo. Ele disse que não, as Montanhas Rochosas estavam a mais de 2 mil quilômetros de distância. Entretanto, estávamos passando por lugares muito interessantes. Ele disse que havia estado na Europa três vezes, mas, no geral, não tinha nada lá que se comparasse aos Estados Unidos, exceto, é claro, os lugares históricos. Bem ali onde ele morava, em West Virginia, havia montanhas dignas de comparação com as da Suíça. O promotor jamais havia visto um lugar tão lindo como o vale onde morava, especialmente o local onde haviam construído o Kanawha Spa, o famoso hotel. Ficava em sua comarca.

Constanza exclamou — Mas é para lá que eu vou! Claro! Kanawha Spa!

— Eu... espero que sim. — Seu rosto ficou vermelho. — Quero dizer, três destes pullmans são reservados pelo Kanawha Spa. Achei que provavelmente... achei que seria possível ter oportunidade de encontrá-la, apesar de eu, claro, não participar da vida social do lugar...

— E fomos nos conhecer no trem. Claro, não ficarei lá por muito tempo. Mas, como você acha que é melhor do que a Europa, mal posso esperar para chegar. Mas devo avisá-lo que adoro San Remo e o mar. Suponho que, em suas viagens à Europa, levou a esposa e os filhos.

— Ah, não. — Ele estava grogue. — Puxa vida! Pareço tão velho assim, para ter esposa e filhos?

Pensei, sua besta quadrada, por que foi inventar aquela história? O leite estava no fim. Levantei-me.

— Com licença. Vou me certificar de que meu patrão não caiu do trem. Volto em seguida, senhorita Berin, para levá-la até seu pai. Não pode querer aprender todos os truques de uma garota americana logo no primeiro dia.

Nenhum dos dois irrompeu em lágrimas com minha partida.

No vagão da frente encontrei Jerome Berin atravessando a passagem apressado. Ele parou, e eu também tive de fazê-lo, claro.

Ele rugiu — Minha filha? Vukcic a abandonou!

— Está perfeitamente bem. — Apontei para trás. — Encontra-se no vagão-restaurante com um amigo que apresentei a ela. O senhor Wolfe está bem?

— Se está bem? Sei lá. Acabei de sair.

Ele passou por mim e seguiu em frente.

Wolfe estava sozinho na cabine, ainda sentado imóvel, o próprio retrato do desespero, agarrado aos braços da poltrona, de olhos arregalados. Parei e comecei a observá-lo.

Eu disse — Conheça primeiro a América. Venha brincar conosco na terra das férias! Nenhum vento no trem, ele voa como uma gaivota!

Wolfe retrucou — Cale a boca!

Ele não podia ficar sentado ali a noite inteira. Era chegada a hora de agir. Apertei o botão da campainha que chamava o camareiro. Depois fui até ele... mas chega. Recordo um antigo romance que li: em determinado momento, descrevia uma adorável donzela preparando-se para dormir, em seu quarto, à noite, levando os dedos adoráveis ao botão de cima do vestido, e depois dizia: "Vamos deixá-la agora. Há certas intimidades que eu e você, caro leitor, não devemos nos atrever a violar. Determinados segredos de moça, que não devem ser revelados a olhos vulgares. A noite desceu seu véu protetor. Façamos o mesmo com o nosso".

Por mim tudo bem.

2

Eu disse — Não poderia imaginar que isso fosse um trabalho para o detetive da casa; quem diria, ficar vigiando para descobrir um menino que joga pedras. Quanto mais um detetive chique como você.

Gershom Odell cuspiu por entre os dentes na direção de uma samambaia, a três metros do trecho gramado onde estávamos sentados.

— E não é mesmo. Mas eu já expliquei. Estes caras pagam entre quinze e cinqüenta paus por dia para se hospedar neste caravançará e escrever cartas no papel timbrado do Kanawha Spa, e não gostam que os negros fiquem jogando pedras quando saem para dar um passeio a cavalo. Não disse um menino, eu disse um negro. Eles suspeitam de um negro que foi despedido da oficina mecânica há um mês.

O sol quente passava por um vão na copa das árvores e batia em mim. Bocejei. Perguntei, para mostrar que não estava maçado — Você disse que o problema aconteceu nesta área?

Ele apontou: — Logo ali, do outro lado da trilha de equitação. Acertaram no velho Crisler, nas duas vezes, sabe? O Crisler das canetas-tinteiro. A filha é casada com o embaixador Willetts.

Ouvimos ruídos no caminho. Logo o barulho dos cascos era claro, e, depois de um minuto, um par de cavalos mansos, bem tratados, apontou na curva da trilha e passou trotando, perto o suficiente para ser pescado com uma vara. Um deles era montado por um tipo vistoso, de paletó xadrez espalhafatoso, e no outro ia uma senhora velha e gorda o bastante para se dedicar aos outros no momento em que sentisse esse impulso.

Odell disse — Aquela é a esposa de James Frank Osborn, o magnata de Baltimore, dono dos estaleiros e siderúrgicas, e Dale Chatwin, um arrivista, bom jogador de bridge. Não vê como atormenta o cavalo? Ele é um zero à esquerda em equitação.

— É mesmo? Não reparei. Sem dúvida, você está bem por dentro das colunas sociais.

— Sou obrigado, faz parte do trabalho. — Ele cuspiu na samambaia de novo, coçou a cabeça, arrancou uma folha de grama e começou a mordiscá-la. — Acho que conheço nove entre dez pessoas que dão entrada no hotel, ninguém precisa apresentá-las. Claro, de vez em quando aparecem uns estranhos. Por exemplo, a sua turma. Quem são, afinal de contas? Disseram que são um bando de cozinheiros finos, convidados do *chef*. Parece piada, para mim. Será que o Kanawha Spa virou escola de prendas domésticas?

Movi a cabeça, negativamente. — Minha turma uma ova, cara.

— Mas você está com eles.

— Eu estou com Nero Wolfe.

— Que está com eles.

Sorri. — Não agora. Neste instante ele se encontra na suíte 60, na cama, dormindo um sono profundo. Acho que vou precisar de clorofórmio para enfiá-lo no trem de volta, na quinta-feira. — Eu me espreguicei ao sol. — Mesmo assim, há coisas piores do que cozinheiros.

— Creio que sim — ele admitiu. — De onde veio esta gente, hem?

Tirei um papel do bolso — uma página arrancada do suplemento do *Times* — e o abri, dando mais uma olhada na lista, antes de passá-la para ele:

LES QUINZE MAÎTRES

Jerome Berin, Corridona, San Remo
Leon Blanc, Clube Willow, Boston
Ramsey Keith, Hotel Hastings, Calcutá
Phillip Laszio, Hotel Churchill, Nova York

Domenico Rossi, Café Empire, Londres
Pierre Mondor, Mondor's, Paris
Marko Vukcic, Restaurante Rusterman's, Nova York
Sergei Vallenko, Chateau Montcalm, Quebec
Lawrence Coyne, The Rattan, San Francisco
Louis Servan, Kanawha Spa, West Virginia
Ferid Khaldah, Café de l'Europe, Istambul
Henri Tassone, Hotel Shepheard's, Cairo

FALECIDOS

Armand Fleury, Fleury's, Paris
Pasquale Donofrio, Eldorado, Madri
Jacques Baleine, Hotel Emerald, Dublin

Odell deu uma espiada no artigo, avaliou seu tamanho e não mostrou disposição para ler o texto. Depois percorreu a lista de nomes e locais, a cabeça movendo-se vagarosamente para trás e para a frente. Ele resmungou — Que monte de nomes! Mais parece o time de futebol de Notre Dame. Por que saíram no jornal? Que quer dizer o título, *Les Quinze* não sei o quê?

— Está em francês. — Pronunciei a frase corretamente. — Significa "Os Quinze Mestres". Todos caras famosos. Já teve até duelo por causa das salsichas que um deles prepara. Você precisa ir falar com o sujeito, contar que é detetive e pedir a receita da salsicha. Vai fornecêla de bom grado. Eles se encontram a cada cinco anos, no restaurante do mais velho da turma. Foi por isso que vieram para o Kanawha Spa. Cada um pode trazer um convidado — está tudo aí, no artigo. Nero Wolfe é o convidado de Servan, e Vukcic me trouxe para que eu pudesse ficar com Wolfe, o convidado de honra. Só há dez deles aqui. Os últimos três da lista morreram após 1932. Khaldah e Tassone não puderam comparecer. Vai ter muita comida e bebida e arte culinária. Eles vão contar mentiras, eleger três novos membros e ouvir a palestra de Nero Wolfe — ah, e um deles será assassinado.

— Quero só ver. — Odell cuspiu pelo vão do dente de novo. — Qual deles?

— Phillip Laszio, do Hotel Churchill, de Nova York. O jornal diz que ganha um salário de sessenta mil dólares por ano.

— Pode até ser. Quem vai matá-lo?

— Eles vão se revezar. Se você quiser ingressos para a luta, terei o maior prazer em conseguir umas cadeiras de ringue. E vou dar uma dica: é melhor avisar a recepção para cobrar a conta dele adiantada, porque sabe como é... Meus Deus, essa não! Bastaram apenas algumas gotas de *ginger ale*.

Um cavaleiro e uma amazona vinham trotando pelo caminho, olhando um para o outro, rindo, os dentes à mostra, os rostos corados. Quando a poeira que levantavam os encobriu, perguntei a Odell — Quem são os pombinhos?

Ele grunhiu. — Barry Tolman, promotor público desta comarca. Vai ser presidente algum dia, pergunte a ele. A garota veio com seu grupo, não é? Por falar nisso, ela fica dando bola pra todo mundo. Dá para explicar a gracinha sobre o *ginger ale*?

— Não era nada, esquece — disse, fazendo um gesto. — Só uma citação antiga, de Chaucer. Não ia adiantar jogar pedras nos dois. Eles só perceberiam uma avalanche. Por falar nisso, como é mesmo essa história de alguém estar jogando pedras? Alguma piada?

— Não é nenhuma brincadeira. Faz parte do meu trabalho investigar tudo.

— Chama isso de investigar? Eu sou detetive. Para começo de conversa, você supõe que alguém vá começar um bombardeio, vendo você e eu sentados aqui, bem à vista? Este caminho fica dando voltas por nove quilômetros; não haveria um lugar melhor para nós? Segundo, você mencionou um negro, que foi despedido da oficina, como suspeito de ter jogado as pedras para causar problemas ao hotel. Nesse caso, foi só coincidência ele ter acertado o Crisler das canetas por duas vezes? Tá muito esquisito. Você não me contou tudo. Não é da minha conta, claro, só falei para mostrar que só fico bobo aos domingos e feriados.

Ele me espiou com o canto do olho. Virou e sorriu. — Pelo jeito, você é um cara legal.

Eu retruquei simpático — Sou mesmo.

Ele ainda sorria. — Para ser sincero, a história é boa demais para deixar você de fora. Poderia aproveitar melhor se conhecesse Crisler. Mas o problema não é só ele. Acontece que eu não tenho muito tempo de folga aqui. Dezesseis horas por dia! O esquema da casa é assim. Tenho apenas um assistente; você precisa conhecê-lo, é sobrinho de não sei quem. Sou obrigado a ficar no posto desde que o dia amanhece até o anoitecer. Aí eu cruzei o caminho do Crisler, o cara é um poço de veneno. Ele resolveu pegar no meu pé porque eu dei um flagrante no chofer dele, que estava afanando graxa na oficina. Mas o sujeito é fogo. O negro que me ajudou a pegar o chofer foi despedido por causa de Crisler. Ele queria que me botassem no olho da rua também. Mas eu tinha um plano, e está funcionando.

Odell apontou para a frente. — Vê aquela elevação ali? Não, mais para lá, do outro lado dos pinheiros. Eu fiquei lá, atirando as pedras nele. Acertei nas duas vezes.

— Estou entendendo. Ele ficou machucado?

— Não o suficiente. O ombro ficou bem feio. Eu havia providenciado um bom álibi, em caso de suspeitarem de mim. Crisler investigou, o que acabou sendo um ponto a meu favor. Outro ponto positivo é que agora eu posso dizer que vou atrás do atirador de pedras, e passar uma hora ou duas no bosque, ficar um pouco sozinho, cuspindo e olhando a paisagem. De vez em quando, deixo que as pessoas me vejam no caminho; elas pensam que estão protegidas, o que é perfeito.

— Uma boa idéia. Mas não vai longe. Mais cedo ou mais tarde, você vai ter de pegar alguém ou desistir. A não ser que jogue mais pedras.

Ele riu. — Talvez você esteja pensando que não sou bom em atirar pedras, mas eu o acertei no ombro! Percebe a distância que há daqui até a elevação? Não sei se vou tentar de novo ou não, mas, se tentar, sei muito bem quem vou escolher. Vou mostrá-la a você. — Ele deu uma espiada no relógio de pulso. — Nossa Senhora, quase cinco da tarde. Preciso voltar.

Ele se levantou e saiu andando rápido, mas eu não estava com pressa, e deixei que seguisse na frente. Fui perambulando sem destino. Como já havia notado, para qualquer lado que a gente fosse, em Kanawha Spa, continuava passeando nos jardins. Sei lá quem mantinha os bosques limpos e varridos e tirava o pó das árvores, em um lugar que devia ter quase quatrocentos hectares, mas com certeza era uma dona de casa exemplar. Nas vizinhanças do prédio principal do hotel, nos pavilhões espalhados nas proximidades e no prédio das termas, havia principalmente gramados, sebes e flores, com três fontes clássicas a trinta metros da entrada principal. Os locais que chamavam de pavilhões, batizados com os nomes das comarcas de West Virginia, não eram nada desprezíveis em matéria de tamanho, possuíam cozinhas próprias e tudo o mais e, pelo que percebi, eles ofereciam mais privacidade, a um preço apropriado. Dois deles, Pocahontas e Upshur, ficavam a apenas cem metros um do outro, e eram ligados por um par de caminhos entre árvores e arbustos. Haviam sido reservados para os quinze mestres — ou melhor, dez — e a suíte 60, minha e de Wolfe, ficava no Upshur.

Prossegui em meu passeio despreocupado. Havia muito o que ver, para quem gostava daquele tipo de coisa. Touceiras imensas de flores cor-de-rosa nos bosques, que segundo Odell eram louro silvestre, um regato ziguezagueando por entre as árvores em flor, cortado aqui e ali por pequenas pontes, e passarinhos, sempre-vivas, e por aí afora. Essas coisas até que são legais; não tenho nada contra elas. Também, em uma terra tão grande, alguma planta ia mesmo acabar crescendo, senão o que eles iam fazer com todo o espaço? Mas devo admitir que era um lugar fraco em matéria de animação, se comparado, por exemplo, com o Times Square ou com o Yankee Stadium.

Perto da área central, no setor onde se situavam os pavilhões, e especialmente em torno do prédio principal e das fontes, havia mais vida. Estava cheio de gente entrando e saindo dos carros, a cavalo, às vezes até andando. A maioria dos pedestres eram negros com o uniforme do Kanawha Spa, calça preta justa e paletó verde vistoso com botões pretos. Nos caminhos laterais seria possível surpreender um deles sorrindo, mas em terreno aberto davam a impressão de ter sido quase esmagados por algo que não podiam revelar a ninguém, como caixas de banco.

Passava pouco das cinco quando alcancei a entrada do pavilhão Upshur. A suíte 60 ficava no fundo da ala da direita. Abri a porta com cuidado, cruzei o hall na ponta dos pés, para não acordar a criança, e abri a outra porta com mais cuidado ainda, só para descobrir que o quarto de Wolfe estava vazio. As três janelas que eu havia deixado parcialmente abertas estavam fechadas. A mossa no centro da cama não deixava dúvida sobre quem a ocupara, e o cobertor que eu havia estendido em cima dele estava largado no chão. Olhei novamente para o hall; o chapéu dele se fora. Andei até o banheiro, abri a torneira e comecei a ensaboar as mãos. Eu estava muito magoado. Depois de dez anos, já estava acostumado a encontrar Nero Wolfe onde eu o havia deixado, como se ele fosse a Estátua da Liberdade, a não ser que a casa estivesse pegando fogo. Era preocupante, para não dizer humilhante, descobrir que ele andava saçaricando por aí como se fosse um beija-flor, atrás de uma chance de puxar o saco de um salsicheiro espanhol.

Após ter me lavado e trocado de camisa, fiquei tentado a dar uma volta pelo hotel para olhar como era, mas sabia que Fritz e Theodore me matariam se eu não o levasse de volta inteiro, de modo que saí pelo passeio lateral, em direção ao pavilhão Pocahontas.

Pocahontas era bem mais ambicioso do que Upshur, com quatro salões de bom tamanho no centro do andar térreo, além de suítes nas laterais e no andar superior. Ouvi barulho antes mesmo de entrar, e quando cheguei vi que os mestres estavam se divertindo. Eu havia conhecido o grupo todo na hora do almoço, preparado e servido no próprio pavilhão. Cinco cozinheiros diferentes entraram com um prato cada um, e admito que não foi difícil experimentar a todos, o que era um grande elogio para qualquer um, depois de dez anos comendo, no dia-a-dia, o que Fritz Brenner preparava sob a supervisão de Nero Wolfe.

Permiti que o paletó verde abrisse a porta para mim, confiei meu chapéu a um outro que estava no hall e comecei a procurar meu beija-flor perdido. Na sala da direita, ornada com peças de madeira escura e tapeçarias coloridas por tudo quanto era canto — Pocahontas seguia o estilo índio na decoração —, três casais dançavam ao som do rádio. Uma morena média, da minha idade, de altura também média, de sobrancelha clara alta e olhos lânguidos, estava agarrada a Sergei Vallenko, um touro russo com cerca de cinqüenta anos e uma cicatriz sob a orelha esquerda. Ela era Dina Laszio, filha de Domenico Rossi, antiga esposa de Marko Vukcic, aquela que havia sido roubada dele por Phillip Laszio, segundo Jerome Berin. A mulher baixa, de meia-idade, que parecia uma pata de olhos negros miúdos e buço acima do lábio superior era Marie Mondor, e o cara de olhos saltados e rosto redondo, provavelmente da idade dela, era o marido, Pierre Mondor, outro gordo. Ela não sabia falar inglês, e eu não via motivo para lamentar isso. O terceiro casal consistia em Ramsey Keith, um baixinho escocês com uns sessenta anos e rosto parecido com um pôr-do-sol preservado em álcool, e sua acompanhante, uma mulher baixa e esguia, de olhos negros, que poderia ter qualquer idade abaixo de 35, de acordo com minha limitada experiência, porque era chinesa. Para minha surpresa, quando a encontrei na hora do almoço, ela me deu a impressão de ser misteriosa e requintada, como as fotos das gueixas nos anúncios. Acho que as gueixas são japas, mas dá na mesma. Bem, ela era Lio Coyne, quarta esposa de Lawrence Coyne. Sorte dele, que passava dos setenta e era branco como cera.

Tentei a sala da esquerda, um pouco menor. A atividade ali era escassa. Lawrence Coyne estava em um divã no fundo, ferrado no sono, e Leon Blanc, nosso velho amigo Leon, estava parado na frente de um espelho, aparentemente tentando resolver se fazia ou não a barba. Prossegui até a sala de jantar. Ao lado da mesa comprida e das fileiras de cadeiras, havia duas mesas de servir e um armário cheio de badulaques, além de dois biombos enormes, cobrindo a parede, com a cena da salvação de John Smith por Pocahontas, e outras coisas. Havia quatro portas: a que eu usei para entrar; uma grande, que dava para a sala maior; uma dupla, de vidro, que conduzia ao terraço lateral, e outra, à copa e à cozinha.

Também havia, no momento de minha entrada, algumas pessoas. Marko Vukcic estava em uma cadeira, na mesa grande, com um charuto na boca, balançando a cabeça enquanto lia um telegrama. Jerome Berin permanecia em pé, com um copo de vinho na mão, conversando com um sujeito mais velho, de ar digno, bigode grisalho e rosto enrugado. Era Louis Servan, decano dos quinze mestres, e seu anfitrião no Kanawha Spa. Nero Wolfe ocupava uma cadeira pequena demais para ele, perto da porta de vidro que dava para o terraço, que estava aberta. Nero encontrava-se reclinado desconfortavelmente, de modo que seus olhos semicerrados pudessem observar o rosto do homem que olhava para ele. Era Phillip Laszio — atarracado, alguns fios grisalhos no cabelo, olhos astutos, pele lisa e lustrosa. Ao lado da cadeira de Wolfe havia uma mesinha, com um copo e duas garrafas de cerveja, e perto do outro cotovelo, quase sentada no seu colo, com um prato de não sei o que na mão, estava Lisette Putti. Lisette era bem atraente, e já havia feito amigos, apesar da questão da irregularidade de sua condição. Ela era convidada de Ramsey Keith, que viera de Calcutá apresentando-a como sua sobrinha. Vukcic repetiu as acusações de Marie Mondor, feitas após o almoço. Segundo ela, Lisette era uma *coquine*, e Keith a havia encontrado em Marselha. Mas afinal, falou Vukcic, era fisicamente possível a um homem chamado Keith ter uma sobrinha chamada Putti, e mesmo que fosse um caso de identidade trocada, era Keith quem pagava as contas. A desculpa parecia um pouco esfarrapada, mas aquilo não era problema meu.

Quando me aproximei, Laszio estava terminando de dizer algo a Wolfe, e Lisette começava a discursar em francês, algo a respeito do troço que tinha no prato, uma espécie de bolacha marrom gordurosa. Mas nesse momento ouviu-se um grito na cozinha, e todos nos viramos para ver a porta de vaivém se abrir e Domenico Rossi entrar pulando com uma travessa fumegante em uma das mãos e uma colher comprida na outra.

— Talhou! — Ele uivou. Correndo em nossa direção, mostrou o prato a Laszio. — Olhe para esta porcaria! Não falei? Meu Deus, olhe só! Você me deve cem francos! Você é um genro perverso. Apesar da idade, desconhece os princípios mais básicos!

Laszio deu de ombros calmamente. — Você esquentou o leite?

— Eu? Acha que pareço congelador de ovos?

— Então pode ser que os ovos estivessem velhos.

— Louis! — Rossi virou para o lado a apontou a colher para Servan. — Ouviu essa? Ele está dizendo que você usa ovos velhos!

Servan sorriu. — Mas você fez tudo do jeito que ele ensinou, e mesmo assim talhou. Ganhou, portanto, os cem francos da aposta. Qual é sua objeção?

— Está tudo perdido! Olhe! Uma droga! — Rossi bufou. — Estas idéias modernas malditas! Vinagre é vinagre!

Laszio disse calmamente — Eu pago. E amanhã mostrarei como deve ser feito. — Ele deu as costas abruptamente e seguiu para a porta que levava à sala maior, abrindo-a. O som do rádio nos alcançou. Rossi saltitou em torno da mesa, com o prato de porcaria na mão, para que Servan e Berin o estudassem. Vukcic guardou o telegrama no bolso e se afastou para relê-lo. Lisette se deu conta da minha presença, pegou o prato e disse qualquer coisa. Eu sorri para ela e respondi: — Jack Spratt não pode comer gordura. Sua mulher pode...

— Archie! — Wolfe abriu totalmente os olhos. — A senhorita Putti disse que o senhor Keith fez estes biscoitos com suas próprias mãos, utilizando ingredientes que trouxe da Índia.

— Já experimentou?

— Sim.

— Prestam?

— Não.

— Então diga a ela, por favor, que nunca como nada entre as refeições.

Passei pela porta da sala e parei do lado de Phillip Laszio, que observava os três casais dançando. Era evidente que se concentrava em um deles. Mamma e papa Mondor estavam ofegantes, porém animados; Ramsey Keith e a gueixa formavam um par divertido de olhar, mas obviamente não davam a mínima, e Dina Laszio e Vallenko aparentemente não haviam se separado desde que eu os vi no início. Contudo, eles o fizeram rapidamente. Alguma coisa estava acontecendo atrás de mim. Laszio não disse nada, nem fez nenhum gesto, que eu visse. Mas eles trocaram alguma espécie de mensagem, pois os dois dançarinos pararam de repente, e Dina murmurou algo a seu par, para depois atravessar sozinha o salão e reunir-se ao marido. Dei dois passos para o lado, abrindo espaço para eles, que não repararam em mim.

Ela perguntou ao marido — Está com vontade de dançar, querido?

— Sabe que não. E você não estava dançando.

— Como assim? — Ela riu. — Chamam a isso de dança, não é?

— Pode ser. Mas você não estava dançando. — Ele sorriu. Quero dizer, tecnicamente. Na prática, foi um sorriso para acabar com a vontade de rir.

Vallenko aproximou-se. Parou ao lado deles, olhou para um e para o outro, e repentinamente começou a dar risada. — Ora, Laszio! — Ele deu um tapinha em suas costas, de modo não muito gentil. — Ah, meu amigo! — Ele fez uma mesura para Dina. — Obrigado, madame. — E caiu fora.

Ela acalmou o marido — Phillip, se você não queria que eu dançasse com seus colegas, deveria ter dito antes, amor. Para mim não seria sacrifício algum...

Não parecia provável que necessitassem de mim para se entender, de modo que retornei ao salão de jantar e me sentei. Fiquei observando o zoológico durante meia hora, sentado. Lawrence Coyne entrou, vindo da sala menor, esfregando os olhos e tentando ajeitar as suíças brancas com os dedos. Ele olhou em volta e chamou — Lio! — com um rugido que fez estremecer as janelas, e sua esposa chinesa chegou saltitando, vinda da outra sala, acomodou-o em uma poltrona e empoleirou-se em seu joelho. Leon Blanc entrou, engajando-se imediatamente em uma discussão com Berin e Rossi, e subitamente sumiu com eles para a cozinha. Constanza apareceu perto das seis. Ela havia trocado o traje de montaria. Olhou em torno e distribuiu alguns cumprimentos, mas ninguém deu muita atenção; depois viu Vukcic e eu, e aproximou-se para perguntar onde seu pai estava. Eu a informei: na cozinha, discutindo suco de limão. Seus olhos cor de púrpura eram ainda mais temíveis à luz do dia.

Comentei — Eu a vi com os cavalos, há umas duas horas. Quer um copo de *ginger ale*?

— Não, obrigada. — Ela sorriu para mim, como faria para um tio indulgente. — Foi muita gentileza sua dizer a meu pai que o senhor Tolman era seu amigo.

— Não precisa agradecer. Percebi que você era jovem e desamparada, e pensei que podia muito bem dar uma mãozinha. As coisas estão seguindo no rumo certo?

— Como assim?

— Não tem importância. — Fiz um gesto tranqüilizador. — Contanto que você esteja feliz.

— Seguramente estou feliz. *Amo* os Estados Unidos. Acho que vou querer um pouco de *ginger ale*, afinal de contas. Não, não se preocupe. Eu mesma posso pedir. — Ela contornou a mesa, pressionando a campainha.

Não creio que Vukcic, bem do meu lado direito, tenha ouvido qualquer coisa do que foi dito, porque tinha os olhos presos à antiga esposa, sentada com Laszio e Servan, que conversavam com Wolfe. Eu havia percebido essa tendência no comportamento dele, desde a hora do almoço. Também notei que Leon Blanc evitava discretamente Laszio, e não havia dirigido a palavra a ele nem uma vez. Segundo Berin, Laszio havia roubado o emprego dele no Hotel Churchill. Berin, por sua vez, não perdia a oportunidade de olhar Laszio bem de perto, sem tampouco falar com ele. Sem dúvida nenhuma, havia certa tensão no ar; era só reparar na cara feia que mamma Mondor fazia para Lisette Putti, no tipo de camaradagem invejosa, nas discussões sobre alface e vinagre, na antipatia geral por Laszio e, finalmente, na aura ardente que rodeava Dina Laszio, talvez o mais importante. Sempre mantive a crença de que a mulher fatal — o tipo que bate as pestanas três vezes e o cara está frito, vai acabar caindo na teia — não passa de um chamariz para otários. Mas dava para ver que Dina Laszio, se conseguisse pegar um cara sozinho, dedicasse toda a sua energia ao trabalho de conquistá-lo e contasse com a chuva lá fora, exigiria do sujeito bem mais do que um pouco de senso de humor para se livrar da situação. Ela já havia superado desde muito a fase de derramar *ginger ale* em advogados.

Fiquei apreciando o espetáculo, enquanto esperava que Wolfe desse sinais de querer se mover. Pouco depois das seis, ele se ergueu, e eu o segui até o terraço e pelo caminho de Upshur. Levando-se em conta os sofrimentos terríveis no trem, ele estava se saindo muito bem. Uma arrumadeira havia passado pela suíte 60, pois a cama fora feita e o cobertor dobrado e guardado. Fiquei um pouco no meu quarto, e mais tarde passei para o de Wolfe. Ele estava em uma poltrona perto da janela, quase grande o suficiente para acomodá-lo, recostado, com os olhos cerrados e uma ruga na testa. Os dedos se encontravam no centro da barriga. Era uma cena patética. Sem Fritz, sem atlas para olhar, sem orquídeas para cuidar, sem tampinhas de garrafa para contar! Lamentei que o jantar fosse informal, já que três ou quatro mestres o estavam preparando, pois o esforço para entrar no traje a rigor o teria deixado tão furioso que distrairia sua mente das outras coisas, o que seria um grande alívio para ele. Fiquei parado a observá-lo, enquanto ele emitia um suspiro profundo e demorado. Para evitar que as lágrimas molhassem meus olhos, disse:

— Soube que Berin vai preparar *saucisse minuit* para o almoço amanhã. Que tal?

Nenhum êxito. Insisti — Será que não preferia voltar de avião? Tem uma pista de pouso perto daqui. Serviço de bordo especial, sessenta paus até Nova York, menos de quatro horas.

Não adiantou. Eu disse — Houve um acidente de trem em Ohio, na noite passsada. Um cargueiro. Mais de cem porcos morreram.

Ele abriu os olhos e começou a se aprumar, mas a mão escorregou no braço da poltrona, e ele largou o corpo novamente. Em seguida declarou — Você está despedido, e isso vale a partir do momento de nossa chegada a Nova York. *Acho* que está. Isso pode ser discutido depois de voltarmos para casa.

Este era Nero Wolfe. Sorri para ele. — Para mim está ótimo. Estou pensando em me casar, de qualquer modo. Com a filha do Berin. O que você acha dela?

— Puf!

— Pode ficar com seus puffs. Suponho que você pense que ter vivido a seu lado por dez anos destruiu todos os meus sentimentos. Acho que você pensa que eu não me submeto mais...

— Puf!

— Está bem. Mas na noite passada, no vagão-restaurante, pensei nisso. Não creio que você se dê conta do quanto ela é bonita, pois parece imune a essas coisas. Claro, ainda não falei com ela, porque não posso pedir que se case... bem, com um detetive. Mas creio que posso arrumar outro tipo de trabalho, e mostrar que sou digno dela...

— Archie. — Ele estava ereto agora. Seu tom era de ameaça murmurada. — Você está mentindo. Olhe para mim.

Enfrentei-o, com o olhar mais firme que arranjei, pensando que havia conseguido interessá-lo. Aí vi que as pálpebras começavam a pender, e soube que tudo estava perdido. O máximo que eu podia fazer era sorrir para ele.

— Seu palerma! — Ele parecia aliviado, contudo. — Você tem noção do que o casamento significa? Noventa por cento dos homens com mais de trinta anos são casados, e olhe só para eles! Você está ciente de que sua esposa vai fazer questão de cozinhar para você? Sabe que todas as mulheres acreditam que a função da comida é encher um buraco no estômago? Tem uma idéia do que uma mulher é capaz... ei, mas o que é isso?

A segunda batida na porta da suíte foi notada. A primeira, fraca, ignorei porque não desejava interrompê-lo. Passei pelo hall de entrada e a abri. Então eu, que raramente me surpreendo, fiquei abismado. Ali estava Dina Laszio.

Seus olhos pareciam maiores do que nunca, porém menos sonolentos. Ela perguntou em voz baixa — Posso entrar? Quero ver o senhor Nero Wolfe.

Recuei, ela passou. Fechei a porta. Indiquei o quarto de Wolfe. — Por ali, por favor — e ela seguiu na minha frente. O único sinal perceptível no rosto de Wolfe, ao notar sua presença, foi de reconhecimento.

Ele inclinou a cabeça. — É uma grande honra, madame. Perdoe-me por não me levantar. Eu me dou o direito dessa falta de cortesia. Pegue aquela cadeira, Archie.

Ela estava nervosa. Olhou ao redor. — Posso falar com o senhor a sós, senhor Wolfe?

— Creio que não. O senhor Goodwin é meu secretário particular.

— Mas eu... — Ela permaneceu em pé. — Já é tão difícil falar com o senhor...

— Bem, madame, se é tão duro assim... — Wolfe deixou a frase solta no ar.

Ela engoliu em seco, olhou de novo para mim e deu um passo na direção dele. — Vai ser ainda mais difícil... mas eu tenho de contar a alguém. Ouvi falar muito do senhor, é claro... nos velhos tempos, de Marko... e eu preciso conversar com alguém, e não há ninguém com quem eu possa falar, fora o senhor. Alguém está tentando envenenar meu marido.

— É mesmo? — Os olhos de Wolfe se estreitaram ligeiramente. — Sente-se, por favor; é mais fácil falar quando se está sentado, não acha, senhora Laszio?

3

A mulher fatal sentou-se na poltrona que ofereci. Desnecessário dizer que, quando me encostei na cabeceira da cama, estava bem menos relaxado do que aparentava. Tive a impressão de que ali poderia haver algo para justificar minha precaução de incluir na bagagem o revólver e um par de blocos de anotação, na hora de fazer as malas.

Ela disse — Claro... sei que o senhor é um velho amigo de Marko. Provavelmente pensa que errei quando... eu o deixei. Mas apelo para seu senso de justiça... para seu humanitarismo...

— Argumentos fracos, madame. — Wolfe foi brusco. — Poucos entre nós possuem sabedoria suficiente para a justiça, ou tempo disponível para o humanitarismo. Por que mencionou Marko? Sugere que ele esteja tentando envenenar o senhor Laszio?

— Oh! Não. — Sua mão elevou-se do colo e foi repousar no encosto da poltrona. — Lamentaria apenas se o senhor tivesse preconceitos contra meu marido e eu, pois resolvi que deveria contar a alguém, e não há mais ninguém a quem eu possa contar...

— A senhora já informou a seu marido que ele está sendo envenenado?

Ela balançou a cabeça afirmativamente, mordiscando os lábios. — Foi ele quem me contou. Hoje. O senhor sabe, claro, que vários cozinheiros prepararam pratos para o almoço, e que Phillip fez a salada, e anunciou que apresentaria uma criação sua, o molho *meadowbrook*. Todos sabem que o suco de limão e o creme azedo são misturados com uma hora de antecedência, e que ele sempre experimenta algumas colheradas. Os ingredientes estavam todos prontos, juntos em uma mesa de canto, na cozinha: o limão, a tigela de creme, o açucareiro. Ao meio-dia, ele começou a fazer a mistura. Por força do hábito, colocou o açúcar na palma da mão e encostou a língua para prová-lo. Estava fraco e arenoso. Ele despejou um pouco em uma panela com água, e algumas partículas boiaram, mesmo depois que a água foi mexida. Ele serviu um copo de xerez e adicionou um pouco daquelas partículas, que não se dissolveram direito. Se tivesse misturado o molho, e experimentado uma ou duas colheres, como sempre faz, estaria morto. O açúcar estava cheio de arsênico.

Wolfe resmungou — Ou farinha.

— Meu marido disse arsênico. O gosto não era de farinha.

Wolfe deu de ombros. — É fácil descobrir, com um pouco de ácido clorídrico e um pedaço de fio de cobre. Ao que parece, o açucareiro não está com a senhora. Onde ele o deixou?

— Na cozinha, suponho.

Os olhos de Wolfe se arregalaram. — Para ser utilizado durante nosso jantar, madame? E a senhora falou em humanitarismo...

— Não se preocupe. Phillip o esvaziou na pia, e mandou um dos negros enchê-lo novamente. Só com açúcar, desta vez.

— Ainda bem. — Wolfe relaxou, e seus olhos voltaram a semicerrar-se. — Notável. Quer dizer que ele está seguro de que é arsênico? Não mostrou nem a Servan? Ou contou o caso a mais ninguém, fora a senhora? Ou tampouco guardou a prova? Incrível.

— Meu marido é um homem incrível. — Um raio do sol poente entrou pela janela, banhando seu rosto, e ela se moveu um pouco. — Ele disse que não gostaria de tornar as coisas difíceis para seu amigo, Louis Servan. E me proibiu de comentar isso. Ele é um homem muito forte e orgulhoso. Essa é a sua natureza. Acha que é forte, competente e astuto demais para ser ferido por qualquer pessoa. — Ela inclinou-se para a frente e esticou a mão, palma para cima. — Por isso vim procurá-lo, senhor Wolfe. Estou tão apavorada!

— Que quer que eu faça? Descubra quem colocou o arsênico no açucareiro?

— Sim. — Depois ela mexeu a cabeça. — Não. Suponho que não possa fazer isso, e, mesmo que o fizesse, o arsênico foi jogado fora. Eu só quero proteger meu marido.

— Minha cara senhora. — Wolfe pigarreou. — Se alguém está decidido a matar seu marido, e não é retardado, seu marido será morto. Nada é mais simples do que matar um homem. A dificuldade surge quando se trata de evitar as conseqüências. Temo que eu não tenha sugestão alguma a fazer à senhora. É duplamente difícil salvar a vida de um homem contra sua vontade. A senhora acha que sabe quem envenenou o açúcar?

— Não. Certamente existe algo...

— Seu marido acha que sabe?

— Não. Certamente o senhor poderia...

— Perguntar a Marko? Descobrir se foi ele?

— Não! Marko não! O senhor prometeu que não iria mencionar...

— Eu não prometi absolutamente nada. Sinto muito, senhora Laszio, se pareço rude, mas o problema é que eu odeio ser tomado por palhaço. Se a senhora acha que seu marido pode ser envenenado, precisa é de alguém para experimentar a comida, e esta não é minha profissão. Se teme violência física contra ele, a melhor coisa é contratar um guarda-costas. Também não sou um deles. Antes que ele entre em um automóvel, cada parafuso e cada porca precisam passar por um teste rigoroso. Quando ele caminhar pelas ruas, as janelas e o alto dos edifícios precisam ser vigiados, e os passantes, mantidos à distância. Se ele for ao teatro...

A mulher fatal se levantou. — Está transformando isso em piada. Sinto muito.

— Foi a senhora quem começou a palhaçada.

Ela, contudo, não ficou ali para ouvir o resto. Adiantei-me para abrir a porta do quarto, mas ela pegou a maçaneta antes de mim, e como pelo jeito preferia as coisas assim, deixei que se fosse e abrisse a porta de saída também. Tranquei a porta depois que ela nos deixou e retornei ao quarto de Wolfe; fiz uma cara de surpresa fingida, um desperdício, porque seus olhos estavam fechados. Disse a seu imenso rosto redondo:

— Que maneira de tratar uma cliente fina que chega com uma proposta tão clara e objetiva! Nós só precisaríamos ir, rio abaixo, até o ponto de onde saem os esgotos e nadar um pouco até sentir o gosto do arsênico...

— Arsênico não tem gosto.

— Tá bom. — Sentei-me. — E se ela planeja envenenar o marido, e está preparando o terreno para sair livre? Ou então está apenas preocupada, tentando proteger o cara? E se Laszio estiver inventando histórias só para mostrar como é esperto? Deveria ter visto como olhou para ela quando a mulher dançava com Vallenko. Suponho que reparou em Vukcic, obcecado por ela, com cara de mariposa enjaulada e cercada de holofotes. Ou haveria alguém maluco o suficiente, a ponto de pôr arsênico no açucareiro, ameaçando as vidas de todos nós? Por falar nisso, em dez minutos será hora do jantar, e se pretende pentear o cabelo e pôr a fralda da camisa para dentro... sabia que pode ter um criado de paletó verde por cinco dólares extras por dia? Juro por Deus que vou experimentar um por meio dia. Eu seria outra pessoa, se cuidasse melhor de mim.

Parei para bocejar. Sono de menos e sol de mais haviam me derrubado. Wolfe continuava quieto. Finalmente falou:

— Archie. Sabe quais são os planos para esta noite?

— Não. Algo em especial?

— Sim. Aparentemente tem a ver com uma aposta entre o senhor Servan e o senhor Keith. Após a digestão do jantar, haverá um teste. O cozinheiro vai assar frangos de leite, e o senhor Laszio, que se ofereceu para o papel, deverá preparar uma determinada quantidade de *sauce printemps*. Esse molho contém nove temperos, além do sal: pimenta-de-caiena, salsão, cebolinha, alho de folha, cerefólio, estragão, pimenta-do-reino em grão, tomilho e salsa. Nove porções desse molho serão preparadas, e em cada uma faltará um tempero diferente. Os pedaços de frango de leite e as travessas de molho serão dispostos na sala de jantar. O senhor Laszio vai supervisionar tudo. A reunião acontecerá na sala menor, e cada um irá até a sala de jantar, sozinho, para evitar discussões, experimentará o molho, em pedacinhos de frango de leite, e anotará em que travessa falta pimenta-do-reino, salsa, e assim por diante. Pelo que sei, o senhor Servan apostou em um índice de acerto de 80%.

— Muito bem. — Bocejei de novo. — Posso ficar com a que não tiver frango.

— Você não será incluído. Apenas os membros de *Les Quinze Maîtres* e eu. Será um experimento instrutivo e interessante. A maior dificuldade será distinguir cebolinha e alho de folha, mas eu acho que vou conseguir. Beberei vinho no jantar, e obviamente não comerei nenhum doce. Mas acaba de me ocorrer a possibilidade de haver uma conexão entre esse teste e o estranho relato da senhora Laszio. O senhor Laszio deverá preparar o molho. Você sabe que não sou do tipo assustado. Mas vim até aqui para conhecer homens capazes, e não para ver o assassinato de um ou vários deles.

— Você veio aqui para aprender a fazer salsicha. Mas esqueça isso. Acho que está fora de questão. E que conexão pode haver? Quem vai ser morto é o senhor Laszio, correto? Quem vai comer está em segurança. Talvez seja melhor você ir por último. Se ficar doente aqui na selva vou dar muita risada.

Ele fechou os olhos. Em pouco tempo eles estavam abertos novamente. — Não gosto dessa história de arsênico na comida. Que horas são?

Preguiçoso demais para pegar o relógio de bolso. Disse a ele, que suspirou e iniciou os preparativos para se levantar.

O jantar daquela noite, no pavilhão Pocahontas, foi elegante em matéria de rango, mas um pouco confuso no resto. A sopa, assinada por Louis Servan, parecia um consomê qualquer, mas não era. Ele caprichou, e foi agradável ver aquele rosto cansado e digno ficar rubro de prazer com os elogios. O peixe, por Leon Blanc, era truta de rio com quinze centímetros, quatro por pessoa, com um molho marrom-claro de alcaparras e um azedinho que não parecia vir de nenhum limão ou vinagre que eu conhecesse. Não pude identificar o que era, e Blanc apenas sorriu quando perguntaram a combinação, dizendo só que ainda não havia sido batizada. Todos eles, com exceção de Lisette Putti e eu, comeram a truta inteira, com cabeça e espinhas, inclusive Constanza Berin, que se sentou à minha direita. Ela acompanhou meus esforços para catar o peixe, sorriu e disse que eu nunca daria um gourmet. Retruquei que não comer a cabeça do peixe era questão de sentimento, sinal de respeito para com meu peixinho dourado de estimação. Ao observá-la enquanto mordia as cabeças das trutas com seus lindos dentes, fiquei satisfeito por ter dado fim ao meu ataque de ciúmes da perna.

A entrada, de Pierre Mondor, estava tão boa que imitei os outros e repeti. Ao que constava, era uma famosa criação dele, bem conhecida de todos, e Constanza contou que seu pai sabia prepará-la muito bem, e que os ingredientes eram tutano, biscoitos tipo cracker moídos, vinho branco e peito de frango. Na metade da segunda porção, cruzei os olhos com os de Wolfe, no outro lado da mesa, e pisquei para ele. O chefe me ignorou, e manteve-se compenetrado em sua solene bem-aventurança. No que dizia respeito a ele, estávamos em uma igreja, e São Pedro fazia o sermão. Durante a entrada, Mondor e a esposa gorda de repente começaram a discutir aos gritos, que só terminaram quando ele se levantou e correu para a cozinha, com a mulher em seu encalço. Soube depois que ela ouviu quando o marido perguntou a Lisette Putti se havia gostado da entrada. Ela devia ser excepcionalmente moralista para uma francesa.

O assado era um pato à la mr. Richards, por Marko Vukcic. Tratava-se de um dos pratos preferidos de Wolfe. Eu estava bem familiarizado com a versão Nero Wolfe-Fritz Brenner, e no momento em que foi servido já me considerava tão cheio que não tive condições de julgar, mas os outros homens tomaram um bom gole de borgonha para capitalizar a abertura deste novo parágrafo e atacaram como se estivessem mesmo esperando um salgadinho delicado para aplacar ligeiramente seu apetite. Notei que as mulheres no máximo o experimentaram, particularmente Lio, a esposa chinesa de Lawrence Coyne, e Dina Laszio. Também percebi que os garçons de paletó verde tinham consciência de estar acompanhando um campeonato mundial de gastronomia, apesar das tentativas de disfarçar isso. Antes de dar o basta, os caras traçaram nove patos. A mim pareceu que Vukcic exagerava um pouco no desfile de diferentes tipos de vinho, e talvez tenha sido essa a razão de sua rapidez no gatilho quando Phillip Laszio começou a fazer observações sobre recheios para pato que em sua opinião superavam o mr. Richards, seguidas de comentários parciais sobre a clientela do Hotel Churchill e a do restaurante Rusterman's. Eu estava ali como convidado de Vukcic, e gostava dele. Foi constrangedor observá-lo enquanto atirava um pedaço de pão em Laszio, que o acertou bem no olho. Os outros aparentemente se ressentiram apenas com a interrupção. Servan, ao lado de Laszio, consolou-o. Vukcic olhou fixo para os que o censuraram e bebeu mais borgonha. Um garçom pegou o pão no chão, e todos retornaram ao pato.

A salada, por Domenico Rossi, foi recebida com uma espécie de ovação. Em seguida, Phillip Laszio foi para a cozinha, quando a salada já estava sendo servida; Rossi ficou furioso com isso, e continuou a reclamar mesmo depois que Servan lembrou a necessidade de Laszio supervisionar o preparo da *sauce printemps* para o teste que havia sido combinado. Rossi não interrompeu seus comentários sobre genros com o dobro de sua idade. Depois ele percebeu que Pierre Mondor nem sequer fingia comer, e quis saber se por acaso encontrara bichos andando na alface. Mondor retrucou amigavelmente que os temperos indispensáveis ao sabor da salada, como o vinagre, eram reconhecidamente péssimos companheiros do vinho, e ele gostaria de terminar o borgonha.

Rossi disse sombrio — Não há vinagre algum. Não sou selvagem.

— Não cheguei a experimentar. Senti o cheiro de vinagre; por isso a recusei.

— Estou dizendo que não tem vinagre nenhum! Os ingredientes desta salada foram mantidos, no geral, como Deus os fez! Brotos de mostarda, folhas tenras de agrião, alface! Sumo de cebola com sal! Pedacinhos de torrada esfregados com alho! Na Itália comemos esta salada de bacia, com chianti, e damos graças a Deus por isso!

Mondor deu de ombros — Não fazemos tal coisa na França. A supremacia cabe à França quando se trata desse assunto, como bem sabe, senhor Rossi. Em que idioma...

— Hã! — Rossi ergueu-se nas patas traseiras. — Supremacia que nós ensinamos! Só porque no século XVI vocês saborearam nossa comida e a copiaram! Você sabe ler? Conhece a história da gastronomia?

Tem noção de que todas as coisas boas da França, e reconheço que elas existem, partem de um original italiano? Você sabe...

Suponho que seja assim que a guerra vai começar. Naquele momento eu me desliguei. Eles impediram que Mondor explodisse, e convenceram Rossi a mergulhar em sua salada. Tivemos um pouco de paz.

O café foi servido nas duas salas. Nas duas porque Lawrence Coyne se espalhou novamente no divã da menor, tendo a seu lado Keith e Leon Blanc para conversar. Eu me sinto sempre mais confortável quando fico em pé após uma refeição, e preferi dar um giro. Na sala maior, Wolfe, Vukcic, Berin e Mondor formaram uma roda no canto para discutir o pato. Mamma Mondor veio do hall, andando como uma pata, e sentou-se sob uma lâmpada, com seu tricô. Lio Coyne acomodou-se em uma poltrona grande, com os pés debaixo do corpo, ouvindo as histórias que Vallenko contava. Lisette Putti servia café a Servan, e Rossi estava em pé, olhando com cara feia para uma tapeçaria índia jogada sobre um sofá, como se suspeitasse que havia sido feita na França.

Não vi Dina Laszio em lugar nenhum, e divaguei sobre seu destino. Estaria ela escondida em algum lugar, preparando venenos, ou havia simplesmente ido para seu quarto, que ficava na ala esquerda de Pocahontas, atrás de um pouco de bicarbonato? Poderia ter ido até a cozinha ajudar o marido. Fiquei perambulando por ali. Na sala de jantar, quando entrei, estavam aprontando tudo para o teste dos molhos. As cadeiras tinham sido encostadas na parede, os biombos grandes colocados na frente das mesas de servir e uma toalha nova esticada na mesa maior. Contornei um par de garçons de paletó verde e segui em frente. Dina não estava na cozinha. Havia meia dúzia de pessoas em aventais brancos, mas ninguém me deu atenção, uma vez que nas últimas doze horas eles se acostumaram a ver o local cheio de estranhos. Laszio, também de avental, estava no fogão maior, lidando com uma panela grande, com um crioulo em cada cotovelo, à espera de ordens. Não me agradava muito o cheiro do lugar, depois de tudo o que eu tinha comido; de modo que saí novamente, passei pelo hall e fui para a sala de estar. Estavam servindo bebidas; eu peguei uma dose de conhaque e procurei uma poltrona que desse uma boa visão da cena.

Percebi que não via Constanza por ali havia algum tempo. Pouco depois ela entrou, vinda do hall, percorreu a sala com os olhos e veio sentar-se do meu lado, cruzando as pernas de modo ostensivo. Notei sinais de choro em seu rosto, e inclinei o corpo para a frente em busca de confirmação.

— Você andou chorando.

Ela fez que sim. — Claro que chorei! Tem um baile no hotel, o senhor Tolman me convidou para ir com ele, mas meu pai não deixa! Nem aqui nos Estados Unidos! Fiquei trancada no quarto, chorando. — Ela ergueu um pouco o joelho. — Papai não gosta que eu me sente deste jeito; é por isso que estou nesta posição.

Resmunguei — Ciúmes da perna, tipo paterno.

— O quê?

— Nada. Se quiser, pode ficar mais à vontade, ele não está olhando para você. Quer um pouco de conhaque?

Passamos juntos cerca de uma hora deliciosa, pontilhada por movimentos e atividades diversas em torno de nosso pequeno mundo. Dina Laszio surgiu, vinda do hall, serviu-se de um licor, parou para trocar umas poucas palavras com mamma Mondor e depois se sentou no pequeno banco próximo ao rádio. Ela bebericou o licor e manipulou o dial, mas não conseguiu pegar nada. Em um minuto ou dois, Vukcic cruzou a sala, puxou uma cadeira e sentou-se ao lado do banquinho. O sorriso dela, ao ouvir suas palavras, foi muito encorajador, e eu fiquei pensando se ele estaria em condições de perceber o quanto. Coyne, Keith e Blanc entraram, vindos da sala menor. Por volta das dez, recebemos uma visita — nada menos do que o senhor Clay Ashley, gerente do Kanawha Spa. Tinha cinqüenta anos, cabelos negros, sem fios brancos, impecável por dentro e por fora. Estava ali para fazer um discurso. Ele queria que soubéssemos que o Kanawha Spa se sentia honrado com a visita dos mais distintos representantes vivos de uma das artes maiores. Ele esperava que nos divertíssemos e outras coisas mais. Servan escolheu Nero Wolfe, o convidado de honra, como a pessoa adequada para a resposta, e desta vez Wolfe teve de se levantar da poltrona, mesmo sem intenção de ir a lugar algum. Ele fez alguns comentários, agradeceu ao senhor Ashley e não citou nem uma vez viagens de trem e salsichas. O senhor Ashley saiu depois de ter sido apresentado aos que ainda não conhecia.

Era hora de outro pequeno discurso, desta feita por Louis Servan. Ele disse que estava tudo pronto para o teste, e explicou no que consistia. Haveria nove travessas de *sauce printemps* em banho-maria, cada uma delas com um tempero a menos, além de pedaços de frango de leite, pratos e outros utensílios. Cada um dos convidados escolheria seus pedaços de frango. Era proibido provar o molho sem o frango. Haveria água por perto para refrescar o paladar. Só era permitido experimentar uma vez cada molho. Na frente de cada travessa haveria um cartão numerado de um a nove. A cada provador seria dado um papel, no qual estariam relacionados os nove temperos. Depois de cada tempero ele deveria escrever o número da travessa em que estava o molho onde faltava aquele ingrediente. Laszio, que havia preparado o molho, estaria na sala de jantar para conferir. Quem experimentasse não poderia conversar com quem não tivesse experimentado, até que todos terminassem. Para evitar confusões, o teste seria realizado na seguinte ordem — Servan leu em uma folha:

Mondor
Coyne
Keith
Blanc
Servan
Berin
Vukcic
Vallenko
Rossi
Wolfe

Logo de cara houve um pequeno tumulto. Quando as tiras de papel foram passadas e chegou a vez de Leon Blanc, ele balançou a cabeça negativamente. Disse a Servan, desculpando-se porém decidido — Sinto muito Louis, não vai dar. Tentei evitar que minha opinião sobre Phillip Laszio causasse qualquer constrangimento a vocês, mas em hipótese alguma comerei algo preparado por ele. Ele é... vocês sabem muito bem... mas é melhor que eu não o diga...

Ele girou sobre os calcanhares e deixou a sala, dirigindo-se ao hall. O único som a romper o silêncio foi o longo uivo de Jerome Berin, que já estava com seu papel.

Ramsey Keith disse — Azar dele. Coitado do Leon. Todos nós já sabemos... mas que se dane! Você é o primeiro, Pierre? Tomara que erre todos os temperos! Está tudo pronto aí, Louis?

Mamma Mondor entrou trotando e parou na frente do marido, segurando o tricô na altura da barriga e esganiçando algo em francês para ele. Perguntei a Constanza o que era, e ela disse que Pierre fora prevenido por mamma que se cometesse um erro em um teste tão simples jamais seria perdoado, nem por ela nem por Deus. Mondor deu um tapinha impaciente em seu ombro, tentando tranqüilizá-la, cruzou a porta da sala de jantar, e fechou-a atrás de si. Em dez minutos, talvez quinze, a porta se abriu novamente, e ele reapareceu.

Keith, autor da aposta com Servan que originou tudo, aproximou-se de Mondor e perguntou — E então?

Mondor fez cara feia. — Fomos instruídos a não fazer comentários. Só posso dizer que avisei Laszio para tomar cuidado com o excesso de sal, mas ele me ignorou. Mesmo assim, seria absurdamente assombroso se eu cometesse um erro.

Keith deu meia-volta e correu para o outro lado da sala. — Lisette, minha querida sobrinha! Sirva licores para todos! Insista! Seduza-os!

Servan, sorridente, chamou Coyne. — Você é o próximo, Lawrence.

O velho monte nevado entrou. Percebi que seria um jogo dos mais demorados. Constanza havia sido chamada pelo pai, do outro lado. Eu imaginava como seria dançar com uma mulher fatal, e fui até onde Dina Laszio estava, ainda ao lado do rádio, junto de Vukcic, mas fui recusado. Ela me dirigiu um olhar indiferente, com seus olhos sonolentos, e disse que estava com dor de cabeça. Resolvi insistir, olhando em torno à procura de outra parceira, mas as perspectivas não eram animadoras. Lio, a esposa chinesa de Coyne, não estava ali, apesar de eu não ter percebido quando ela deixou a sala. Lisette interpretara a ordem de Keith ao pé da letra, e circulava com uma bandeja de licores. Eu não tentei tirar mamma Mondor, com medo de que Pierre sentisse ciúmes. Quanto a Constanza, bem, eu me lembrei de meus filhos todos, lá em casa, depois levei em consideração essa possibilidade, pensei em seus olhos perto dos meus, meus braços em torno de seu corpo e naquela fragrância sutil que tornava absolutamente necessária a aproximação, para apreciá-la melhor, e concluí que não seria justo para com meu amigo Tolman. Lancei outro olhar desaprovador para Vukcic, enquanto ele continuava grudado à poltrona, ao lado de Dina Laszio. Atravessei a sala e me contentei com a cadeira em que Lio Coyne estivera sentada.

Tenho quase certeza de que não cochilei, pois me recordo do murmúrio das vozes durante todo o tempo, mas não há dúvida de que meus olhos se fecharam por um segundo, e eu me sentia tão confortável que me incomodava o fato de estar preocupado com a capacidade daqueles caras para engolir os pedaços de frango de leite e do molho, menos de três horas depois de terem mandado para dentro uma revoada de patos. Foi o barulho do rádio que me acordou — quer dizer, que me fez abrir os olhos. Dina Laszio estava em pé, um pouco inclinada para mexer no dial, e Vukcic à sua espera. Ela ficou ereta, enlaçou-se nele, toda derretida, e começaram a dançar. Em um minuto Keith e Lisette Putti aderiram, assim como Louis Servan e Constanza. Olhei em volta. Jerome Berin não estava por ali; aparentemente era a vez dele na lista do teste. Disfarcei um bocejo e me espreguicei sem esticar os braços, levantei-me e olhei para o canto onde Nero Wolfe conversava com Pierre Mondor e Lawrence Coyne. Havia uma cadeira vazia, que ocupei.

Logo Berin apareceu, vindo da sala de jantar, dirigindo-se ao nosso canto. Vi que Servan, sem interromper sua dança, fez um sinal a Vukcic indicando que ele era o seguinte. Vukcic fez que sim com a cabeça, sem, no entanto, dar mostras de querer largar Dina. Berin estava carrancudo. Coyne perguntou a ele:

— O que você acha, Jerome? Nós dois já estivemos lá. O número 3 é cebolinha, certo?

Mondor protestou. — O senhor Wolfe ainda não experimentou. Ele é o último.

Berin resmungou. — Não me recordo dos números. Louis tem meu papel. Meu Deus, foi difícil, tendo de agüentar o cachorro do Laszio ali, olhando para mim e sorrindo irônico. — Ele estremeceu. — Eu o ignorei. Nem falei com ele.

Eles continuaram conversando. Eu ouvia apenas com uma orelha, pois estava apreciando uma comédia à minha frente. Servan encarou Vukcic mais duas vezes para lembrá-lo de que era sua hora de experimentar o molho, sem resultado algum. Pude ver Dina rindo da cara de Vukcic, e reparei que mamma Mondor também estava acompanhando tudo, a ponto de perder o interesse pelo seu tricô. Servan teve de largar Constanza, fazendo uma mesura para se desculpar, a fim de se aproximar do outro casal. Ele era educado e digno demais para pegar o outro pelo braço, de forma que simplesmente ficou no meio do caminho, e foram obrigados a parar. Eles se separaram afinal.

Servan disse: — Por favor. É melhor manter a ordem da lista, se não se incomoda.

Aparentemente Vukcic livrou-se do feitiço. De qualquer forma, ele não teria sido rude com Servan. Com um movimento da cabeça, ele jogou o topete para trás e riu. — Mas eu acho que não vou fazer o teste. Prefiro me unir a Leon Blanc em seu repúdio. — Ele precisou falar alto, por causa do rádio.

— Meu querido Vukcic! — Servan insistiu com gentileza — Somos pessoas civilizadas, não é? Não somos mais crianças.

Vukcic deu de ombros. Depois, dirigiu-se a sua parceira de dança: — Devo fazê-lo, Dina? — Os olhos dela se ergueram e os lábios se moveram, mas falou em voz baixa demais, e não pude entender. Ele deu de ombros de novo, girou e encaminhou-se para a porta da sala de jantar, abriu-a e entrou, enquanto ela o acompanhava com os olhos. Dina retornou ao rádio, e Servan a Constanza. Em pouco tempo, às onze e meia, houve uma mudança na programação, e o rádio passou a anunciar chicletes. Dina desligou o aparelho.

Ela perguntou: — Devo procurar outra estação?

Aparentemente ninguém queria, e o rádio continuou desligado. Em nosso canto, Wolfe estava recostado, de olhos fechados, e Coyne contava a Berin como era a baía de São Francisco quando sua esposa chinesa entrou, vinda do hall. Ela estudou o local, nos viu e aproximou-se saltitando. Enfiou o dedo na cara de Coyne e disse a ele que o beijasse, porque havia ficado preso na porta, e doía.

Ele beijou o dedo. — Mas eu pensei que você estivesse lá fora observando a noite.

— E estava. Mas prendi o dedo na porta. Olhe! Como dói!

Ele beijou o dedo novamente. — Coitadinha da minha florzinha! — Mais beijos. — Minha flor do Oriente! Agora estamos ocupados. Vá dar uma volta e nos deixe em paz.

Ela saiu fazendo beiço.

Vukcic entrou, vindo da sala de jantar, direto para onde estava Dina Laszio. Servan avisou a Vallenko que ele era o próximo. Vukcic virou-se para ele e disse:

— Eis aqui meu papel. Experimentei cada prato uma vez. Esta é a regra, certo? Laszio não está lá.

As sobrancelhas de Servan se ergueram. — Como não está lá? Onde ele está, então?

Vukcic sacudiu os ombros. — Não procurei por ele. Talvez esteja na cozinha.

Servan chamou Keith: — Ramsey! Phillip abandonou o posto! Restam apenas Vallenko, Rossi e o senhor Wolfe. E agora?

Keith disse que confiaria nele, caso Servan também confiasse, e Vallenko entrou. Em pouco tempo estava de volta, e foi a vez de Rossi. Apurei os ouvidos na expectativa de ouvir comentários ácidos sobre genros, pois Rossi já estava sem brigar com alguém havia quase três horas. Daria para escutar, pela porta fechada, caso Laszio tivesse voltado a seu trabalho. Ou talvez não, pois havia tanta falação na sala que poderia abafar a bronca. Quando Rossi voltou, ele proclamou ao grupo que somente um idiota colocaria tanto sal na *sauce printemps*, mas ninguém prestou atenção a ele. Nero Wolfe, o último a ir, ergueu-se preguiçosamente da poltrona e, na condição de convidado de honra, foi conduzido até a porta por Louis Servan. Eu fiquei deslumbrado, porque afinal vislumbrava a hora de dormir despontando no horizonte.

Em dez minutos a porta se abriu, e Wolfe reapareceu. Ele parou sob o batente e falou:

— Senhor Servan! Como sou o último, peço sua licença para tentar uma experiência com o senhor Goodwin.

Servan permitiu, e Wolfe me convocou. Eu já estava de pé, porque percebera que havia algo no ar. Há vários tipos de experiência que Wolfe gosta de fazer, tendo minha pessoa como cobaia, mas nenhuma delas gastronômica. Atravessei a sala e o segui até o local do teste. Ele fechou a porta e eu olhei para a mesa. Lá estavam as nove travessas, com os cartões numerados na frente, e uma bandeja grande coberta em cima de um aquecedor elétrico, um jarro de água, copos, pratos, garfos e outras coisas mais.

Sorri para Wolfe. — Fico contente em poder ajudar. Qual deles o deixou na dúvida?

Ele contornou a mesa. — Venha cá. — Ele prosseguiu, para a direita, até a beira do enorme biombo com a cena de Pocahontas que havia ali, e eu o acompanhei. — Veja só que cena horrível.

Dei um passo para trás, absolutamente surpreso. Eu havia descartado todas as menções a assassinato; afinal, eles eram latinos, e, qualquer que fosse minha opinião sobre a história da mulher fatal, eu não estava preparado para ver sangue de verdade. Mas o sangue estava lá. Não havia muito, porque a faca ainda estava enterrada no meio das costas de Phillip Laszio, só com o cabo à mostra. Ele estava virado de cara para o chão, com as pernas estendidas, e alguém poderia pensar que ele estava dormindo, não fosse a faca. Cheguei mais perto, me abaixei e virei a cabeça o suficiente para dar uma boa espiada em um dos olhos. Levantei-me e olhei para Wolfe.

Ele disse amargo — Um passeio agradável! Sabe de uma coisa, Archie?... bem, deixa pra lá. Ele está morto?

— Morto como uma salsicha.

— Sei. Archie, nunca fomos considerados culpados de obstruir a ação da justiça. Este é o termo legal; vamos deixar isso para eles. Isso não é da nossa conta, pelo menos no momento. O que você lembra de nossa viagem, até agora?

— Acho que eu lembro que viemos de trem. Creio que é o máximo que consigo lembrar.

Ele concordou com a cabeça. — Chame o senhor Servan.

4

Eu estava sentado na sala menor do pavilhão Pocahontas às três da manhã. Na outra extremidade da mesa, encontrava-se meu amigo Barry Tolman, e em pé atrás dele um brutamontes de queixo largo e olhos miúdos vestindo um terno de sarja azul, colarinho branco duro, gravata vermelha e camisa rosa. Seu nome e função não foram mantidos em segredo: Sam Pettigrew, delegado da comarca de Marlin. Havia mais dois tipos indefinidos, um deles com bloco de taquigrafia, no fundo da mesa, e um policial estadual de West Virginia em uma cadeira inclinada e encostada na parede. A porta que dava para a sala de jantar estava aberta, e ainda se podia sentir no ar um leve odor dos flashes dos fotógrafos e ouvir um murmúrio dos investigadores que recolhiam impressões digitais e procuravam outras provas.

O atleta de olhos azuis tentava não demonstrar irritação. — Sei de tudo isso, Ashley. Você pode ser o gerente de Kanawha Spa, mas eu sou o promotor público desta comarca. Que quer que eu faça? Acredita que ele caiu acidentalmente em cima da faca? Fico ofendido com sua insinuação de que estou querendo me promover...

— Está bem, Barry. Esqueça. — Clay Ashley, parado atrás de mim, balançou lentamente a cabeça. — Que situação horrorosa! Sei que não pode abafar o caso, claro. Mas, pelo amor de Deus, acabe logo com esta história e tire esta gente daqui! Tudo bem, sei que você vai fazer isso assim que for possível. Sinto muito se fui grosso... Vou tentar dormir um pouco. Mande me chamar se eu puder fazer alguma coisa.

Ele saiu. Alguém veio da sala de jantar e fez uma pergunta a Pettigrew; Tolman se sacudiu, esfregou os olhos vermelhos com as mãos e olhou para mim.

— Mandei chamá-lo novamente, senhor Goodwin, para perguntar se tem algo a acrescentar ao que me disse antes.

Balancei a cabeça. — Dei o serviço todo.

— Não se lembrou de nada que tivesse acontecido, na sala menor, ou em outro lugar qualquer, nenhum comportamento estranho, nenhuma conversa reveladora?

Eu disse que não.

— Nada durante o dia, também?

— Nada. Nem de dia nem de noite.

— Quando Wolfe o chamou secretamente na sala de jantar e mostrou o corpo de Laszio atrás do biombo, o que ele conversou com você?

— Ele não me chamou secretamente. Todos o ouviram.

— Bem, ele quis que fosse sozinho. Por quê?

Ergui os ombros e deixei que baixassem. — Melhor perguntar a ele.

— O que Wolfe disse?

— Eu já disse. Ele pediu que eu fosse ver se Laszio estava morto: eu verifiquei, confirmei, e ele mandou que chamasse Servan.

— Isso foi tudo o que disse?

— Acho que fez algum comentário sobre um passeio agradável. De vez em quando ele é sarcástico.

— Ao que parece, ele também tem sangue-frio. Existe alguma razão especial para sua indiferença para com Laszio?

Pisei um pouco mais fundo no breque. Wolfe jamais me perdoaria se este pentelho pegasse no nosso pé por causa de alguma observação impensada, porém relevante. Sei o motivo de Wolfe ter se dado ao trabalho de me chamar para uma conversa a sós na sala de jantar e perguntar sobre minha memória antes de divulgar as novidades: ele se lembrou de que, em caso de homicídio, uma testemunha poderia ser proibida de deixar o estado, a não ser com permissão das autoridades, e obrigada a retornar para ser interrogada no julgamento, e fazer qualquer uma dessas coisas contrariava seu conceito de boa vida. Não era fácil manter uma atitude respeitosa com um sujeito que fora panaca o suficiente para cair no conto do *ginger ale* no vagão-restaurante, mas, apesar de eu não ter absolutamente nada contra o estado de West Virginia, não estava mais ansioso do que Wolfe para ficar aqui, ou ter de voltar em breve.

Eu disse — Certamente que não. Ele nunca havia encontrado Laszio antes.

— Durante o dia aconteceu alguma coisa que o deixasse... hã... indiferente à sorte de Laszio?

— Não que eu saiba.

— E você ou ele tinham conhecimento de qualquer tentativa anterior de assassinar Laszio?

— Precisará perguntar isso a ele. Da minha parte, não.

Meu amigo Tolman preferiu o dever à amizade. Ele apoiou o cotovelo na mesa e apontou o dedo para mim, dizendo com cara feia: — Você está mentindo. — Também notei que o delegado de olhos miúdos tinha uma carranca que não dava para desprezar. O ambiente estava carregado.

Ergui as sobrancelhas. — Eu, mentindo?

— É, você mesmo. Que foi que a senhora Laszio disse a você e a Wolfe quando foi à suíte dos dois ontem à tarde?

Espero não ter engolido em seco visivelmente. Sei que meu cérebro engoliu em seco, mas só uma vez. Não importava como ele descobrira, ou quanto sabia; só havia uma coisa a fazer. Eu disse — Ela contou a nós que o marido lhe falou que encontrara arsênico no açucareiro e o jogara na pia, e queria que Wolfe o protegesse. Ela também disse que o marido a havia instruído a não mencionar isso a ninguém.

— E o que mais?

— Isso foi tudo.

— E você acabou de me dizer que não tinha conhecimento de nenhuma tentativa anterior de assassinar Laszio. Não foi?

— Sim, foi.

— E aí? — Ele continuava sendo inconveniente.

Sorri para ele. — Olhe, senhor Tolman, eu não gostaria de bancar o esperto com o senhor, mesmo que soubesse como fazê-lo. Mas pediria que levasse em consideração algumas coisas. Em primeiro lugar, sem querer ofender – o senhor é apenas um jovem iniciando sua carreira de promotor. Nero Wolfe já resolveu mais casos espinhudos do que pode imaginar. Sabe disso, conhece a reputação do homem. Mesmo que um de nós soubesse de algo que pudesse servir como pista, o que não é o caso, seria pura perda de tempo tentar arrancar informações contra nossa vontade, porque somos veteranos no ramo. Não estou me gabando, só citando fatos. Por exemplo, a questão do meu conhecimento de um atentado anterior contra Laszio. Reafirmo que não sabia disso. Só sabia que a senhora Laszio disse que o marido disse a ela que encontrara algo que não era açúcar no açucareiro. Como ele poderia ter certeza de que era arsênico? Laszio não foi envenenado, e sim esfaqueado. Na minha opinião...

– Não estou interessado em sua opinião. – Continuava inconveniente. – Perguntei se lembrava de algo que pudesse ser importante, com respeito a este assassinato. Não se lembra?

– Já contei o que a senhora Laszio nos disse...

– Ela também. Vamos deixar isso de lado por enquanto. Mais alguma coisa?

– Não.

– Tem certeza?

– Sim.

Tolman dirigiu-se ao guarda estadual. – Traga Odell aqui.

Lembrei-me de tudo. Então era isso. Que belo grupo de amigos eu havia feito desde minha chegada a este enclave tão pitoresco! – Cabo de Panela, como a região era apelidada pelo querido companheiro Gershom Odell, segurança do Kanawha Spa. Meu cérebro estava novamente engolindo em seco, e desta vez eu não sabia se ia me livrar ou não. O processo foi interrompido com a entrada do meu chapa, empurrado pelo guarda. Eu o encarei, mas ele desviou os olhos. Entrou e ficou parado ao lado da mesa, tão perto de mim que eu poderia ter-lhe dado um soco sem me levantar.

Tolman interrogou – Odell, que foi que este homem lhe disse ontem à tarde?

O detetive do hotel não olhou para mim. Parecia mal-humorado. – Ele afirmou que Phillip Laszio seria morto por alguém;

quando lhe perguntei quem o mataria, ele disse que as pessoas iam se revezar.

— E o que mais?

— Isso foi tudo o que ele contou.

Tolman virou-se para mim, mas eu segurei o tranco. Dei uma cutucada nas costelas de Odell que o fez pular. — Ah! É isso! — Ri. — Agora eu me lembro, quando estávamos na beira do caminho, jogando pedras, e você apontou para aquela elevação e me contou que... claro! Pelo jeito, você não contou ao senhor Tolman *tudo* o que conversamos, já que ele pensa... Você contou a ele o que eu falei sobre os cozinheiros polacos e latinos, como são tão invejosos uns dos outros a ponto de começar a se matar a qualquer momento, e que Laszio era o mais bem pago da turma, sessenta mil por ano, de forma que seria o primeiro a ser pego, com certeza, e como eles se revezariam para matá-lo e depois pegariam outro, e assim por diante — aí eu me lembro de que você começou a me contar sobre a elevação, e como fazia para poder deixar o hotel naquela hora, todos os dias... — Virei-me para Tolman. — Foi só isso: dois caras batendo papo para matar o tempo. Não sei que significado pode encontrar nisso. Se eu contasse o que Odell me disse sobre a elevação... — Ri e cutuquei meu colega nas costelas de novo.

Tolman estava de cara feia, mas não era para mim. — E agora Odell, como é que fica? Não foi bem isso que você disse. Como é?

Tenho de admitir que Odell daria um bom jogador de pôquer. Era o próprio juiz da Suprema Corte fingindo que não tinha interesse pessoal algum no caso. Ele continuou sem olhar para mim, mas encarou Tolman tranqüilamente. — Parece que me entusiasmei um pouco. Acho que foi que nem ele disse, só bate-papo. Mas eu me lembrei do nome, claro, Phillip Laszio, e qualquer detetive aproveitaria a chance de dar uma boa dica em um assassinato...

O brutamontes de olhos miúdos falou com um sotaque arrastado e suave que me espantou. — Você não me parece muito objetivo, Odell. Dá para parar de chutar tanto?

Tolman foi mais direto. — Ele disse ou não disse que Laszio seria assassinado?

— Bom... sim, mas do jeito que ele contou. Ou seja, disse que eram todos latinos invejosos, e que Laszio ganhava sessenta mil — disso eu tenho certeza. Mas acho que na verdade foi só.

— E então, Goodwin? Por que você foi escolher logo Laszio, hem?

Fiz um gesto de dúvida. — Eu não o escolhi. Falei nele por acaso, porque sabia que estava entre os maiores salários. Eu tinha acabado de ler um artigo. Quer ver?

O delegado disse, arrastando a voz. — Estamos perdendo tempo. Dá o fora daqui, Odell.

Meu colega, sem me honrar com um olhar sequer, deu as costas e seguiu para a porta. Tolman ordenou ao guarda:

— Mande Wolfe entrar.

Fiquei duro na cadeira. A não ser pelos pequenos obstáculos que me ameaçavam fazer tropeçar, eu estava achando tudo divertido. Fiquei imaginando o que o inspetor Cramer, do Esquadrão de Homicídios de Nova York, diria se pudesse ver Nero Wolfe permitindo que o chamassem para um interrogatório pela polícia de uma cidadezinha, às três e meia da manhã, porque ele não queria ofender um promotor público! Ele não ficava acordado até tão tarde assim desde a noite em que Clara Fox dormiu em nossa casa com meu pijama. Depois pensei que poderia tentar dar uma força. Levantei-me, peguei uma poltrona grande no outro lado da sala e a trouxe para perto da mesa.

O guarda retornou com meu chefe. Tolman perguntou ao policial quem ainda estava esperando do lado de fora, e o guarda disse — Aquele cara, o Vookshish ou sei lá o quê, Berin e a filha. Eles queriam que ela fosse dormir, mas não teve jeito. Fica pedindo para entrar aqui a toda hora.

Tolman mordiscava os lábios, e mantive um olho sarcástico sobre ele, enquanto observava, com o outro, Nero Wolfe se acomodar na poltrona que eu havia puxado. Finalmente Tolman falou: — Diga para irem dormir. Podemos fazer uma pausa até amanhecer. Certo, Pettigrew?

— Certo. Vamos deixar esfriar um pouco. — Ele desviou os olhos miúdos para o guarda. — Diga a Plank que espere lá fora até conferirmos as providências que ele tomou. Isso não é hora de ninguém sair para dar um passeio.

O guarda saiu. Tolman esfregou os olhos e depois, mordiscando novamente os lábios, recostou-se na poltrona e olhou para Wolfe. Este parecia bem calmo, mas eu notei seu indicador tamborilando no braço da poltrona e descobri que um vulcão entrara em erupção dentro dele. Ele forneceu uma pista: — São quase quatro horas, senhor Tolman.

— Obrigado. — Tolman parecia irritado. — Não vamos retê-lo por muito tempo. Mandei buscá-lo novamente porque surgiram uma ou duas coisas novas. — Eu percebi que tanto ele quanto o delegado me observavam de soslaio, e poderia jurar que tentavam algum truque e procuravam me surpreender fazendo algum tipo de sinal para Wolfe. Banquei o sonolento, o que não foi difícil.

Wolfe disse — Mais do que uma ou duas, eu imagino. Por exemplo, suponho que a senhora Laszio repetiu aos senhores a história que me contou ontem à tarde. Não é verdade?

— A que história se refere?

— Tenha dó, senhor Tolman. — Wolfe parou de tamborilar com o dedo e o apontou para ele. — Não banque o esperto comigo. Ela ficou aqui mais de meia hora; só pode ter contado a história. Eu imaginei que o faria. Foi por isso que não a mencionei; preferi que soubesse por ela em primeira mão.

— Como imaginou que ela contaria tudo?

— Apenas uma suposição. — Wolfe foi brando e inofensivo. — Afinal de contas, ela é participante desta tragédia, enquanto eu sou apenas um observador...

— Participante? — Tolman franziu a testa. — Quer dizer que ela está metida nisso? Você não falou nada antes.

— Nem estou falando agora. Só quis dizer que o morto era marido dela, e aparentemente ela teve uma premonição, ou pelo menos uma preocupação antecipada. Você sabe mais a respeito disso do que eu, uma vez que a interrogou. Ela o informou, presumo, que o marido lhe disse ontem, na hora do almoço, na cozinha deste local, que havia encontrado arsênico em um açucareiro, e que o veneno era para ele. E que, sem o conhecimento ou ordem do marido, havia pedido minha ajuda para defendê-lo de outras tentativas, e que eu me recusei.

— Por que se recusou?

— Por causa de minha inadequação para a tarefa. Como disse a ela, não sou provador de alimentos, nem guarda-costas. — Wolfe se mexeu um pouco. Ele estava a ponto de explodir. — Posso lhe dar um conselho, senhor Tolman? Não perca seu tempo comigo. Não tenho a menor idéia de quem matou o senhor Laszio, ou do motivo para tanto. Talvez o senhor já tenha ouvido falar de mim. Nesse caso, é possível que pense que eu seja capaz de trilhar caminhos sinuosos quando estou realizando uma investigação, apesar de alguém dificilmente ter essa impressão de mim. Mas eu não estou envolvido com este crime, não tenho o menor interesse nele, não sei absolutamente nada a respeito, e o senhor vai conseguir tantas informações pertinentes através de mim quanto conseguiria interrogando um marciano. Minha ligação com a questão tem três aspectos. Primeiro, eu, por coincidência, estava aqui, o que é apenas um infortúnio pessoal. Segundo, descobri o corpo do senhor Laszio. Como informei antes, fiquei curioso de verificar se ele estava vigiando a mesa secretamente, como uma criança. Por isso olhei atrás do biombo. Terceiro, a senhora Laszio me contou que alguém estava tentando envenenar o marido, e me pediu que evitasse o crime. São os fatos. Se há espaço para essas peças em seu quebra-cabeça, pode encaixá-las no lugar. Os senhores podem contar com minha solidariedade e meus votos de sucesso.

Tolman, que afinal de contas mal passava de um moleque, virou a cabeça para trocar olhares com o delegado, que coçava o queixo vagarosamente com o dedo médio. Pettigrew devolveu o olhar e depois se virou para Wolfe:

— Olha, moço, parece que a gente se enganou a seu respeito. Não queremos causar nenhum problema ou inconveniência. Sabemos que não é como o resto da turma, que, mesmo tendo alguma informação, iria fazer o possível para não contar para nós. Tinha razão quando disse que podíamos conhecê-lo. Já ouvimos falar da sua pessoa. E, afinal, esteve lá o dia inteiro, com aquela turma, falando com eles. Não sei o que o Tolman pensa, mas na minha opinião não haveria mal nenhum em contar a nós o que descobriu e qual é seu palpite no caso. Mas, como diz que não tem o menor interesse nisso, acho melhor desistir. Não é, Barry?

Wolfe disse — Vocês estão perdendo tempo. Não sou mágico. Trabalho duro para obter resultados, mas este caso não é meu, e não vou me dedicar a ele.

Disfarcei um sorriso. Tolman entrou na conversa — Quanto mais cedo esta história for esclarecida, melhor vai ser para todos. Sabe disso. Se o delegado...

Wolfe interrompeu bruscamente — Muito bem. Amanhã.

— Já é amanhã. Não sei até que horas dorme de manhã, mas eu me levanto cedo. Tem uma coisa em especial que quero perguntar. Disse que o único dessa turma que o senhor conhece bem é Vukcic. A senhora Laszio contou que era casada com Vukcic e que se divorciou dele há alguns anos para ficar com Laszio. Pode me dizer como Vukcic se sente a esse respeito?

— Não. Pelo jeito, a senhora Laszio já foi muito prestativa.

— Bem, o marido dela foi assassinado. Por quê? Tem algo contra a senhora Laszio? É a segunda farpa que solta contra ela.

— Certamente. Tem uma coisa que não gosto. É de mulheres que me pedem para proteger o marido. Considero abaixo da dignidade de um homem depender da interferência de uma mulher para obter segurança ou proteção. Puf!

Dava para ver que Wolfe não estava apaixonado. Torci para que Tolman tivesse percebido isso. Ele disse:

— Fiz a pergunta porque, obviamente, Vukcic foi um dos dois que tiveram a melhor oportunidade para matá-lo. A maior parte está fora do caso, aparentemente, conforme seu testemunho e o do resto. — Ele deu uma olhada para os papéis sobre a mesa. — Segundo as informações disponíveis até o momento, ficaram na sala o tempo todo a senhora Laszio, a senhora Mondor, Lisette Putti e Goodwin. Servan disse que encontrou Laszio vivo e tudo em ordem quando foi até a sala de jantar para experimentar os molhos, e que Mondor, Coyne e Keith o precederam. Existe consenso de que nenhum deles deixou a sala de estar depois disso. Estão, portanto, aparentemente, fora disso. Os outros dois são Berin e Vukcic. Berin declarou que Laszio ficou na sala de jantar, quando saiu, e que não havia nada de errado. Vukcic disse que, ao entrar lá, oito ou dez minutos depois, em função de uma demora, Laszio se fora, e ele não o viu mais nem notou nada de errado. Os três últimos, Vallenko, Rossi e o senhor, também estão aparentemente fora disso, mas não com tanta certeza quanto os outros, uma vez que é bem possível que Laszio tenha apenas ido até o terraço ou ao banheiro, e voltado depois que Vukcic deixou a sala de jantar. De acordo com os cozinheiros, ele não apareceu na cozinha, de modo que essa hipótese está descartada.

Tolman espiou os papéis de novo. — Temos, portanto, duas probabilidades, Berin e Vukcic, e três possibilidades, Vallenko, Rossi e o senhor. Além disso, há outras três possibilidades. Alguém poderia facilmente ter entrado na sala de jantar, pelo terraço, a qualquer hora. As persianas estavam abaixadas e a porta de vidro fechada, mas não trancada. E três pessoas poderiam ter feito isso: Leon Blanc, que se recusou a tomar parte no teste, por causa de sua hostilidade a Laszio, e se ausentou; a senhora Coyne, que esteve sozinha lá fora por quase uma hora, inclusive durante o intervalo da visita de Berin e da de Vukcic à sala de jantar, e a senhorita Berin. Blanc argumenta que foi para o quarto e não saiu mais, e os funcionários da recepção não o viram sair, mas há uma porta para o pequeno terraço lateral, no final do corredor da ala esquerda, que poderia ter sido usada sem que ninguém notasse. A senhora Coyne disse que passeou pelas trilhas e alamedas durante sua ausência, não esteve no terraço da sala de jantar e retornou pela porta principal, dirigindo-se imediatamente para a sala de estar. Quanto à senhorita Berin, ela voltou à sala de estar, vinda de seu quarto, antes do início do teste dos molhos, e não saiu mais. Mencionei sua ausência apenas para completar o quadro.

Pensei com meus botões: mas que cachorro insensível! Ela estava no quarto chorando por sua causa — este foi o motivo da ausência —, e você transforma isso em parte de uma lista!

— O senhor estava lá, senhor Wolfe. Isso cobre tudo, não é?

Wolfe resmungou. Tolman prosseguiu — Quanto ao motivo, para alguns deles havia muitos. No caso de Vukcic, o fato de Laszio ter roubado a mulher dele. E Vukcic esteve conversando com a senhora Laszio logo antes de entrar na sala de jantar, e ficou olhando para ela, e dançando...

Wolfe disse ferino — Uma mulher contou isso.

— Meu Deus! — o delegado exclamou. — Você critica todas as coisas que descobrimos. Pensei que tinha dito que não estava interessado.

— Vukcic é meu amigo. Estou interessado nele. Não estou interessado neste assassinato, com o qual não tenho ligação alguma.

— Talvez não. — Tolman parecia animado; suponho que era porque havia despertado algum interesse em Nero Wolfe. — De qualquer forma, a conversa com a senhora Mondor foi a primeira chance que tive de fazer uso oficial do meu francês. E ainda temos Berin. Soube algumas coisas, e não foi pela senhora Mondor, mas pelo próprio. Ele declarou que Laszio poderia ter sido morto há muito tempo, e que ele mesmo o teria assassinado com todo o prazer, e se tiver qualquer oportunidade de proteger o assassino não hesitará em fazê-lo.

Wolfe murmurou — Berin fala demais.

— Fala mesmo. Assim como aquele francês baixinho, Leon Blanc, com outro estilo. Ele admitiu que odiava Laszio porque este criou intrigas que lhe tiraram o emprego no Hotel Churchill há alguns anos. Mas ele disse que jamais mataria uma pessoa, fosse qual fosse a razão. Afirmou que nem sequer está contente com a morte de Laszio, porque a morte não cura, amputa. Foram estas as palavras dele. Ele tem fala mansa, e certamente não parece ser suficientemente agressivo para esfaquear um homem no coração, mas não é nenhum bobo, e pode ser bem hipócrita se quiser.

— Há duas probabilidades e uma possibilidade, com motivos. Das quatro outras possibilidades, creio que o senhor está fora. Se Rossi e Vallenko abrigavam ressentimentos que pudessem levá-los ao assassinato, ainda não os descobri. Quanto à senhora Coyne, ela nunca viu Laszio antes, e pelo que sei nem chegou a falar com o sujeito. Assim sendo, por enquanto temos Berin, Vukcic e Blanc. Qualquer um pode ter cometido o crime, e acho que foi um deles. Que pensa a respeito?

Wolfe balançou a cabeça. — Graças a Deus, não é problema meu. Não tenho de pensar nada.

Pettigrew palpitou, com sua fala mole — Você supõe que haja uma chance de ter sido seu amigo Vukcic, e prefere não pensar nele como suspeito?

— Chance? Certamente. Remota. Se foi Vukcic, torço para que não tenha deixado nenhuma pista para que vocês possam pegá-lo. Quanto a qualquer informação sobre isso, não contem comigo, porque não sei de nada e se soubesse não diria.

Tolman moveu a cabeça. — Muito sincero, mas nada útil. Desnecessário dizer que o modo mais rápido de livrar seu amigo Vukcic, se pensa que não foi ele e se pretende ajudá-lo, é descobrir quem foi. O senhor estava lá na hora do crime. Viu todo mundo e ouviu o que foi dito. Tenho certeza de que um homem com sua reputação e habilidade, nestas circunstâncias, vai levar em conta a possibilidade de oferecer ajuda. Se não o fizer, estará lançando suspeitas sobre seu amigo Vukcic, certo?

— Não sei. Suspeitas são um problema seu. Não tenho como interferir. Pelo amor de Deus, são quatro da manhã! — Wolfe suspirou. Em seguida, comprimiu os lábios. Ficou um tempo assim, depois resmungou — Está bem, vou ajudá-los durante dez minutos. Contem tudo sobre a rotina — a faca, impressões digitais, qualquer objeto encontrado...

— Nada. Havia duas facas sobre a mesa, para cortar o frango de leite, e uma delas foi usada. Você mesmo viu que não existia o menor sinal de luta. Não encontramos nada, em lugar nenhum. Nem impressões digitais que possam significar algo; as existentes na faca utilizada no assassinato estavam todas borradas. As maçanetas da porta que dá para o terraço são de ferro fundido rústico. Os técnicos ainda estão lá trabalhando nisso, mas não tenho muitas esperanças nesse sentido.

Wolfe grunhiu — Você omitiu algumas possibilidades. E os cozinheiros e garçons?

— Foram todos interrogados pelo delegado, que sabe como lidar com os negros. Nenhum deles esteve na sala de jantar, nem ouviu tampouco viu nada. Laszio disse a eles que tocaria a campainha se quisesse ajuda.

— Alguém poderia ter ido da sala grande para a menor, e dali entrado na sala de jantar e cometido o crime. Você deve deixar claro, acima de qualquer dúvida, que estavam todos na sala maior, especialmente durante o intervalo entre a saída de Berin da sala de jantar e a entrada de Vukcic, o que nos dá, como você mesmo disse, uns oito ou dez minutos.

— Já fiz isso. Claro, investiguei a todos mais que depressa.

— Então investigue de novo. Outra possibilidade: alguém pode ter se escondido atrás do biombo e atacado quando surgiu o momento propício.

— É? Quem?

— Certamente não saberia dizer. — Wolfe franziu o cenho. — Mas posso lhe dizer uma coisa, senhor Tolman, sou extremamente cético no que diz respeito a seus dois principais suspeitos: o senhor Berin e o senhor Vukcic. Estou tentando ser educado. Quanto ao senhor Blanc, não tenho opinião formada. Como bem disse, ele poderia, sem dúvida, ter deixado o quarto, saído pelo corredor da ala esquerda, contornado o prédio, entrado na sala de jantar pelo terraço, executado seu intento e voltado pelo mesmo caminho. Nesse caso, ele não teria sido visto pela senhora Coyne, que estava lá fora naquele momento, apreciando a noite?

Tolman balançou a cabeça. — Ela diz que não o viu, que ficou na frente e na lateral. Não viu ninguém, fora um negro de uniforme, a quem perguntou como era o canto de um bacurau. Nós o descobrimos; era um dos mensageiros, vindo da fonte, a caminho do pavilhão Mingo.

— Sei. Quanto a Berin e Vukcic, se eu fosse você os deixaria de lado por enquanto. Ou então — vou fazer uma sugestão — pegue as folhas de papel com os relatórios do teste com o senhor Servan...

— Já estão comigo.

— Ótimo. Compare-as com a lista correta, que sem dúvida também já deve ter obtido com o senhor Servan.

— Não foi preciso. Estava no bolso de Laszio.

— Muito bem. Compare cada uma das listas com a correta, e veja os acertos de cada um.

O delegado Pettigrew rosnou. Tolman perguntou secamente — É isso que você chama de dar uma ajuda?

— Sim. Eu já estou... espere um pouco! — Wolfe se empertigou ligeiramente. — Você está com a lista correta — a que tirou do bolso de Laszio? Será que se importaria de me deixar dar uma espiada, apenas por um momento?

Tolman, com as sobrancelhas erguidas, fuçou nos papéis à sua frente, pegou um, passou-o para mim e eu o entreguei a Wolfe. Este o observou com uma ruga na testa e se virou para mim sacudindo a folha na mão. — Archie! Coyne estava certo! O número 3 era cebolinha!

Tolman perguntou sarcástico — Pausa para relaxar? Muito obrigado por mais esta contribuição!

Eu sorri para ele. — Pausa uma ova! Ele vai ficar uma semana sem dormir, porque adivinhou errado.

Wolfe me censurou: — Não foi adivinhação. Apenas uma conclusão deliberada, e eu me enganei. — Ele passou o papel para mim. — Peço desculpas, senhor Tolman, mas sofri um duro golpe. Na verdade, não espero que o senhor compreenda isso. Como eu estava dizendo, estou mais do que cético quanto à culpa de Vukcic e Berin. Conheço o senhor Vukcic há muito tempo. Posso imaginar que ele esfaqueie um homem, em circunstâncias hipotéticas, mas estou certo de que não iria encontrar a faca nas costas do sujeito, se fosse ele. Não conheço o senhor Berin muito bem, mas o vi de perto e ouvi o que ele disse, um minuto após sair da sala de jantar na noite passada, e posso apostar que ele não parecia ter acabado de cometer um crime covarde. Teria ele enfiado uma faca nas costas do senhor Laszio e voltado alguns instantes depois, sem que eu detectasse qualquer resquício dessa experiência em sua postura, suas mãos, seus olhos ou sua voz? Não creio...

— E quanto à comparação destas listas?

— Chegarei lá. Creio que o senhor Servan descreveu o espírito do teste ao senhor — em cada um dos molhos faltava um dos temperos. Só se permitia experimentar uma vez cada molho — só uma! Tem alguma idéia da sutileza e da sensibilidade necessárias? Exigia o mais alto grau de concentração e receptividade aos estímulos. Seria o mesmo que identificar uma única nota dissonante em uma das flautas numa passagem sinfônica de uma orquestra completa. Sendo assim, compare estas listas. Se concluir que Vukcic e Berin estavam certos, no geral — digamos sete ou oito acertos —, eles estarão eliminados. Ou até mesmo seis. Nenhum homem conseguiria matar outro e controlar seu sistema nervoso o suficiente para realizar tal feito. Garanto que não estou brincando.

Tolman fez que sim com a cabeça. — Está bem. Vou compará-las.

— Seria muito instrutivo fazê-lo agora.

— Vou providenciar. Alguma outra sugestão?

— Não. — Wolfe levou as mãos até os braços da poltrona, recuou os pés, apoiou-se e levantou-se. — Os dez minutos esgotaram-se. — Fez uma pequena mesura. — Novamente, senhores, ofereço meus votos de solidariedade e sucesso.

O delegado falou — Soube que está dormindo no Upshur. Obviamente percebe que continua livre para ir a qualquer lugar que queira, por aqui.

— Muito obrigado, senhor. — Wolfe soava amargurado. — Vamos, Archie.

Para não tomar todo o caminho, permiti que ele fosse à frente, desbravando o verde, até voltarmos para o pavilhão Upshur. Não estava escuro, já começava a amanhecer, e havia tantos pássaros a cantar que era impossível deixar de notá-los. No hall principal do pavilhão, as luzes estavam acesas, e um par de guardas estaduais vigiava a entrada. Wolfe passou por eles sem olhar.

Fui até seu quarto para ter certeza de que estava tudo bem. A cama fora preparada para a noite, e os tapetes coloridos e as peças de decoração tornavam o ambiente claro e agradável; o quarto era grande e classudo o bastante para valer pelo menos metade dos vinte paus que cobravam por ele. Mas Wolfe franziu a testa, como se aquilo fosse uma espelunca.

Perguntei — Posso ajudá-lo a se despir?

— Não.

— Devo trazer um jarro de água do banheiro?

— Posso andar. Boa noite.

— Boa noite, chefe. — Saí.

A voz dele me deteve na porta. — Archie. O senhor Laszio aparentemente tinha características desagradáveis. Supõe que ele possa deliberadamente ter feito uma lista incorreta para desconcertar seus colegas — e a mim?

— Hum, hum. Sem chance. Ética profissional, sabe como é. Claro que fico triste por você ter cometido tantos erros...

— Dois! Cebolinha e alho de folha! Me deixe em paz! Suma daqui!

Sem dúvida, ele era um detetive feliz naquela noite.

5

No dia seguinte, quarta-feira, às duas da tarde, eu estava me sentindo um tanto insatisfeito e irritado com a vida, mas de certa forma completamente em casa. Ir para a cama muito tarde ou ter o sono perturbado indevidamente envenena o organismo. E ambas as coisas aconteceram comigo. Tinha esquecido de pendurar o aviso, e um empregado idiota bateu à porta da suíte às nove da manhã para perguntar se queríamos que preparasse nosso banho ou fizesse algum outro serviço. Mandei que voltasse depois do pôr-do-sol. Fui acordado de novo às dez e meia pelo telefone: meu amigo Barry Tolman queria falar com Wolfe. Expliquei que Wolfe só seria exposto à luz do dia por iniciativa própria, e pedi à telefonista que suspendesse as ligações até segunda ordem. Apesar disso, uma hora depois o telefone tocou, e continuou tocando. Era Tolman, que precisava falar com Wolfe. Disse a ele que de jeito nenhum, a não ser que mostrasse um mandado de busca e apreensão. Ele que esperasse até Wolfe acordar. Mas àquela hora eu já estava desperto o suficiente para tomar consciência de outras necessidades além do sono, de modo que tomei banho, fiz a barba, vesti a roupa e pedi um café da manhã ao serviço de quarto, pelo telefone, uma vez que não podia ir tomar café da manhã naquelas circunstâncias. Eu estava terminando a terceira xícara de chá quando escutei meu nome gritado por Wolfe. Ele estava ficando desmoralizado, sem dúvida. Em nossa casa de Nova York, eu não ouvira gritos dele mais do que três vezes em dez anos.

Depois de me passar o pedido do café da manhã, e de esperar que eu o transmitisse pelo telefone, Wolfe me deu as instruções que fizeram com que eu me sentisse em casa. Seus planos eram limitar os contatos sociais naquela tarde exclusivamente à minha pessoa. Contatos profissionais e negócios estavam fora de questão. A porta deveria ficar trancada, e qualquer um que batesse, com exceção de Marko Vukcic, deveria ser informado de que Wolfe estava ocupado com alguma coisa, não importava o quê. Só eu atenderia a telefonemas, uma vez que ele não sabia nada que eu não soubesse. (Isso estimulou minha autoconfiança, já que era a primeira vez que ele admitia isso.) Caso eu sentisse necessidade de mais ar fresco do que era possível obter através da janela aberta, o que era burrice, porém bem provável, a tabuleta NÃO PERTURBE deveria ser pendurada na porta, e a chave guardada em meu bolso.

Pedi os jornais da manhã pelo telefone, fossem quais fossem. Quando chegaram, passei um a Wolfe e me instalei no sofá com o restante. Os jornais de Nova York, Pittsburgh e Washington, edições matutinas vindas de trem, não faziam menção ao assassinato de Laszio, mas as manchetes eram enormes no *Journal*, de Charleston, distante apenas cem quilômetros dali.

Mas, antes que o dia terminasse, as providências de Wolfe para desfrutar sossegado sua privacidade foram por água abaixo. A primeira e menos importante das interrupções aconteceu antes de ele terminar com os jornais, por volta das duas horas, quando ouvi ruídos na porta externa. Fui atender, abrindo a porta só cerca de trinta centímetros, e dei de cara com dois senhores que não pareciam ser das redondezas, a quem eu nunca vira antes. Um deles era mais baixo do que eu e um pouco mais velho, de pele morena, atarracado e magro. Vestia um terno cinturado cinza espinha de peixe, com enchimento nos ombros. O outro, médio tanto no tamanho quanto na idade, tinha a risca do cabelo acima das têmporas e olhos cinzentos pequenos que davam a impressão de que ninguém conseguiria irritá-lo mais, porque já estava irritado ao máximo para sempre. Mas ele falou e ouviu educadamente quando perguntou se aquela era a suíte do senhor Nero Wolfe e eu informei que sim. Ele se apresentou como senhor Liggett, e o espécime acolchoado era o senhor Malfi. Queria falar com o senhor Wolfe. Expliquei que Wolfe estava ocupadíssimo, mas ele mostrou-se muito insistente. Tirou um envelope do bolso e o passou para mim. Pedi desculpas por largá-los no hall antes de fechar a porta e retornei para o quarto.

— Dois homens desconhecidos, creme e caramelo. Para você.

Os olhos de Wolfe não se ergueram do jornal. — Se qualquer um deles fosse o senhor Vukcic, suponho que o reconheceria.

— Não, claro que não era Vukcic. Mas você não proibiu cartas, e ele me entregou uma.

— Leia.

Abri o envelope, tirei a carta, notei que fora escrita em papel timbrado e pus som na caixa:

Nova York
7 de abril de 1937

Caro senhor Wolfe,

Venho por meio desta apresentar o senhor Raymond Liggett, gerente e sócio do Hotel Churchill. Ele deseja solicitar seus serviços ou sua ajuda, e pediu que eu escrevesse este recado.

Espero que esteja se divertindo aí. Não coma demais, e não se esqueça de regressar, para tornar a vida em Nova York mais agradável a nós.

Um abraço,
Burke Williamson

Wolfe resmungou: — Você disse 7 de abril? Mas é hoje.

— Sim. Devem ter voado para cá. Antigamente era um modo de dizer, hoje está na lista dos transportes corriqueiros. Devo permitir a entrada deles?

— Que se danem. — Wolfe deixou cair o jornal. — A cortesia é um problema de cada um, mas a decência é uma dívida para com a vida. Você se recorda de que o senhor Williamson foi muito gentil em permitir que usássemos sua propriedade para armar a emboscada do roubo da senhorita Anna Fiore. — Ele suspirou. — Deixe que entrem.

Fui buscá-los, fiz as apresentações e distribuí as poltronas. Wolfe deu-lhes as boas-vindas, fez seu discurso habitual sobre a tendência a permanecer sentado e olhou pela segunda vez para o acolchoado.

— Entendi bem seu nome, senhor? Malfi? Não seria Albert Malfi?

Os olhos irritados do outro o fuzilaram. — Isso mesmo. Não sabia que conhecia Albert.

Wolfe fez que sim. — Antes se chamava Alberto. Conheci o senhor Berin no trem, a caminho daqui, e ele me falou do senhor. Disse-me que é um excelente preparador de entradas, e tenho sempre grande prazer em conhecer um artista e um trabalhador esforçado.

Liggett meteu o bedelho — Ah, esteve com Berin no trem?

— Sim. — Wolfe fez uma careta. — Compartilhamos aquela provação. O senhor Williamson disse que veio para me pedir algo.

— Sim. Claro que sabe por que viemos. O que aconteceu... Laszio... é terrível. O senhor estava lá, não é? Encontrou o cadáver.

— Encontrei. Não perde tempo, senhor Liggett.

— Pode apostar que não. Normalmente fico acordado até tarde, e me levanto tarde também. Mas esta manhã Malfi me acordou antes das oito, pelo telefone. Os repórteres andaram atrás de mim antes disso, mas é claro que não os atendi. Os jornais da cidade deram a história em segundo clichê. Sabia que o Williamson era seu amigo, e mandei pedir a carta a ele. Depois fretei um avião em Newark. Malfi insistiu em vir junto, e temo que uma de suas funções será vigiá-lo, assim que descobrirem quem cometeu o crime. — Liggett exibiu um sorriso discreto. — Ele é corso e, apesar de Laszio não ser parente, sentia grande devoção por ele. Não é mesmo, Malfi?

O sujeitinho acolchoado fez que sim, enfático. — É verdade. Phillip Laszio era um homem duro, mas um grande homem. E não foi mau para mim. — Ele mostrou a palma da mão a Wolfe. — Mas é claro que o senhor Liggett só está brincando. Todos pensam que os corsos esfaqueiam as pessoas. Trata-se de um preconceito, um equívoco.

— Mas o senhor queria me pedir alguma coisa, senhor Liggett? — Wolfe soou impaciente. — Disse uma de minhas funções. Eu não tenho funções.

— Terá em breve, espero. Em primeiro lugar, descobrir quem matou Laszio. A julgar pelo relato dos jornais, parece um pouco demais para um delegado de West Virginia. Pelo jeito, quem cometeu o crime foi capaz de usar o refinamento para outros propósitos que não experimentar os temperos da *sauce printemps*. Não posso dizer que era devotado a Laszio, como Malfi, mas afinal era o *chef* do meu hotel, e pelo que sei não tinha família, a não ser a esposa. Penso que seja uma obrigação. Foi um assassinato covarde, matá-lo pelas costas com uma facada. O maldito tem de ser preso, e suspeito que só você possa fazê-lo. Foi por isso que vim. Conhecendo suas humm... peculiaridades, tomei a precaução de pedir a carta a Williamson.

— Isso foi péssimo. — Wolfe suspirou. — Quero dizer, péssimo que tenha vindo. Poderia ter telefonado de Nova York.

— Perguntei a Williamson o que achava disso, e ele me disse que, se eu realmente desejava seus serviços, era melhor vir aqui e contratá-lo pessoalmente.

— Não sei por quê. Não entendo como o senhor Williamson presumiu essas dificuldades. Meus serviços podem ser contratados no mercado. Claro, neste caso em particular eles infelizmente não estão disponíveis. Foi por isso que disse ter sido péssima sua vinda.

— Por que não estão disponíveis?

— Em função das condições.

— Condições? — A irritação que transparecia nos olhos de Liggett tornou-se mais intensa. — Eu não impus condição alguma.

— O senhor não. O local. A geografia. Se eu aceitasse a tarefa de descobrir o assassino do senhor Laszio, iria até o fim. O que poderia durar um dia, uma semana, com muito azar uma quinzena. Pretendo tomar o trem para Nova York amanhã à noite. — Wolfe piscou.

— Williamson me preveniu. — Liggett apertou os lábios. — Meu Deus do céu! Mas este é o seu trabalho! Seu...

— Suplico, senhor. Não prossiga. Não vou dar atenção a nada. Se eu o ofendo por ser lacônico, paciência. Qualquer um tem a possibilidade de ofender aqueles que estão cheios de ódio. Eu não estou disposto a aceitar nenhum compromisso que me mantenha preso a este paraíso no fim do mundo depois de amanhã à noite. O senhor falou em serviços. Há algo mais que deseje discutir?

— Há. — Liggett dava a impressão de querer continuar a conversa com uma granada ou uma metralhadora. Ele se sentou e encarou Wolfe, e depois de algum tempo desistiu. Então disse — Na verdade, o principal é um trabalho completamente diferente. O motivo que me trouxe aqui foi outro. Laszio está morto, o modo como morreu foi terrível, e como ser humano eu abrigo, espero, os sentimentos adequados sobre isso, mas além de ser humano tenho negócios, e o Hotel Churchill ficou sem seu *chef de cuisine*. Conhece a reputação mundial do Churchill; ela precisa ser mantida. Eu quero contratar Jerome Berin.

Wolfe ergueu as sobrancelhas. — Não o censuro.

— Nem poderia. Há outros, poucos, tão bons quanto Berin, mas estão fora de questão. Mondor nunca deixaria seu restaurante em Paris. Servan e Tassone são velhos demais. Não me importaria de aceitar Leon Blanc de volta, mas ele também está velho. Vukcic vai continuar no Rusterman's, e assim por diante. Descobri que Berin já recebeu cinco ofertas de trabalho neste país, duas delas para Nova York, nos últimos dois anos, e que recusou todas. Eu gostaria de contar com ele. Na verdade, ele é o único que considero tanto disponível quanto desejável. Se não conseguir contratá-lo, Malfi poderá colocar o *cordon bleu* em seu chapéu. — Ele se virou para o acompanhante. — Não está de acordo com nosso compromisso, Albert? Quando você recebeu aquela oferta de Chicago, há um ano, eu disse que se ficasse, e o cargo de *chef de cuisine* no Churchill vagasse, eu tentaria primeiro conseguir Berin, e se não fosse possível você ficaria com o posto, certo?

Malfi fez que sim. — Foi este o acordo.

Wolfe murmurou — Tudo isso é muito interessante. Mas o senhor estava falando de um trabalho...

— Sim. Quero que se aproxime de Berin para mim. Ele está entre os sete melhores *chefs* do mundo, mas é difícil de lidar. No sábado passado, ele deliberadamente jogou dois pratos de salsicha no carpete do meu restaurante, no Resort Room. Williamson contou que sua habilidade como negociador é notável, além de ser o convidado de honra aqui. Berin vai ouvir um pedido seu com respeito, e eu acredito, sem sombra de dúvida, que possa convencê-lo. Pensei em oferecer quarenta mil a ele, mas, sendo sincero, posso chegar até sessenta mil, e sua comissão...

Wolfe ergueu a mão em sinal de basta. — Por favor, senhor Liggett, não prossiga. Tal coisa está absolutamente fora de questão.

— Quer dizer que não aceita fazer isso?

— Quero dizer que não aceitaria a missão de persuadir o senhor Berin de coisa alguma. Prefiro tentar convencer uma girafa. Eu poderia iludi-lo... mas prefiro ser sincero.

— Não quer nem tentar?

— Não mesmo. Para dizer a verdade, o senhor veio ter comigo no momento menos auspicioso dos últimos vinte anos, com propostas que tendem mais a me vexar do que a despertar interesse. Não dou a mínima a quem possa vir a ser seu novo *chef*, e, apesar de sempre gostar de ganhar dinheiro, isso pode esperar até que eu esteja de volta ao meu escritório. Existem outros mais qualificados do que eu para uma aproximação com o senhor Berin — o senhor Servan e o senhor Coyne, por exemplo, são amigos dele de longa data.

— Eles também trabalham como *chefs*. Não quero que seja assim. Você é a pessoa indicada para fazer isso para mim...

O cara era persistente, mas não adiantava nada. Tentou insistir, mas Wolfe apenas ficou mais seco, como era do seu feitio, até que Liggett se deu conta de que escolhera o sujeito errado e desistiu. Ele pulou da poltrona, estalou os dedos para chamar Malfi e sem a menor cerimônia deu as costas a Wolfe. Malfi trotou atrás, e eu os segui até o hall para trancar a porta após sua saída.

Quando voltei para o quarto, Wolfe havia retornado ao jornal. Sentia os nervos tensos, mas não estava nada disposto à inércia, de modo que disse a ele — Sabe, Werowance, até que não era má idéia...

Uma palavra desconhecida invariavelmente atraía sua atenção. O jornal foi baixado até o nível do nariz. — Que diabo quer dizer isso? Você inventou?

— Nada disso. Tirei de uma notícia no *Journal*, de Charleston. Werowance é um termo usado para designar um chefe indígena na Virgínia e em Maryland. Vou passar a chamá-lo de Werowance, em vez de chefe, enquanto estivermos nesta parte do país. Como eu estava dizendo, Werowance, pode ser uma boa idéia abrir uma agência de empregos para *chefs* e garçons, talvez ampliando mais tarde para empregados domésticos em geral. Você tem consciência, suponho, de que acaba de desprezar uma oferta de trabalho das boas. Este cara, o Liggett, tem dinheiro de montão. Suspeito que ele possa ser meio esperto, também. Por exemplo, não imaginou que ele possa ter vindo vê-lo para mostrar indiretamente a Alberto que, se este tentar aprontar algo para Berin, de forma a torná-lo inelegível para o posto no Hotel Churchill, isso poderá ter conseqüências desastrosas para o próprio Alberto? O que nos abre uma linha de raciocínio que pode levar à solução do problema do desemprego. Se um posto fica vago, e você o deseja, primeiro mate os outros candidatos, e depois...

O jornal havia sido erguido novamente, de forma que eu soube que fora considerado chato. Então disse — Vou dar uma volta e andar pelo riacho; quem sabe, até entrar no hotel e desgraçar algumas garotas. Vejo você mais tarde.

Peguei o chapéu, pendurei o NÃO PERTURBE e fui passear; notei que havia um garçom na porta do hall de entrada principal, mas nenhum guarda. Aparentemente a vigilância fora relaxada. Virei em direção do hotel, só para ver o que andava acontecendo por lá, mas não demorou muito para que eu lamentasse a decisão, pois, se não tivesse ido ao hotel primeiro, poderia ter visto, inteirinho, o show que meu amigo Tolman estava montando, ao invés de mal chegar a tempo para a descida da cortina. Antes disso, deparei com diversas cenas em torno do hall de entrada do hotel e no saguão que serviram para me distrair um pouco, inclusive um cavalo com cara de inteligente pisando com tanta força no pé de uma velha gorda que foi preciso levá-la dali carregada. Lá pelas 3h30, resolvi fazer uma excursão até o pavilhão Pocahontas para agradecer a Vukcic, meu anfitrião, por toda a diversão que me fora proporcionada. Em um trecho isolado do caminho, um sujeito com a gravata para trás do ombro e necessitado de barbeiro pulou de trás de uma moita e me agarrou pelo braço, enquanto me dizia: — Ei, você é Archie Goodwin, não é? O secretário de Nero Wolfe. Olha, cara...

Eu o empurrei, engrossando — Pera lá! Vê se não assusta as pessoas assim. Amanhã de manhã darei uma entrevista coletiva em meu escritório. Não sei de nada, e, se soubesse e lhe contasse, seria morto por meu werowance. Você sabe o que é um werowance?

Ele me mandou para o inferno e começou a procurar outra moita para se esconder.

O teatro no pavilhão Pocahontas estava montado em duas partes quando cheguei lá. A primeira cena, sem contar a presença de dois guardas estaduais postados na entrada, acontecia no hall principal. O cara de paletó verde que abriu a porta para mim estava virado para outro lado, de olhos arregalados. A porta que dava para a sala maior estava fechada. Em pé, com as costas na parede do lado direito, os braços cruzados apertados contra o corpo, o queixo erguido e os olhos purpúreos ofuscando os sujeitos que a cercavam, estava Constanza Berin. Os algozes eram dois policiais estaduais, fardados, e um tipo urbano, fortão, com um distintivo no colete. Apesar de eles não a estarem tocando fisicamente, davam a impressão de que o haviam feito antes de minha entrada. Ela não deu mostras de ter me visto. Uma rápida verificação revelou que a porta para a sala menor estava aberta, e dava para ouvir uma voz vinda de lá. Quando me dirigi à sala, um dos guardas me deu uma ordem ríspida de parada, mas pelo jeito ele estava ocupado demais para interferir pessoalmente, de forma que o ignorei e segui em frente.

Havia policiais também na sala pequena, junto com o delegado de olhos miúdos e Tolman. Entre dois guardas estava Jerome Berin, algemado. Fiquei surpreso porque, dadas as circunstâncias, Berin não estava quebrando a mobília nem crânios, mas apenas olhando e respirando. Tolman dizia a ele:

— ...Sabemos muito bem que você é um visitante estrangeiro e um estranho neste país, e vamos demonstrar toda a consideração possível. Um homem acusado de homicídio não pode ser solto sob fiança nos Estados Unidos. Com certeza, seus amigos providenciarão um advogado para ajudá-lo. Não só eu o preveni de que tudo o que disser poderá ser usado contra sua pessoa, como também o aconselhei a não dizer nada antes de conversar com um advogado. Podem ir, rapazes. Levem-no pelos fundos, para o carro do delegado.

Mas eles não saíram no ato. Gritos e outros barulhos vieram subitamente do hall principal, e Constanza Berin entrou pela porta como um tornado, com os policiais em seu encalço. Um deles, na sala, tentou agarrá-la quando passou, mas teria sido mais fácil tentar parar uma tempestade de neve. Pensei que ela fosse pular por cima da mesa para trucidar Tolman, mas parou e encarou os guardas com os olhos em brasa. Depois foi até Tolman e gritou: — Seu maluco! Seu porco maluco! Ele é meu pai. Acha que ele mataria um homem pelas costas? — Ela bateu com o punho na mesa. — Deixe-o ir! Deixe-o ir, seu miserável!

Um guarda tentou segurar o braço dela. Berin rosnou e deu um passo à frente. Tolman dava a impressão de que a única coisa que poderia salvá-lo era um alçapão de mágico. Constanza livrou-se do guarda com um safanão, e Berin disse algo a ela, em voz baixa e calma, em italiano. A moça andou na direção do pai, três passos, ele tentou erguer a mão, mas não conseguiu por causa das algemas. Então, curvou-se e beijou-a no alto da cabeça. Ela se virou, ficou parada por dez segundos, dirigindo a Tolman um olhar que eu não pude observar, mas que provavelmente tornou o alçapão mais necessário ainda, deu-lhe as costas e saiu da sala.

Tolman não conseguia falar. Pelo menos não falou nada. O delegado Pettigrew empertigou-se e disse — Vamos lá, pessoal. Eu os acompanho.

Dei o fora sem esperar pela saída deles. Constanza não estava no hall principal. Fiquei ali por um instante, pensando em explorar a sala grande, à procura de pessoas que pudessem complementar minhas informações, mas depois resolvi que era melhor depositar primeiro o que já tinha faturado. Sendo assim, voltei a jato para Upshur.

Wolfe acabara de ler os jornais, que estavam empilhados cuidadosamente sobre a cômoda. Sentado na poltrona grande, que não era assim tão grande para ele, lia um livro. Não levantou os olhos quando entrei, o que significava que, no momento, minha vida era exclusivamente problema meu. Entendi o recado e me acomodei no sofá com um jornal na mão, que abri e olhei sem ler. Após cerca de cinco minutos, tendo Wolfe virado duas páginas, eu disse:

— Sabe, foi ótimo você não ter concordado em trabalhar para Liggett. Estou me referindo à última parte do serviço. Se tivesse aceitado, estaria agora numa sinuca. Do jeito que as coisas estão, você teria de se virar um bocado para convencer Berin de qualquer coisa, mesmo que fosse ser *chef* em uma lanchonete.

Ele não olhou para mim nem se moveu, mas disse: — Presumo que o senhor Malfi esfaqueou o senhor Berin. Ótimo.

— Não esfaqueou nem vai conseguir fazê-lo, pois não pode chegar até ele. Berin está a caminho da cadeia, algemado. Meu amigo Tolman fez uma prisão. A justiça vem a cavalo.

— Puf! Se você pretende me atormentar com contos de fadas, use a imaginação.

Eu disse paciente — O senhor Tolman deu voz de prisão ao senhor Berin pelo assassinato do senhor Laszio, e o transferiu sob custódia, sem possibilidade de fiança. Vi com meus próprios olhos.

O livro foi abaixado.

— Archie, se isso for gozação...

— Não, senhor. É sério.

— Ele acusou Berin?

— Sim, senhor.

— Por Deus, o sujeito é maluco.

— Foi o que a senhorita Berin disse. Ela disse porco maluco.

O livro continuou suspenso no ar. Depois, desceu para repousar sobre a coxa imensa. Em instantes, foi novamente erguido, para marcar a página, e guardado na pequena estante ao lado da poltrona. Wolfe recostou-se novamente, fechou os olhos e cruzou as mãos na frente da barriga. Vi que seus lábios se projetavam, recuavam, iam para a frente de novo... para trás... fiquei intrigado, imaginando o porquê de tanta excitação.

Passado algum tempo, ele disse, sem abrir os olhos: — Você compreende, Archie, que eu hesitaria em aceitar qualquer trabalho que pudesse adiar nossa volta a Nova York.

— Hesitaria é um pouco fraco. Eu usaria uma palavra mais forte.

— Claro. Por outro lado, eu seria um idiota tão grande quanto o senhor Tolman se ignorasse uma oportunidade esplêndida como essa. Ao que parece, a única forma de tirar proveito de tudo isso é descobrir quem matou o senhor Laszio. O problema é conseguir resolver o caso em 31 horas. Vinte e oito, na verdade, uma vez que no jantar de amanhã à noite eu discursarei sobre as contribuições americanas à *haute cuisine*. Será possível resolver tudo em 28 horas?

— Claro que sim. — Fiz um gesto de pouco-caso. — Ora, desde que eu cuide do planejamento, e você se encarregue dos detalhes...

— Sim. Pode ser que tenham desistido daquele jantar, mas acredito que não, uma vez que só acontece a cada cinco anos... bem. O primeiro passo é...

— Com licença. — Eu jogara o jornal no chão e estava em pé, com a agradável sensação de que teria uma oportunidade de melhorar a circulação. — Por que não entrar em contato com Liggett e aceitar o serviço? Já que vamos fazê-lo de qualquer maneira, podemos muito bem acrescentar os honorários.

— Não. Se eu me comprometer com ele e não tiver terminado até amanhã à noite... Não. A liberdade é mais preciosa do que quaisquer honorários. Devemos agir por nossa conta. O primeiro passo é óbvio. Chame o senhor Tolman aqui imediatamente.

Este era Nero Wolfe. Um dia ainda me mandaria buscar o Senado e a Câmara dos Deputados. Eu disse — Tolman está furioso porque não o atendeu esta manhã pelo telefone. Ele também acha que pegou o culpado, e não está mais interessado. Eu não creio...

— Archie! Você disse que cuidaria do planejamento. Por favor, vá até o senhor Tolman e no caminho planeje um jeito de trazê-lo aqui.

Peguei o chapéu.

6

Corri com agilidade pelo caminho de Pocahontas; pensava alcançar Tolman antes que ele fosse embora, e meu cérebro trabalhava mais rápido do que os pés, tentando inventar uma boa desculpa para atraí-lo, mas cheguei tarde demais. O sujeito de paletó verde na entrada me avisou que Tolman entrara no carro estacionado no acesso e saíra na direção oeste. Fiz cara de desapontado a parti a galope. Se tivesse feito uma parada no hotel, o que era provável, eu poderia tê-lo pegado lá ainda. Quando entrei no saguão, já ofegava um pouco, e parei enquanto percorria as palmeiras, pilares e paletós verdes com os olhos. Vi fregueses vestidos com roupas de montaria e o que parecia ser a última defesa de Gypsy Rose Lee.* Eu estava a ponto de avançar até a recepção para fazer algumas perguntas, quando ouvi uma voz sinistra soar atrás do meu cotovelo:

— Olá, seu verme.

Girei nos calcanhares e apertei os olhos. — Oi, rato. Que rato nada. Nem isso. Nem sei seu nome, bicho-da-terra que vive no buraco comendo as raízes das plantas.

Gershom Odell sacudiu a cabeça. — Nada disso. Você está enganado. Eu tinha contado das ameaças de morte a Laszio ao recepcionista noturno só para puxar conversa. Claro que eles me chamaram para explicar a história depois que tudo aconteceu, o que você queria? Mas o jeito que arranjou para livrar a cara, falando das pedras atiradas...

(*) Famosa estrela americana do strip-tease. (N. E.)

será que não tem nada na cabeça, e não percebeu que o delegado ia ficar com a pulga atrás da orelha?

— Não tenho nada na cabeça mesmo. Sou detetive. O delegado está ocupado com outras coisas agora. — Fiz um gesto com a mão. — Esqueça. Quero ver Tolman. Ainda está aqui?

Odell fez que sim. — No escritório do gerente, com Ashley e outras pessoas, inclusive um sujeito de Nova York chamado Liggett. Mas eu andava querendo falar com você. Acha que é muito esperto, mas eu poderia facilmente jogá-lo no chão e pisar em cima. No entanto, vou deixar isso de lado, porque preciso que me faça um favor.

— Isso. Quem com ferro fere com ferro será ferido.

— Tá bom. Quero pedir uma coisa. Tô de saco cheio do mato. Este emprego aqui é bom, de certa forma, mas no geral já me cansou. Hoje, quando Raymond Liggett chegou aqui de avião, foi logo perguntando por Nero Wolfe, e saiu correndo para Upshur antes de ir para o quarto ou dizer alô para Ashley. Concluí que Wolfe tem a maior moral com ele, e me passou pela cabeça que um dos melhores empregos do país para um detetive é o Hotel Churchill. — Os olhos de Odell brilhavam. — Meu, que lugar para um cara legal e honesto como eu! Então, você podia falar com Wolfe, enquanto Liggett está aqui, para que ele me ajude a conhecer Liggett discretamente, sem que o pessoal do hotel fique sabendo, caso a coisa não dê pé...

Pensei, agora sim, viramos mesmo uma agência de empregos. Odeio desapontar as pessoas, de modo que enrolei Odell um pouco, sem contudo estimular seu equívoco quanto à intimidade de Wolfe com Raymond Liggett. Mantive um olho na porta fechada que dava no escritório do gerente. Disse que ficava satisfeito em saber que ele não estava feliz vivendo naquela rotina, um cara cheio de ambições, e assim por diante. Era uma conversa bem agradável, mas caí fora abruptamente quando vi que a porta fechada se abriu e meu amigo Barry Tolman apareceu desacompanhado. Dei um tapinha cordial no ombro de Odell, aplicando somente a força necessária para mostrar a ele como seria fácil me jogar no chão e pisar em cima. Deixei-o e segui minha presa por entre os pilares e as palmeiras, e num lugar propício, perto da entrada principal, dirigi-me a ele.

Seus olhos azuis revelaram preocupação, e seu rosto inteiro se anuviou. Ele me reconheceu. — Sim? O que você quer? Estou com pressa no momento.

Eu disse — Também estou. Não vou me desculpar por Wolfe não ter atendido ao telefone esta manhã, porque se sabe alguma coisa sobre Nero Wolfe deve ter descoberto que ele é excêntrico e teimoso. Mas vi você passando e pensei na noite de segunda-feira, quando o conheci no trem; lembrei de ter ido com sua cara, pois você parece ser um sujeito legal. Acontece que agora há pouco observei quando prendeu Berin por assassinato — suponho que não notou minha presença, mas eu estava lá — voltei para a suíte e informei Wolfe do ocorrido. Acho melhor você saber o que ele fez quando ouviu a notícia. Ele tapou o nariz.

— E daí? — Tolman estava de cara feia. — Desde que não tape o meu, que é que tem?

— Nada, a menos que você conheça Wolfe como eu conheço... Nunca o vi tapar o nariz, a não ser quando tem certeza absoluta de que um sujeito está fazendo o papel de completo idiota. Faça o que quiser. Ainda é jovem, e tem uma vida inteira de erros pela frente. Tive apenas um impulso de piedade ao vê-lo passar, e *creio* que possa convencer Wolfe a ter uma conversa com você, se quiser vir comigo imediatamente até a suíte. Bem, posso pelo menos tentar. — Dei um passo para trás. — Faça como quiser, já que tem tanta pressa...

Ele continuou carrancudo. Mas fiquei contente em ver que não perdia tempo com frivolidades. Olhou no fundo dos meus olhos sinceros por poucos segundos, e depois disse abruptamente — Vamos lá — encaminhando-se para a saída. Corri atrás dele, radiante como um escoteiro.

Quando chegamos a Upshur, tive de continuar com o teatro, mas não pretendia deixá-lo solto no saguão de entrada, de modo que o levei para a suíte. Mostrei meu quarto e fechei a porta atrás dele quando entrou. Depois, corri para o de Wolfe, fechei a porta também, me sentei no sofá e sorri para o velho filho da mãe.

— E aí? — Perguntou. — Conseguiu encontrá-lo?

— Claro que consegui. Está aqui. — Apontei o local com o dedo. — Precisei vir na frente para tentar persuadi-lo a conceder uma audiência. Necessito me demorar uns cinco minutos. É possível que ele se esgueire até o foyer para escutar atrás da porta. — Ergui a voz. — E a justiça? E a sociedade? E os direitos humanos?

Wolfe foi obrigado a escutar, não teve escapatória. Fiz um discurso dos bons. Quando achei que havia transcorrido tempo suficiente, fechei a torneira, voltei para meu quarto e fiz o sinal de triunfo a Tolman, permitindo que entrasse. Ele parecia tão preocupado e aborrecido que, por um segundo, imaginei que fosse errar a cadeira oferecida para que se sentasse.

Mas acertou. — Soube que o senhor acha que estou dando mancada.

Wolfe balançou a cabeça. — Não usei esta palavra, senhor Tolman. Não posso chegar a uma opinião consistente até conhecer os fatos que o levaram a agir. Aqui entre nós, temo que o senhor tenha se precipitado um pouco.

— Eu não acho. — Tolman esticou o queixo. — Conversei com o pessoal de Charleston pelo telefone, e eles concordaram comigo. Não estou querendo passar a bola para a frente. A responsabilidade é toda minha. Por falar nisso, preciso estar em Charleston às seis horas, para uma reunião, e são noventa quilômetros. Não sou teimoso. Posso soltar Berin com um estalo dos dedos, se tiver uma razão para tanto. Se está de posse de alguma informação que desconheço, teria sido ótimo se a houvesse fornecido esta manhã, quando liguei, e será ótimo se a der agora. Para não falar em suas obrigações de cidadão...

— Não possuo nenhuma informação que prove a inocência do senhor Berin. — O tom de voz de Wolfe era calmo. — Foi o entusiasmo do senhor Goodwin que o trouxe aqui. Minha opinião foi manifestada na noite de ontem. Se eu souber em que se baseou para tomar sua decisão, quem sabe possa ajudar. A não ser que seja um segredo. Quero que entenda que não tenho um cliente. Não estou representando ninguém.

— Eu não tenho segredos. Mas há motivos suficientes para prender Berin e, em minha opinião, condená-lo. Quanto à oportunidade, sabe que existiu. E ele andou ameaçando indiscriminadamente Laszio de morte, segundo o testemunho de meia dúzia de pessoas. Suponho que ele tenha calculado que um assassino não anunciaria seu objetivo antecipadamente, mas creio que exagerou na dose. Esta manhã interroguei a todos novamente, em especial Berin e Vukcic, e descartei este último. Reuni várias informações. Mas admito que o fato mais decisivo de todos veio de uma sugestão sua. Comparei aquelas listas com a que encontrei no bolso de Laszio. Ninguém errou mais do que duas, exceto Berin.

Ele tirou alguns papéis do bolso, e selecionou um. – As listas de cinco deles, incluindo-se a de Vukcic, batiam exatamente com a correta. Quatro pessoas, o senhor entre elas, cometeram dois erros cada uma, nos mesmos molhos. – Ele devolveu os papéis ao bolso e inclinou-se na direção de Wolfe. – Berin só acertou duas. Errou sete!

No silêncio que se seguiu, os olhos de Wolfe quase se fecharam. Depois de uma pausa, ele murmurou – Absurdo. Nonsense.

– Exatamente! – Tolman balançou a cabeça enfático. – É incrível que, em um teste no qual a média foi de 90% de acertos, Berin tenha conseguido marcar apenas 22%. Isso prova definitivamente uma das seguintes hipóteses: ou ele estava tão perturbado com o homicídio que acabara de cometer ou estava a ponto de cometer que não conseguiu distinguir os sabores, ou estava tão ocupado com o assassinato que não teve nem tempo de experimentar os molhos, e apenas preencheu a lista ao acaso. Considero isso absolutamente conclusivo, e creio que um júri também o fará. E quero dizer que sou imensamente grato por sua sugestão. Admito de coração aberto que foi uma idéia muito esperta, e o crédito por ela é todo seu.

– Muito obrigado. O senhor informou Berin desses fatos e lhe pediu explicações?

– Sim. – Ele estava deslumbrado. – Mas ele não conseguiu explicar.

– O senhor disse que considerava isso absolutamente conclusivo. Acho um pouco forte. Existem outras alternativas. A lista de Berin pode ter sido forjada.

– Foi a lista que ele entregou pessoalmente a Servan, assinada. Não saiu da mão de Servan, até que a entregou a mim. Suspeita de Servan por acaso?

– Não suspeito de ninguém. As travessas ou os cartões podem ter sido trocados.

— Os cartões não. Berin disse que estavam em ordem crescente quando experimentou os molhos, como antes. Quanto às travessas, quem poderia ter feito a troca e quem as devolveu ao lugar correto após a saída de Berin?

Depois de mais uma pausa, Wolfe murmurou de novo, obstinadamente. — Continua muito despropositado.

— Claro. — Tolman inclinou-se para a frente, mais do que antes. — Olha aqui, Wolfe. Sou promotor público, tenho uma carreira pela frente e sei o que significa ser bem-sucedido em um caso sensacional como esse. Mas está enganado se pensa que sinto prazer em agarrar Berin logo de cara para servir de vítima. Não sinto. Eu... — Ele parou. Tentou recomeçar... — Bem... eu... não sinto. Por determinadas razões, foi a coisa mais difícil que já fiz na vida. Mas quero fazer uma pergunta. Quero que seja rigoroso. Considere estas premissas como fatos comprovados: um, Berin cometeu sete erros na lista preenchida e assinada por ele. Dois, quando ele experimentou os molhos, as travessas e os cartões estavam na mesma condição e ordem de antes. Três, nada que venha a ser descoberto poderá lançar dúvidas sobre esses fatos. Quatro, se você tivesse feito o juramento de promotor público, prenderia Berin por assassinato e tentaria condená-lo?

— Eu pediria demissão.

Tolman ergueu ambas as mãos. — Por quê?

— Porque vi o rosto do senhor Berin e ouvi sua voz menos de um minuto depois que ele saiu da sala de jantar na noite passada.

— Pode ser que você o tenha feito, mas eu não. Se nossas posições estivessem invertidas, aceitaria minha palavra e meu julgamento no que diz respeito à voz e ao rosto de Berin?

— Não.

— Ou os de qualquer outra pessoa?

— Não.

— Tem alguma informação que explique ou ajude a explicar os sete erros na lista de Berin?

— Não.

— Tem alguma outra informação, além das que me deu, que possa provar a inocência dele?

— Não.

— Muito bem. — Tolman recostou-se novamente na poltrona. Olhou para mim ressentido e acusador, o que achei injusto, e depois voltou os olhos para Wolfe outra vez. Seu maxilar estava em funcionamento, movendo-se nervosamente de um lado para o outro; após algum tempo ele pareceu ter se dado conta disso e cerrou os dentes com força. Depois, afrouxou-os de novo. — Sinceramente, eu esperava que tivesse. Pelo que Goodwin me disse, fui levado a crer que soubesse de algo. Disse que pediria demissão se estivesse em meu lugar. Mas que benefício poderia haver em...

Não escutei o resto da frase por causa de outra interrupção nos planos de Wolfe para ter uma tarde tranqüila e solitária. As batidas na porta foram longas e demoradas. Andei até o foyer e abri a porta, de certo modo esperando ver os dois visitantes de Nova York em nova tentativa, tendo em vista os desdobramentos recentes. Em vez disso, havia um trio de um tipo diferente: Louis Servan, Vukcic e Constanza Berin.

Vukcic foi brusco. — Queremos falar com o senhor Wolfe.

Pedi que entrassem. — Poderiam esperar um pouco aqui? — Perguntei, indicando meu quarto. — No momento ele está ocupado com o senhor Barry Tolman.

Constanza deu um passo para trás, chocando-se com a parede do foyer. — Oh! — Sua expressão teria sido a mesma se eu lhe houvesse dito que estava com os bolsos cheios de sapos, cobras e lagartos venenosos. Ela fez um gesto para alcançar a maçaneta da porta. Vukcic a segurou pelo braço e eu disse — Não. Acalme-se. O senhor Wolfe não pode evitar que uma jovem atraente insista em chorar em seu ombro, não é? Por favor, por aqui, todos vocês...

A porta que dava no quarto de Wolfe se abriu e Tolman surgiu. Estava um pouco escuro no foyer, e ele levou um segundo para identificar o grupo todo. Quando a viu, deu a identificação por encerrada. Olhou para a moça, empalidecendo como cera, e sua boca se abriu três vezes à procura de palavras que se perderam no caminho. Pelo jeito, ela não sentiu nenhum prazer em encontrá-lo naquele estado. Fingiu que não o viu. Ela olhou para mim e disse que supunha poder avistar-se com o senhor Wolfe agora. Vukcic a tomou pelo braço, e Tolman abriu caminho como um raio para permitir que passassem. Fiquei para trás, para me despedir de Tolman, o que fiz depois que ele trocou algumas palavras com Servan.

A nova leva aparentemente não enfureceu nem animou Wolfe. Ele cumprimentou a senhorita Berin sem entusiasmo, mas com um toque extra de cortesia, e desculpou-se com Vukcic e Servan por ter ficado recluso o dia inteiro, evitando comparecer aos encontros no pavilhão Pocahontas. Servan garantiu educadamente que, devido às malfadadas circunstâncias, nenhuma desculpa era necessária. Vukcic sentou-se, passou os dedos pela cabeleira abundante e resmungou algo sobre a sorte madrasta no encontro dos quinze mestres. Wolfe perguntou se as atividades programadas seriam canceladas, e Servan balançou a cabeça. Não, disse, elas continuariam conforme programado, apesar de todos lamentarem profundamente o ocorrido. Ele havia esperado anos pelo momento em que, na condição de decano dos *Quinze Maîtres*, teria a honra de recebê-los como convidados. Seria o auge de sua carreira, uma doce bênção para sua velhice, mas o que aconteceu foi um desastre incrível. Mesmo assim, prosseguiriam. Ele faria, na condição de decano e anfitrião, a conferência daquela noite, sobre *Les mystères du goût*, que passara dois anos preparando. Ao meio-dia do dia seguinte, elegeriam os novos membros — agora seriam quatro, infelizmente — para substituir os falecidos. Na quinta à noite, ouviriam o discurso do senhor Wolfe sobre *Contributions américaines à la haute cuisine*. Que calamidade, que golpe para a amizade e o companheirismo!

Wolfe disse — Mas essa melancolia, senhor Servan, é a pior atitude possível para fazer a digestão. Como a compreensão está fora de questão, não seria a hostilidade ativa a melhor opção? Hostilidade contra a pessoa responsável?

As sobrancelhas de Servan se ergueram. — Refere-se a Berin?

— Meu Deus, claro que não! Eu disse a pessoa responsável. Não creio que Berin tenha feito aquilo.

— Oh! — O grito partiu de Constanza. Pelo modo como pulou na poltrona e pelo olhar lançado na direção de Wolfe, esperava que fosse beijá-lo, ou no mínimo jogar *ginger ale* em cima dele, mas conseguiu controlar-se a tempo e permanecer sentada.

Vukcic reclamou — Eles acham que têm provas. E os sete erros na lista dos molhos. Como é possível uma coisa dessas?

— Não tenho a menor idéia. Por que pensa que Berin fez isso, Marko?

— Sei lá. Não pensei nisso. — Vukcic passou os dedos pela cabeleira novamente. — Que complicação dos diabos! No começo suspeitaram de mim; achavam que eu era o assassino porque estive dançando com Dina e meu sangue estava quente. E estava mesmo! — Ele soava desafiador. — Você não poderia entender isso, Nero. Uma mulher daquelas. Ela tem um fogo que me incendiou uma vez, e poderia me aquecer de novo, sem dúvida, se chegasse bem perto e eu deixasse minha mente se perder nele. — Ele deu de ombros, e repentinamente ficou alucinado. — Mas enfiar uma faca nas costas daquele cachorro! Ele não merecia essa honra! Tapar o nariz é só o que se deve fazer com esse tipo de gente!

— Mas veja bem, Nero. — Vukcic olhou em volta. — Trouxe a senhorita Berin e o senhor Servan para conversar com você. Eu dei a idéia. Se descobríssemos que considerava Berin culpado, não saberia o que dizer, mas felizmente não é essa sua opinião. Discutimos o caso com o resto do pessoal, e a maioria concordou em contribuir para a defesa de Berin — já que ele se encontra em um país estranho — e disse que com certeza a melhor maneira de defendê-lo é contratar você para...

— Mas por favor — Servan interrompeu sério. — Por favor, senhor Wolfe, compreenda que deploramos esta necessidade inevitável — é nosso hóspede, meu convidado, sei que é imperdoável pedir ao senhor, nestas circunstâncias, que...

— Mas o fato é que... — Vukcic prosseguiu — eles foram muito generosos em suas contribuições para a defesa, depois que expliquei sua postura no que diz respeito a honorários.

Constanza, sentada na pontinha da poltrona, deu um palpite: — Os onze mil francos que prometi demorarão um pouco para chegar, porque estão em um banco de Nice...

— Chega! — Wolfe quase gritou. Ele apontou o dedo para Servan. — Aparentemente, senhor, Marko os informou sobre minha ganância. Ele estava correto. Preciso de muito dinheiro, e normalmente meus clientes são depenados. Mas também poderia ter dito que sou um romântico incurável. Para mim, a relação entre anfitrião e convidado é sagrada. O convidado é uma jóia repousando sobre a almofada da hospitalidade. O anfitrião é um rei, em sua sala ou cozinha, e não pode aceitar um papel menor. De modo que não discutiremos...

— Os modos que vão para o inferno! — Vukcic fez um gesto impaciente. — Quer dizer então, Nero, que não vai fazer nada por Berin?

— Não. Quero dizer que não discutiremos honorários e contribuições. Certamente vou fazer algo por Berin. Eu já havia decidido isso antes de sua chegada, mas não aceitarei o dinheiro de meu anfitrião e seus amigos. Não há tempo a perder, e desejo ficar a sós, para pensar no assunto. Mas como já estão aqui... — Seus olhos detiveram-se em Constanza. — Senhorita Berin, parece convencida de que seu pai não matou o senhor Laszio. Por quê?

Os olhos dela se arregalaram. — Porque... mas o senhor também está convencido disso. Acabou de dizer. Meu pai não faria uma coisa dessas.

— Não se importe comigo. Em termos legais, pois estamos lidando com a lei, quais as provas de que dispõe? Tem alguma?

— Mas eu... só... que absurdo! Qualquer um...

— Percebo. Não tem nenhuma. Tem noção, ou qualquer indício, de quem possa ter assassinado Laszio?

— Não! Não tenho a menor idéia! E não me importo. Só alguém...

— Por favor, senhorita Berin. Devo preveni-la de que temos uma tarefa difícil pela frente, e pouco tempo disponível. Sugiro que ao sair daqui vá para seu quarto, controle suas emoções e dedique-se a recapitular — rever — tudo o que ouviu e viu, tudo, desde sua chegada ao Kanawha Spa. Faça isso com seriedade. Anote qualquer coisa que possa ter um mínimo de importância. Lembre-se de que esta é uma missão importante, a única que pode desempenhar com alguma chance de ajudar seu pai.

Ele moveu os olhos novamente. — Senhor Servan. Em primeiro lugar, faça o mesmo que a senhorita Berin. Provas da inocência de Berin, ou indícios ou evidências da culpa de outro. Tem alguma idéia?

Servan balançou a cabeça lentamente.

— Isso é péssimo. Devo preveni-lo, senhor, que os desdobramentos indicarão que o único modo de livrar Berin é encontrar o culpado e provar tudo. Não podemos inocentar a todos. Afinal de contas, Laszio está morto. Se sabe de algo que possa transferir as suspeitas para alguém, e está ocultando os fatos, não pode dizer que esteja realmente tentando ajudar Berin.

O decano dos mestres sacudiu a cabeça mais uma vez. — Não sei de nada que possa implicar alguém.

— Muito bem. Quanto à lista de molhos de Berin. Ele a entregou pessoalmente ao senhor?

— Sim, logo depois de ter saído da sala de jantar.

— Traz a assinatura dele?

— Sim. Eu olhei para cada uma delas antes de guardá-las em meu bolso, para me certificar de que poderia identificar os nomes.

— Tem certeza de que ninguém teve a chance de mudar a lista de Berin depois que ela foi passada ao senhor, e antes que a entregasse ao senhor Tolman?

— Positivo. Certeza absoluta. As listas ficaram no bolso interno de cima o tempo inteiro. Claro, eu não as mostrei a ninguém.

Wolfe o observou um pouco, suspirou e virou-se para Vukcic. — E você, Marko. O que sabe?

— Não sei droga nenhuma.

— Pediu à senhora Laszio que dançasse com você?

— Eu... mas o que isso tem a ver com a história?

Wolfe olhou bem para ele e murmurou — Olha, Marko, no momento eu não tenho a menor idéia de como agir para descobrir o que precisa ser descoberto, e devo me permitir qualquer pergunta que não seja insultuosa. Tirou a senhora Laszio para dançar, ou foi ela quem o tirou?

Vukcic franziu a testa e sentou-se. Finalmente falou, enrolando as palavras — Acho que ela sugeriu isso. Mas eu teria pedido, se ela não houvesse sugerido.

— Pediu a ela que ligasse o rádio?

— Não.

— Portanto, o rádio e a dança, naquele momento específico, foram idéias dela?

— Que se dane! — Vukcic estava furioso com seu velho amigo. — Juro que não vejo motivo, Nero...

— Claro que você não vê. Nem eu. Mas às vezes é espantoso como a ponta de um novelo embaraçado fica bem escondida. Dizem que as duas melhores maneiras de perder um amigo são emprestar-lhe dinheiro e questionar a pureza de intenção do gesto de uma mulher para com ele. Não quero perder sua amizade. Muito provavelmente a senhora Laszio sentiu um desejo irresistível de dançar com você. Não, Marko, por favor, não estou sendo só gentil. E agora, se não se importa... Senhorita Berin? Senhor Servan? Preciso cuidar deste caso.

Eles se ergueram. Servan tentou mencionar delicadamente os honorários, mais uma vez, mas Wolfe não lhe deu atenção alguma. Constanza aproximou-se, pegou na mão de Wolfe e olhou para ele com uma expressão que poderia ou não ser pura, mas tinha seu encanto inegável. Vukcic ainda não havia desistido de fazer cara feia, mas uniu-se aos outros nos agradecimentos, e parecia sincero. Acompanhei-os até o foyer para abrir a porta.

Ao retornar, sentei-me na poltrona e observei Wolfe enquanto este refletia. Ele estava recostado, em sua posição favorita, mas de forma alguma tão confortável quanto estaria em sua poltrona preferida, lá em casa. Mantinha os olhos fechados. Ele poderia estar dormindo, não fosse pelo leve movimento dos lábios. Eu, por meu lado, também refleti um pouco, mas admito que meus pensamentos eram limitados. Tinha a impressão de que Berin era o culpado, mas estava disposto a incluir Vukcic ou Blanc na lista, caso eles insistissem. Até onde podia ver, o resto estava completamente descartado. Claro, ainda havia a possibilidade de que Laszio tivesse saído momentaneamente da sala de jantar, durante a sessão de testes de Vukcic, voltado mais tarde, e que Vallenko ou Rossi o tivessem confundido com uma alfineteira, antes ou depois do teste, mas eu não conseguia ver futuro nessa linha de raciocínio. Permaneci na sala maior durante toda a noitada, e tentei lembrar se, em algum momento, eu havia notado alguém entrar na sala pequena — ou então se podia jurar que ninguém havia feito isso. Acho que poderia. Depois de cerca de meia hora dando tratos à bola, para mim ainda tinha sido Berin. Pensei também que Wolfe havia recusado duas ofertas de contrato, e que portanto era pouco provável que este caso fosse render alguma coisa.

Percebi que Wolfe se movia. Ele abriu a boca, mas não os olhos.

— Archie. Aqueles dois homens de cor, de serviço no foyer principal do pavilhão Pocahontas na noite passada. Descubra onde eles estão agora.

Fui até meu quarto para telefonar, pensando que o meio mais rápido era pedir a meu amigo Odell que desempenhasse essa missão. Em menos de dez minutos eu estava de volta com o relatório.

— Eles entraram em serviço no Pocahontas novamente às seis. Os mesmos sujeitos. São 6h07 agora. Seus nomes...

— Não, obrigado. Não preciso dos nomes. — Wolfe ergueu a cabeça e olhou para mim. — Temos um inimigo preso aqui dentro. Ele acha que sua posição é inexpugnável, e pode ter razão. Não há porta, portão nem janela em suas paredes. Pode ser um homem, possivelmente é uma mulher. Mas existe uma pequena rachadura, e vamos tentar entrar por ela. — Ele suspirou. — Espantosa esta parede. Só consigo ver esta pequena brecha. Se falhar... — Ele deu de ombros. Depois disse, amargo — Como sabe, devemos estar vestidos a rigor esta noite. Gostaria de ir para o pavilhão o mais rápido possível. O que a língua prometeu o corpo deve cumprir.

Ele iniciou as operações para deixar a poltrona.

7

Ainda faltavam vinte minutos para as sete horas quando chegamos a Pocahontas. Wolfe tinha se virado bem com o traje a rigor, levando-se em conta que Fritz Brenner estava a quase 1500 quilômetros de distância, e eu poderia me empregar como manequim de vitrine.

Naturalmente eu nutria certa curiosidade a respeito do interesse de Wolfe pelos caras de paletó verde que ainda não fora satisfeita. No hall principal, depois de termos deixado nossos chapéus, ele me levou para a sala e ficou para trás. Verifiquei que a informação de Odell estava correta; os dois homens de cor eram os mesmos que na noite anterior tinham ficado de serviço.

Faltava mais de uma hora para o jantar, e não havia ninguém na sala, a não ser mamma Mondor, que fazia tricô enquanto bebericava xerez, e Vallenko e Keith — Lisette Putti entre eles — batendo papo em um divã. Disse oi, cheguei mais perto e tentei perguntar a mamma Mondor qual era o termo francês para tricô, mas ela parecia surda à linguagem dos gestos e começou a ficar nervosa. Daquele jeito íamos acabar brigando; portanto, dei o fora.

Wolfe entrou, vindo do hall, e notei por sua fisionomia que ele não havia perdido a brecha que mencionara antes. Distribuiu cumprimentos a todos e fez um par de perguntas. Foi informado de que Louis Servan encontrava-se na cozinha supervisionando os preparativos para o jantar. Depois, aproximou-se de mim e em voz baixa deu instruções resumidas para uma tarefa urgente. Acho que ele teve sangue-frio suficiente para esperar que eu botasse meu traje a rigor para me mandar suar a camisa, principalmente porque não havia honorários envolvidos. Mas peguei o chapéu sem reclamar.

Cortei caminho pela grama, para chegar ao acesso principal, e segui em direção ao hotel. Enquanto andava, resolvi usar Odell de novo, em vez de tentar novos contatos, e para minha sorte encontrei-o no corredor perto dos elevadores, sem que tivesse sido necessário perguntar a alguém onde ele estava. Deu mostras de contentamento e expectativa.

— Falou com Wolfe? Ele esteve com Liggett?

— Não. Ainda não. Me dá um tempo, tá bom? Não se preocupe, amigo. Agora preciso de algumas coisas com urgência. Primeiro, uma almofada de carimbo, de preferência nova, e cinqüenta ou sessenta folhas de papel branco liso, se possível acetinado. E uma lente de aumento.

— Meu Deus do céu! — Ele me encarou. — Para quem trabalha, J. Edgar Hoover?*

— Não. Mas fique frio. Estamos dando uma festa. Talvez Liggett compareça. Seja rápido, tá?

Ele me disse que esperasse ali e desapareceu na virada. Voltou em cinco minutos, com os três itens. Quando eu os peguei, o detetive disse:

— Precisei colocar a almofada e o papel na sua conta. A lente de aumento foi emprestada por uma pessoa. Vê se não some com ela.

Disse que tomaria cuidado e saí. Na volta, peguei o caminho que me levaria a Upshur. Fiz uma parada ali, na suíte 60. Achei uma lata de talco no banheiro e a meti no bolso, junto com a caneta e o bloco de anotações. Aí vi o exemplar da *Revista de Criminologia* que trouxera e o folheei atrás das fotos que mostravam a nova classificação das impressões digitais. Arranquei uma das páginas com o canivete, enrolei-a com o papel que Odell conseguira e caminhei depressa para Pocahontas. Durante todo o tempo, fiquei tentando descobrir o tipo de brecha que Wolfe pretendia escancarar com aquela lista de materiais.

Não recebi nenhum esclarecimento de Wolfe nesse aspecto. Ele aparentemente andava ocupado, pois, apesar de não haver transcorrido nem quinze minutos, encontrei-o acomodado na poltrona grande

(*) Chefe do FBI durante a Guerra Fria. (N. E.)

da sala pequena, ao lado da mesma mesa em que Tolman se entrincheirara para se proteger da fúria mortífera de Constanza Berin. Do outro lado da mesa, oposto a ele, parecendo cético, porém resignado, estava Sergei Vallenko.

Wolfe terminou a frase que dizia a Vallenko e virou-se para mim. — Trouxe tudo? Ótimo, Archie. Ponha a almofada de carimbos e o papel aqui sobre a mesa, por favor. Expliquei ao senhor Servan que, para aceitar essa investigação, eu precisaria fazer algumas poucas perguntas a todos, além de tirar as impressões digitais de amostra. Ele pediu ao senhor Vallenko que fosse o primeiro. Os dez dedos, por favor.

Aquela ia ser fogo. Nero Wolfe colecionando impressões digitais, especialmente depois que a polícia fuçou na sala de jantar inteira, e que esta foi reaberta ao público! Eu sabia muito bem que era um truque, mas ainda não adivinhara a charada, de modo que mais uma vez tive de segui-lo sem saber para onde ia a estrada. Peguei as impressões de Vallenko, em duas folhas, e as identifiquei. Wolfe o dispensou com agradecimentos.

Perguntei, quando ficamos a sós — O que é que este bureau de identificação...

— Agora não, Archie. Jogue o talco em cima das impressões do Senhor Vallenko.

Arregalei os olhos. — Pelo amor de Deus, por quê? Ninguém espalha talco em cima...

— Vai parecer mais profissional e misterioso. Faça o que estou mandando. Passe a página do jornal. Ótimo. Satisfatório. Vamos usar apenas a metade superior. Corte-a e guarde-a no bolso. Ponha a lente de aumento na mesa. — Ah! *Madame Mondor? Asseyez-vous, s'il vous plaît.*

Sempre com o tricô, ela respondeu a algumas perguntas, cuja tradução não me interessou, por isso nunca pedi a versão de Wolfe. Depois foi passada a meu departamento, para registro. Nunca me senti tão estúpido na vida, espalhando talco nas amostras ainda frescas. A terceira pessoa a entrar foi Lisette Putti, seguida por Keith, Blanc, Rossi, Mondor... Wolfe interrogou rapidamente cada um deles, mas, conhecendo sua voz e suas maneiras como eu conhecia, tive a impressão de que a parte dele era tão falsa quanto a minha. Certamente não parecia que ele estava aumentando a brecha.

Então a esposa chinesa de Lawrence Coyne entrou. Usava um vestido de seda vermelha para o jantar, com um raminho de louro silvestre da montanha nos cabelos negros. O rosto pequeno e a silhueta esguia faziam dela uma figura tirada de um anúncio para a volta ao mundo de navio. Logo intuí que a cena fora armada para ela, pois Wolfe ordenou, ríspido, que eu apanhasse o bloco de anotações, o que não havia sido necessário para nenhum dos outros. Mas só fez perguntas na mesma linha e deu explicações sobre as impressões digitais antes que eu as tirasse. O jogo não pararia aí, entretanto. Quando dei meu lenço, já arruinado, para que limpasse as pontas dos dedos, Wolfe endireitou-se.

Ele murmurou — Bem, senhora Coyne, o senhor Tolman disse que a senhora não viu ninguém, a não ser um funcionário do hotel ontem à noite, quando estava lá fora, passeando em um dos caminhos. Fez perguntas sobre um pássaro que ouviu cantar, e ele disse que era um bacurau. Nunca havia ouvido um bacurau?

Ela não se mostrara entusiasmada antes, e continuou assim. — Não, eles não são encontrados na Califórnia.

— Compreendo. Creio que foi para fora antes do início do teste dos molhos, e retornou à sala pouco antes de o senhor Vukcic entrar na sala de jantar, certo?

— Fui para fora antes do início do teste. Não sei quem estava na sala de jantar quando voltei.

— Eu sei. Era o senhor Vukcic. — A voz de Wolfe era suave e despreocupada o bastante para demonstrar que andava atrás de alguma coisa. — Por outro lado, contou ao senhor Tolman que ficou do lado de fora durante sua saída. Isso é correto?

Ela mexeu a cabeça. — Sim.

— Quando deixou a sala, após o jantar, não foi até o quarto, antes de entrar novamente?

— Não. Não fazia frio, e eu não precisava de agasalho...

— Muito bem. Estou só perguntando. Quando esteve fora, contudo, não poderia ter entrado no corredor da ala esquerda pelo terraço pequeno, e seguido por ele até seu quarto?

— Não. — Sua voz soava calma e desinteressada. — Fiquei lá fora o tempo inteiro.

— Quer dizer que não foi até o quarto?

— Não.

— Nem a nenhum outro lugar?

— Apenas até o jardim. Meu marido pode confirmar; gosto de passear à noite.

Wolfe sorriu. — E, quando entrou, atravessou o hall principal e foi direto para a sala grande?

— Sim, e o senhor estava lá. Eu o vi com meu marido.

— É verdade. Agora, senhora Coyne, devo admitir que me deixou um pouco intrigado. Talvez possa me ajudar. Tendo em vista o que acabou de me dizer, na verdade uma repetição do que disse ao senhor Tolman, pode esclarecer qual foi a porta em que machucou seu dedo?

Ela era cara-de-pau. Nem piscou. Talvez os olhos tenham se estreitado ligeiramente; não pude vê-los. Mas não era tão competente em ganhar tempo. Depois de cerca de dez segundos de inexpressão, ela disse: — Ah, refere-se ao meu dedo! — Olhou para o dedo, e novamente para cima. — Pedi a meu marido que o beijasse.

Wolfe concordou com a cabeça. — Ouvi isso. Em que porta se machucou?

Ela estava no ponto. — Na porta grande da entrada. Sabe como é difícil abri-la, e quando fechou...

Ele a interrompeu bruscamente. — Nada disso, senhora Coyne. Impossível. O porteiro e o empregado que fica no hall foram interrogados, e suas declarações anotadas. Eles se lembram de sua saída e da volta — na verdade, foram interrogados sobre isso, na terça à noite, pelo senhor Tolman. E ambos têm certeza absoluta de que o porteiro abriu a porta para a senhora, e a fechou após sua passagem, sem prender dedo algum. Tampouco poderia ter sido na porta entre o hall e a sala, porque a vi entrando. Qual foi a porta?

Ela adotara a cara-de-pau em caráter permanente. Disse calmamente — O porteiro está mentindo, porque foi descuidado e fez com que eu me machucasse.

— Não creio.

— Tenho certeza. Ele está mentindo. — Silenciosa e rapidamente, ela se ergueu. — Vou contar tudo ao meu marido.

Ela quis sair, movendo-se com rapidez. Wolfe estalou os dedos.

— Archie! — Eu a contornei, bloqueando sua trajetória em direção à porta. Ela não tentou me driblar; apenas parou e olhou em meu rosto. Wolfe disse — Volte e sente-se. Posso ver que é uma pessoa decidida, assim como eu. O senhor Goodwin pode detê-la com apenas uma das mãos. Pode gritar, alguém virá, mas irá embora e voltaremos ao ponto em que estamos. Sente-se, por favor.

Ela obedeceu e disse: — Não tenho por que gritar. Apenas desejava contar ao meu marido...

— Que o porteiro mentiu. Mas ele não mentiu. Contudo, não há razão para atormentá-la desnecessariamente. Archie, passe as fotos das impressões digitais na porta da sala de jantar.

Pensei com meus botões: que maldito. Um dia ainda precisaria de meus serviços durante minhas férias. Aí aprenderia a me contar as coisas com antecedência. Mas, claramente, só havia uma resposta neste caso. Procurei no bolso as reproduções que recortara do jornal e passei a ele. Então, finalmente a par, tirei as amostras recém-colhidas dos dedos de Lio Coyne. Wolfe pegou a lente de aumento e começou a compará-las. Não teve pressa: segurou as folhas lado a lado, olhou pela lente de perto e de longe, e fez sinais apropriados de aprovação a intervalos.

Finalmente disse — Três são muito similares. Provavelmente é o suficiente. Mas o dedo indicador esquerdo é absolutamente idêntico, e está excepcionalmente claro. Olhe, Archie, dê sua opinião.

Peguei as impressões, a lente e representei minha parte. As impressões do jornal pertenciam a algum mecânico brutamontes. Acho que nunca vi dois conjuntos mais diferentes. Fiz uma boa cena na comparação, até contei alto antes de devolvê-los a Wolfe.

— Sim, senhor. — Fui enfático. — Seguramente são os mesmos. Qualquer um pode ver isso.

Wolfe disse à senhora Coyne, gentil, quase terno — A senhora vê, madame. Preciso de uma explicação. Claro que todo mundo conhece impressões digitais, mas alguns métodos para consegui-las são pouco divulgados. O senhor Goodwin é especialista. Ele examinou as portas entre a sala de jantar e o terraço — entre outras —, obteve impressões que a polícia local deixou passar e tirou fotografias delas. Assim, como pode ver, os métodos modernos de busca de provas são produtivos de vez em quando. Eles nos forneceram uma prova conclusiva que prendeu o dedo na porta entre o terraço e a sala de jantar na noite de terça-feira. Eu suspeitei disso antes, mas não há motivo para discutir esta parte agora. Não estou lhe pedindo que explique nada. Suas explicações, naturalmente, devem ser dadas à polícia, depois que eu passar as provas a eles, bem como um relatório de seu falso testemunho de que prendeu o dedo na porta da frente. Por falar nisso, devo preveni-la para esperar pouca cortesia da polícia. Afinal de contas, não disse a verdade ao senhor Tolman, e eles vão odiar isso. Teria sido mais sensato de sua parte admitir a verdade, ser franca quando questionada a respeito de seus movimentos naquela noite, dizendo que entrou na sala de jantar pelo terraço.

Ela era uma das maiores caras-de-pau que eu já tinha visto na vida. Dava para jurar que sua mente, caso estivesse trabalhando em alguma coisa, dedicava-se no máximo a lembrar onde perdera os palitinhos de comer. Finalmente ela disse — Eu não entrei na sala de jantar.

Wolfe deu de ombros. — Conte isso à polícia. Depois de sua mentira ao senhor Tolman, das mentiras que contou a nós, registradas no bloco de anotações do senhor Goodwin, de sua tentativa de acusar o porteiro... e, acima de tudo, dessas impressões digitais...

Ela esticou o braço. — Passe-as para mim. Quero vê-las.

— A polícia poderá mostrá-las, se quiser. Perdão, senhora Coyne, mas esta fotografia é uma prova importante, e eu gostaria de estar seguro de poder entregá-la intacta às autoridades.

Ela estremeceu um pouco, sem alterar a expressão do rosto. Após outro instante de silêncio, disse: — Fui até o corredor da ala esquerda. Pelo terraço pequeno. Fui até meu quarto e machuquei o dedo na porta do banheiro. Depois, quando o senhor Laszio foi encontrado morto, fiquei com medo e pensei que nunca poderia dizer que estivera do lado de dentro.

Wolfe moveu a cabeça e murmurou — Pode tentar essa saída. Tente até o final, se acha que vale a pena. Tem consciência, é claro, de que deixou impressões digitais na porta da sala de jantar, e de que isso necessita de uma explicação. De qualquer forma, está em uma encrenca. Precisa fazer o possível para se safar. — Ele virou-se para mim abruptamente e estalou os dedos. — Archie, vá até a cabine telefônica no foyer e ligue para a polícia, que está no hotel. Diga que venham imediatamente.

Ergui-me com presteza excessiva. Estava preparado para uma pequena cena com meu bloco de anotações e a caneta, mas não foi preciso. Seu rosto deu sinais de vida. Ela piscou para mim, esticou a mão em minha direção, depois piscou para Wolfe e esticou as duas mãozinhas na direção dele.

— Senhor Wolfe — suplicou. — Por favor! Não fiz mal algum! Não chame a polícia!

— Não fez mal, madame? — Wolfe foi inflexível. — Conta mentiras às autoridades que investigam um assassinato, e a mim, e acha que não fez mal algum? Archie, vá em frente!

— Não. — Ela se levantou. — Já disse que não fiz nada!

— Entrou na sala de jantar minutos, talvez segundos, depois do momento em que Laszio foi morto. A senhora o matou?

— Não. Não fiz nada. Nem entrei na sala de jantar!

— Sua mão segurou a porta. Que houve?

Ela ficou parada, olhos fixos em Wolfe. Parei, um pé à frente, louco para chamar os guardas. Ela encerrou a novela ao sentar-se e dizer calmamente a Wolfe. — É melhor contar tudo ao senhor, não é?

— Ou à polícia.

— Mas se eu lhe contar... o senhor vai contar à polícia de qualquer forma.

— Talvez sim. Talvez não. Depende. De qualquer modo, terá de contar a verdade, mais cedo ou mais tarde.

— Suponho que sim. — As mãos repousavam sobre o vestido vermelho, dedos cruzados com força no colo. — Entenda, tenho medo. A polícia não gosta de chineses, e sou chinesa. Mas esse não é o problema. Temo o homem que vi na sala de jantar, porque ele deve ter matado o senhor Laszio...

Wolfe perguntou suavemente — Quem era?

— Não sei. Mas se eu falar sobre ele com o senhor, e ele souber que o vi e depois revelei... bem, estou contando agora. Sabe, senhor Wolfe, nasci em São Francisco, fui criada lá, mas sou chinesa, e nunca somos tratados como americanos. Nunca. Mas, de qualquer modo... eu disse a verdade ao senhor Tolman sobre aquela noite. Fiquei lá fora o tempo todo. No gramado, entre as moitas e as árvores, ouvi o bacurau e cruzei o caminho, até chegar à fonte. Depois retornei, pelo lado. Não pela ala esquerda, mas pelo outro lado — e pude ver a sala, não muito bem, através das cortinas da janela, mas não conseguia ver nada da sala de jantar, porque as cortinas estavam puxadas nas portas de vidro. Pensei que seria divertido espiar os homens enquanto experimentavam os molhos, o que para mim era uma coisa meio estúpida, de modo que fui até o terraço para procurar uma brecha por onde pudesse espiar, mas as cortinas estavam bem fechadas, e não foi possível fazer isso. Então ouvi um ruído, como se algo tivesse caído na sala de jantar; não pude identificar o que era, porque o som do rádio estava saindo pela janela aberta da sala de estar. Fiquei parada ali, não sei por quanto tempo, e nenhum outro som foi produzido. Pensei que um dos homens poderia ter ficado furioso e jogado uma travessa no chão, o que seria divertido. Resolvi abrir a porta um pouquinho para olhar, pensando que não seria ouvida por causa do som do rádio. Assim, abri só uma fresta. Não a abri o suficiente nem para ver a mesa, porque havia um homem parado perto do biombo, no canto, de perfil para mim. Ele estava com um dedo encostado nos lábios — sabe, como se faz para pedir silêncio a alguém. Depois vi para quem estava olhando. A porta que dava para o hall da copa estava aberta, apenas uns poucos centímetros, e o rosto de um dos negros aparecia lá, olhar fixo no homem próximo ao biombo. Este começou a se virar em minha direção, tentei fechar a porta rapidamente, meu pé escorregou e agarrei a porta com a outra mão para não cair. A porta se fechou em cima do meu dedo. Pensei que seria constrangedor ser apanhada espiando a sala de jantar, de modo que corri de volta para as moitas e fiquei ali por alguns minutos. Depois voltei pela entrada principal — e o senhor me viu entrando na sala em seguida.

Wolfe perguntou: — Quem era o homem perto do biombo?

Ela balançou a cabeça. — Não sei.

— Bem, senhora Coyne. Não comece tudo de novo. Viu o rosto do sujeito.

— Vi apenas seu perfil. Claro que deu para perceber que era um dos negros.

Wolfe piscou. Eu pisquei duas vezes. Wolfe perguntou — Um negro? Quer dizer, um dos empregados daqui?

— Sim. De uniforme. Como os garçons.

— Era um dos garçons deste pavilhão?

— Não, tenho certeza de que não era. Era mais preto que os outros e... tenho certeza que não. Não era ninguém conhecido.

— Mais preto do que os outros e o que mais? O que estava a ponto de dizer?

— Que não podia ser um dos garçons daqui porque ele saiu e foi embora. Contei ao senhor que me escondi nos arbustos. Estava ali havia alguns segundos apenas quando a porta da sala de jantar se abriu e ele saiu, seguindo pelo caminho que vai para os fundos. Claro que eu não podia ver muito bem atrás das moitas, mas suponho que era ele.

— Conseguiu ver o uniforme?

— Sim, um pouco, quando ele abriu a porta e ficou sob a luz. Depois ficou tudo escuro.

— Ele estava correndo?

— Não. Andava.

Wolfe franziu a testa. — O outro, que estava na porta do hall da copa — ele também usava uniforme, ou era um dos cozinheiros?

— Não sei. A porta só foi aberta um pouquinho, e praticamente só vi seus olhos. Tampouco poderia reconhecê-lo.

— Viu o senhor Laszio?

— Não.

— E ninguém mais?

— Não. Foi tudo o que vi, exatamente como contei ao senhor. Tudo. Mais tarde, quando o senhor Servan contou que o senhor Laszio tinha sido morto, aí eu soube o que havia ouvido. Havia ouvido o senhor Laszio cair, e visto o homem que o assassinara. Sabia disso. Só podia ser. Mas tinha medo de contar esta história quando fizessem perguntas sobre minha saída... e de qualquer modo... — As duas mãozinhas se ergueram do colo, em um gesto, e retornaram à posição inicial. — Claro, fiquei muito triste quando prenderam o senhor Berin, pois sabia que era um erro. Pretendia esperar até voltar para casa, para São Francisco, e contar tudo ao meu marido.Então, caso ele o exigisse, escreveria uma carta e enviaria para cá.

— E, neste meio tempo... — Wolfe deu de ombros. — Comentou isso com alguém?

— Nada.

— Não o faça. — Wolfe ergueu-se. — Para dizer a verdade, senhora Coyne, agiu de forma egoísta, mas confesso que foi sábia. Seu segredo estaria seguro, e a senhora também, não fosse pelo acidente que a levou a pedir a seu marido que beijasse seu dedo quando eu estava perto e ouvindo tudo. O assassino do senhor Laszio provavelmente sabe que foi visto daquela porta, mas não por quem, uma vez que esta foi aberta apenas alguns poucos centímetros, e lá fora estava escuro. Caso ele descubra que foi a senhora a vê-lo, nem São Francisco será longe o suficiente para escondê-la. Torna-se altamente aconselhável que não se faça nada que o leve a descobrir ou suspeitar disso. Não diga nada a ninguém. Caso alguém demonstre curiosidade pela razão de sua demora aqui, já que as outras entrevistas foram curtas, e pergunte o porquê, diga a ele — ou a ela — que tem repugnância cultural por tirar impressões digitais, e precisei utilizar todo o meu poder de persuasão para superar o problema. Similarmente, eu acho que, no momento, a polícia não vai interrogá-la, nem mesmo aproximar-se da senhora, pois só despertaria suspeitas. E por falar nisso...

— Não vai dizer nada à polícia, não é?

— Não fiz promessa alguma. Confie em minha discrição. Estava a ponto de perguntar: alguém em particular a interrogou sobre o que viu naquela noite, fora a polícia e eu? Algum dos hóspedes?

— Não.

— Tem certeza absoluta? Nem mesmo uma pergunta inocente?

— Não. Eu não me lembro... — Sua sobrancelha se estreitava sobre os olhos puxados. — Claro, meu marido...

Uma batida na porta a interrompeu. Wolfe fez um sinal para mim e eu a abri. Era Louis Servan. Deixei que entrasse.

Ele entrou e disse a Wolfe, em tom de desculpa — Detesto perturbá-lo, mas o jantar... são oito e cinco...

— Ah! — Wolfe se levantou no ato. — Andei esperando por isso durante seis meses. Obrigado, senhora Coyne. — Archie, pode acompanhar a senhora Coyne? — Podemos trocar uma palavrinha, senhor Servan? Serei o mais breve possível.

8

O jantar do decano dos *Quinze Maîtres* naquela noite, como de costume realizado no segundo dia da reunião qüinqüenal, foi farto e exuberante em matéria de sofisticação, mas deixou a desejar como ocasião festiva. A conversa durante o *hors d'oeuvres* foi nervosa e tensa, e, quando Domenico Rossi fez um comentário em francês audível, três ou quatro deles começaram a rir e subitamente pararam, olhando uns para os outros em silêncio.

Para minha surpresa Constanza Berin estava lá, mas não se sentou ao meu lado, como na noite anterior. Ficou no outro canto, entre Louis Servan, que ocupava a ponta, e uma peça nova para mim, um desconhecido de bigodinho. Leon Blanc, à minha direita, explicou tratar-se do embaixador francês. Havia muitos outros convidados especiais, entre eles o possível futuro patrão do meu amigo Odell, Raymond Liggett, do Hotel Churchill, Clay Ashley, gerente do Kanawha Spa, e Albert Malfi. Os olhos negros de Malfi dardejavam de uma ponta da mesa à outra, e, sempre que se encontravam com os olhos de um dos mestres, ele se desmanchava em sorrisos. Leon Blanc apontou um garfo em sua direção e disse — Vê aquele sujeito, o Malfi? Ele quer votos para tornar-se um dos *Quinze Maîtres* amanhã de manhã. Bah! Não possui criatividade, nem imaginação. Berin o treinou, e isso é tudo! — Balançou o garfo em um gesto de desprezo, e depois o utilizou para apanhar um bocado de mousse de ova de savelha.

A mulher fatal, agora viúva fatal, estava ausente, mas todos os demais — exceto Berin, claro — fizeram-se presentes. Obviamente, Rossi não se impressionara muito com o assassinato do genro. Continuava louco por uma discussão, insistindo nos comentários sobre pessoas e países. Mondor não lhe deu atenção alguma. Vukcic estava deprimido, e passou menos de dez minutos comendo. Ramsey Keith bebeu demais, e a cada cinco minutos dava uma risadinha que só não pegaria mal se partisse da sobrinha. Durante a entrada, Leon Blanc me disse — A filha de Berin é uma mulher de fibra. Vê como ela se controla? — Louis a colocou entre ele e o embaixador como uma cortesia a Berin. Um gesto feliz: ela representa o pai com dignidade. — Blanc suspirou. — Você ouviu o que eu disse ao senhor Wolfe quando ele me interrogou. Era de esperar que algo assim ocorresse com Phillip Laszio. Seus pecados cairiam sobre ele, mais dia menos dia, e no entanto foi acontecer logo aqui. A infâmia corria em suas veias. Se estivesse vivo, eu o mataria agora, caso fosse capaz de matar alguém. Mas sou *chef*, não carrasco. — Ele engoliu uma garfada de coelho ensopado e suspirou novamente. — Olhe para Louis. Esta é uma grande ocasião para ele, e este *civet de lapin* está perfeito, a não ser por um pequeno excesso de *bouquet garni*, possivelmente porque os coelhos eram jovens, e pegaram gosto com facilidade. Louis merecia animação neste jantar, e elogios à sua arte, mas olhe para nós! — Comentou, retornando ao coelho.

Para mim, a noite chegou ao auge na hora em que o café e as bebidas foram servidos. Louis Servan ergueu-se para fazer o discurso que preparara durante dois anos, sobre Os Mistérios do Paladar. Eu me sentia satisfeito e aquecido por dentro, bebericando um conhaque que me fazia fechar os olhos quando escorria pela garganta — e olhe que não sou gourmet — para não deixar nenhuma abertura por onde os vapores pudessem escapar. Seria divertido ouvir o discurso, talvez até certo ponto instrutivo. E então ele começou: — *Mesdames et messieurs, mes confrères des Quinze Maîtres: Il y a plus de cent ans un homme fameux, Brillat-Savarin le grand...* — E por aí afora. Fiquei atônito. Se soubesse antecipadamente o idioma a ser utilizado pelo decano, teria providenciado alguma solução. Agora não podia simplesmente me levantar e dar o fora. Ainda bem que a garrafa de conhaque continha dois terços de bebida e o problema fundamental se resumia a manter os olhos abertos. Tentei acompanhar os gestos e os movimentos dos lábios. Acho que foi um grande discurso. Percebi sinais de aprovação em diversos momentos da hora e meia que durou: sorrisos, acenos, movimentos de cabeça e sobrancelhas erguidas, além de aplausos aqui e ali. A certa altura, Rossi gritou – Bravo! – Quando Ramsey Keith teve um ataque de riso, Servan parou e esperou educadamente que Lisette Putti desse um jeito nele. Fiquei constrangido na hora em que Servan interrompeu uma frase no meio, olhou vagarosamente em volta da mesa, incapaz de continuar, e duas lágrimas gordas saíram de seus olhos e escorreram pelo rosto. Houve murmúrios, e Leon Blanc, a meu lado, assoou o nariz. Pigarreei um par de vezes e estiquei a mão para pegar o conhaque. No final, todos deixaram seus lugares e o rodearam para os apertos de mão e um par de beijos.

As pessoas seguiram em grupos para a sala de estar. Olhei em torno, à procura de Constanza Berin, mas aparentemente ela havia gasto toda a sua coragem naquela noitada, pois desaparecera. A mão pousada em meu braço fez com que eu me virasse para ouvir:

– Com licença, creio que é o senhor Goodwin. O senhor Rossi me disse seu nome. Nós nos encontramos esta tarde... com o senhor Wolfe...

Lembrei-me dele na hora. Era Albert Malfi, o homem das entradas sem imaginação alguma. Ele fez um ou dois comentários sobre o jantar, e atacou: – Soube que o senhor Wolfe mudou de idéia. Foi convencido a investigar o... quero dizer, o assassinato. Suponho que o motivo tenha sido a prisão do senhor Berin.

– Não creio. Penso que a iniciativa dele se deva à condição de hóspede. Um hóspede é uma jóia que repousa sobre a almofada da hospitalidade.

– Sem dúvida. Mas é claro. – Os olhos do corso dardejaram pela sala e fixaram-se novamente em mim. – Há algo que preciso contar ao senhor Wolfe.

– Lá está ele. – Apontei para o lugar onde Wolfe conversava com o trio de mestres. – Vá contar.

— Mas não desejo interrompê-lo. Ele é o convidado de honra dos *Quinze Maîtres*. — Malfi parecia deslumbrado. — Pensei que poderia pedir ao senhor... será que não posso ser recebido pela manhã? Pode não ser importante. Estivemos conversando hoje com a senhora Laszio — o senhor Liggett e eu — e eu estava comentando com ela...

— Ah é? — Olhei para ele. — É amigo da senhora Laszio?

— Amigo não. Uma mulher como ela não tem amigos, apenas escravos. Eu a conheço bem, é claro. Eu estava falando de Zelota, e o senhor Liggett e ela concluíram que era melhor dizer tudo ao senhor Wolfe. Isso aconteceu antes da prisão de Berin, quando se pensava que alguém poderia ter entrado na sala de jantar pelo terraço e liquidado Laszio. Mas se o senhor Wolfe pretende inocentar Berin, certamente deve ser informado. — Malfi sorriu para mim. — Está sério, senhor Goodwin. Pensa que se Berin for considerado culpado conseguirei meu intento, e imagina o porquê de meu desprendimento? Não sou generoso. Seria a melhor coisa em minha vida chegar a *chef de cuisine* do Hotel Churchill. Mas Jerome Berin descobriu meu talento em um pequeno hotel em Ajaccio e me apresentou ao mundo. Fui guiado por seu gênio, e não pretendo retribuir meu sucesso com o infortúnio dele. Além disso, eu o conheço. Jamais mataria Laszio pelas costas. Assim sendo, preciso contar tudo sobre Zelota ao senhor Wolfe. A senhora Laszio e o senhor Liggett concordam plenamente. O senhor Liggett crê que não adiante nada avisar a polícia, porque eles já estão satisfeitos com a prisão de Berin.

Refleti sobre o sujeito. Tentei lembrar de onde ouvira o nome Zelota, e acabei recordando a história. — Refere-se a Zelota de Tarragona. Laszio roubou algo dele em 1920.

Malfi pareceu surpreso. — Conhece Zelota?

— Um pouco. Algumas coisas. O que ele andou aprontando? Ou prefere esperar e contar ao senhor Wolfe pela manhã?

— Não necessariamente. Zelota está em Nova York.

— Bem, tem muita gente lá com ele. — Sorri. — Não é crime estar em Nova York. Há milhões de pessoas na cidade que não mataram o senhor Laszio. Mas se ele estivesse em Kanawha Spa as coisas mudariam de figura.

— É possível que esteja.

— Não pode estar em dois lugares ao mesmo tempo. Nem mesmo um júri acreditaria nisso.

— Mas ele pode ter vindo até aqui. Não sei o que lhe contaram sobre Zelota, mas ele odiava Laszio mais do que... — Malfi deu de ombros. — Ele o odiava ferozmente. Berin me contou isso várias vezes. E há cerca de um mês Zelota apareceu em Nova York. Ele foi ter comigo, procurando emprego. Recusei, porque ele está um trapo, a bebida o arruinou. E também porque Berin me havia prevenido contra ele. Pensei que poderia querer um emprego no Churchill só para ter uma chance de pôr as mãos em Laszio. Mais tarde, soube que Vukcic lhe dera emprego no Rusterman's, nas sopas, e que ele só ficara uma semana. — Deu de ombros novamente. — Isso é tudo. Contei essa história à senhora Laszio e ao senhor Liggett, que acharam melhor que eu dissesse tudo ao senhor Wolfe. Não sei mais nada a respeito de Zelota.

— Muito bem, agradeço imensamente. Contarei ao senhor Wolfe. Ainda estará aqui pela manhã?

Ele respondeu afirmativamente; seus olhos começaram a passear pela sala outra vez e ele caiu fora, aparentemente para cabalar votos. Fiquei por ali um tempo, em busca de oportunidades para bisbilhotar inocentemente as conversas alheias. Fui ao encontro de Wolfe quando notei seu dedo sinalizando para mim. Ele me comunicou que estava na hora de sairmos.

Achei perfeito. Estava pronto para entrar debaixo das cobertas. Peguei nossos chapéus no hall e aguardei a chegada dele, bocejando enquanto Wolfe terminava de dar boa-noite. Quando se aproximou de mim, saímos. Ao passarmos pela entrada, ele disse — Archie, dê um dólar a cada um destes homens. Um agradecimento pela boa memória.

Dei a gorjeta aos dois sujeitos de paletó verde, a debitar da conta de despesas.

Na suíte 60, onde estávamos hospedados, em Upshur, após ter acendido as luzes e fechado as janelas para que a brisa não resfriasse sua pele delicada quando se despisse, parei no meio do quarto e relaxei, dando uma espreguiçada das boas.

— Tem uma coisa engraçada comigo. Se vou para a cama muito tarde, como aconteceu na noite passada, às quatro da manhã, não volto a ser o mesmo até recuperar o sono perdido. Fiquei com medo que você resolvesse dar um tempo por lá, batendo papo. Mas não, preferiu vir...

Parei porque suas ações levantaram suspeitas. Ele nem mesmo estava desabotoando o colete. Pelo contrário, acomodava-se na poltrona grande, de uma maneira que indicava que pretendia permanecer acordado. Perguntei:

— Vai botar o cérebro para funcionar a esta hora da noite? Já não fez o bastante por hoje?

— Sim. Mas há mais o que fazer. Combinei com o senhor Servan que os cozinheiros e os garçons do pavilhão Pocahontas viessem falar conosco assim que largassem o serviço. Estarão aqui em quinze minutos.

— Mas pelo amor de Deus! — Sentei-me. — Desde quando eu trabalho no turno da noite?

— Desde que o senhor Laszio foi encontrado com uma faca nas costas. — Ele parecia preocupado demais. — Temos pouco tempo. Talvez não seja suficiente, em função da história contada pela senhora Coyne.

— E estes urubus chegando em bando? Tem pelo menos uma dúzia.

— Se chama os homens de pele escura de urubus, é isso mesmo.

— Estou falando de africanos. — Fiquei em pé de novo. — Veja bem, chefe, está perdendo o senso de direção, para falar honestamente. Africanos, urubus, ou seja lá o que for, é impossível lidar com eles desse jeito. Eles não pretendem contar nada, ou o teriam feito quando interrogados por aquele delegado de olhos miúdos. Por acaso quer que eu use um chicote no bando todo? A única coisa a fazer é chamar Tolman e o delegado aqui, logo de manhã, para tomarem o depoimento da senhora Coyne, e deixar que eles prossigam a partir disso.

Wolfe resmungou. — Eles vão chegar às oito. Ouvirão a história, e acreditarão nela ou não. Afinal de contas, ela é chinesa. Depois de interrogá-la exaustivamente, mesmo que acreditem no que disser, não libertarão Berin de imediato, pois sua história não explica os erros da lista. Na hora do almoço, vão começar a falar com os negros, um a um. Só Deus sabe o que farão, ou quanto tempo levarão, mas aposto que na quinta à noite, quando nosso trem partir para Nova York, eles ainda não terão terminado o interrogatório, nem descoberto coisa alguma.

— Eles são mais capacitados do que você. Estou avisando, vai ver só. Esses negros vão ficar quietos. Estão acostumados com isso. Acredita na história da senhora Coyne?

— Certamente, isso é óbvio.

— Seria muito incômodo me contar como sabia que ela havia prendido o dedo na porta da sala de jantar?

— Não sabia. Ela disse a Tolman que havia ido para fora, ficado lá e voltado diretamente para a sala de estar. Eu sabia que ela havia prendido o dedo em uma porta. Quando disse que machucara o dedo na porta da entrada principal, percebi que estava mentindo e ocultava algo. Então passei a fazer uso da prova que preparamos.

— Que *eu* preparei. — Sentei-me. — Algum dia você vai tentar tirar o crédito da árvore pelas folhas. Seria muito pedir que me contasse qual o motivo que os pretos teriam para dar cabo de Laszio?

— Suponho que um deles possa ter sido contratado. — Wolfe fez uma careta — Não gosto de assassinos, apesar de ganhar a vida com eles. Mas tenho especial repugnância pelos assassinos que compram a morte almejada. Quem mata pelo menos restringe o sangue a suas próprias mãos. Alguém que paga por uma morte — puf! É mais que repugnante; é desonroso. Presumo que o homem de cor tenha sido contratado. Naturalmente, esta é uma complicação a mais para nós.

— Nada muito terrível. — Fiz um gesto de desprezo. — Logo eles estarão aqui. Vou colocá-los em fila. Depois você fará um pequeno discurso sobre a cidadania e os Dez Mandamentos, explicará que é ilegal apagar um cara por grana, mesmo recebendo o pagamento adiantado, e então pedirá a quem furou Laszio que erga a mão, e a mão será erguida; aí é só perguntar a ele quem o contratou e quanto pagou pelo serviço...

— Chega, Archie. — Wolfe suspirou. — É surpreendente a paciência e a tolerância que preciso ter... mas vamos deixar isso de lado. Eles chegaram. Mande que entrem.

Desta vez, o próprio Wolfe foi responsável por chegar a uma conclusão apressada, crime pelo qual sou freqüentemente acusado. Pois no momento em que abri a porta do hall, não encontrei os africanos a esperar, e sim Dina Laszio. Fiquei olhando para ela por um segundo, adaptando minha mente à surpresa. Ela fixou os longos olhos sonolentos em mim e disse:

— Sinto imensamente perturbá-los, mas posso ver o senhor Wolfe?

Disse a ela que aguardasse e voltei para o quarto.

— Nada de homens com pele escura; é uma mulher. A senhora Phillip Laszio deseja vê-lo.

— O quê? Ela?

— Sim, senhor. De vestido escuro, sem chapéu.

Wolfe fechou a cara. — Mulher maldita. Diga que pode entrar.

9

Sentei-me e olhei e escutei e me senti cínico. Wolfe esfregava a ponta do indicador na bochecha, de modo vagaroso e ritmado, mostrando que estava irritado, porém atento. Dina Laszio ocupava a poltrona à frente dele, a capa dobrada para trás, o pescoço liso aparecendo acima do vestido negro liso sem gola, o corpo exuberante, os olhos em profundas sombras.

Wolfe disse — Não há necessidade de desculpas, senhora. Diga apenas a que veio. Espero outras pessoas; tenho pouco tempo.

— É sobre Marko — esclareceu.

— Não diga. Que há de errado com Marko?

— O senhor é tão brusco. — Ela sorriu de leve, um sorriso que ficou preso nos cantos da boca. — Deveria saber que não pode esperar que uma mulher seja assim direta. Nós não seguimos em frente; preferimos os rodeios. Sabe disso. Simplesmente fico imaginando se conhece mulheres como eu.

— Não sei dizer. É algum tipo especial de mulher?

Ela fez que sim. — Penso que sou. Sim. Sei que sou. Não porque eu queira ou tente ser, mas... — Ela fez um pequeno gesto. — Isso tem tornado minha vida excitante, mas não muito confortável. Vai acabar... Não sei como vai acabar. Neste momento estou preocupada com Marko, porque ele acha que o senhor suspeita que ele tenha assassinado meu marido.

Wolfe parou de coçar a bochecha. E disse — Absurdo.

— De jeito nenhum. É sério. Ele acha mesmo.

— Por quê? Disse isso a ele?

— Não. E fico ofendida... — Ela se conteve. Inclinou-se para a frente, a cabeça um pouco virada de lado, os lábios entreabertos, olhos fixos em Wolfe. Eu a observava deliciado. Suponho que dizia a verdade quando afirmou que não tentava ser um tipo especial de mulher, porque não precisava tentar. Havia algo nela — não apenas no rosto, projetava-se através de suas roupas — que produzia nos homens um impulso instantâneo de se atirar em sua direção. Eu continuava bancando o cínico, mas era fácil admitir que em determinados momentos o cinismo não seria o bastante.

Ela perguntou, sussurrando — Senhor Wolfe, por que sempre é agressivo comigo? O que tem contra mim? Ontem, quando contei ao senhor o que Phillip me havia dito sobre o arsênico... e agora, quando estou falando de Marko...

Ela se recostou novamente. — Uma vez, há muito tempo, Marko me disse que o senhor não gosta de mulheres.

Wolfe balançou a cabeça. — Só posso dizer mais uma vez que é absurdo, madame. Eu não teria essa falta de pudor. Não gostar de mulheres? Elas são animais estarrecedores e bem-sucedidos. Por questão de conveniência, eu meramente preservo uma aparência de imunidade, que desenvolvi há alguns anos por força da necessidade. Mas confesso uma hostilidade específica contra a senhora. Marko Vukcic é meu amigo. A senhora era esposa dele, e o abandonou. Não gosto da sua pessoa.

— Mas foi há tanto tempo! — Sua mão flutuou. Depois ela deu de ombros. — De qualquer forma, estou aqui agora para tentar ajudar Marko.

— Quer dizer que ele a enviou?

— Não. Mas vim por causa dele. Sei, claro, que o senhor assumiu este caso para livrar Berin da acusação de assassinato de meu marido. Como pode fazê-lo, a não ser acusando Marko? Berin diz que Phillip estava na sala de jantar, vivo, quando ele saiu. Marko diz que Phillip não estava mais lá quando entrou. Então, se não foi Berin, só pode ter sido Marko. Além disso, o senhor hoje perguntou a Marko se ele me tirou para dançar, ou sugeriu que eu ligasse o rádio. Só pode haver um motivo para que tenha feito tal pergunta: suspeita que ele preferia ter o rádio ligado, de modo que o barulho na sala de jantar não fosse notado quando... se algo acontecesse lá.

— Quer dizer que Marko contou à senhora que eu perguntei sobre o rádio?

— Sim. — Ela sorriu de leve. — Ele achou melhor que eu soubesse. Como pode ver, Marko já perdoou o que o senhor não quer perdoar...

Perdi o resto da conversa por causa das batidas na porta. Fui para o foyer, fechando a porta do quarto de Wolfe atrás de mim, para atender. A visão no hall provocou um choque, apesar de eu ter sido prevenido. Parecia que a metade do Harlem estava ali reunida. Quatro ou cinco eram os caras de paletó verde que serviram o jantar do decano para nós havia poucas horas. Os outros eram cozinheiros e ajudantes, em roupas típicas. O sujeito de meia-idade, mulato, que ficou na frente era o chefe dos garçons, encarregado de Pocahontas. Faltava-lhe a parte de baixo de uma orelha, e senti simpatia por ele no momento em que deixou a garrafa daquele conhaque especial na minha frente na mesa. Disse que entrassem, recuando de lado para não ser atropelado, pedi que esperassem em meu quarto e fui atrás deles.

— Vão ter de esperar aqui, pessoal. O senhor Wolfe tem visita. Sentem-se em algum lugar. Sentem-se na cama, é minha, e pelo jeito não vou poder usá-la mesmo. Se dormirem, ronquem um pouco por mim.

Deixei-os lá e voltei para ver como Wolfe estava se saindo com a mulher de quem ele não gostava. Nenhum dos dois se dignou sequer a me olhar quando me sentei. Ela estava dizendo

— ...mas eu não sei nada além do que contei ao senhor ontem. Certamente reconheço que existem outras possibilidades além de Berin e Marko. Como disse, alguém poderia ter entrado na sala de jantar pelo terraço. É isso que está imaginando, certo?

— Trata-se de uma possibilidade. Mas volte um pouco para trás, senhora Laszio. Está querendo dizer que Marko contou à senhora que perguntei sobre o rádio e revelou seus temores de que eu suspeitasse de uma tentativa dele de ligar o rádio para fornecer uma oportunidade para o assassinato de seu marido?

— Bem... — Ela hesitou. — Não é exatamente isso. Marko não revelaria seus temores. Mas a forma como me contou a história... ficou óbvio que isso passou pela cabeça dele. De modo que resolvi conversar com o senhor para saber se suspeitava dele.

— Veio para defendê-lo? Ou para garantir que minha inépcia não deixaria passar *esta* inferência quanto ao momento oportuno em que o rádio foi ligado?

— Nenhuma das duas coisas. — Ela sorriu para Wolfe. — Não vai conseguir me deixar brava, senhor. Por que, está fazendo outras inferências? Muitas?

Wolfe balançou a cabeça impaciente. — Não pode agir assim, madame. Desista. Eu me refiro à sua falta de objetividade fingida. Não me importo com rodeios quando tenho tempo, mas passa da meia-noite e há homens no outro quarto esperando para falar comigo. Por favor, deixe que eu termine. Vamos limpar um pouco a névoa. Conhecia Marko Vukcic antes de seu casamento, e convivi com ele depois disso. Acompanhei a mudança que houve em meu amigo. Então, por que não fiquei contente quando escolheu um novo campo para suas atividades? Porque atrás de si só deixou destroços. Não é decente forçar o vício da cocaína em um homem, mas é monstruoso fazer isso e depois, repentinamente, retirar seu suprimento da droga. A natureza pretende apenas que um homem satisfaça uma mulher, e que esta satisfaça um homem, tanto física quanto espiritualmente, mas não há satisfação para ninguém na senhora. O vapor que emana de seus olhos, de seus lábios, de sua pele macia, de sua silhueta e de seu movimento não é bom, mas maligno. Eu a culpo por tudo: estava viva, com seus instintos e apetites, viu Marko e o desejou. Envolveu-o com seu miasma — fez de seu veneno o ar que ele respirava — e depois, por capricho, sem avisar, tomou este ar dele e o deixou sufocando.

Ela não moveu os longos cílios. — Mas eu lhe avisei que era um tipo especial...

— Um momento, por favor. Ainda não terminei. Estou aproveitando a oportunidade de manifestar meu ressentimento. Errei ao dizer capricho; foi fria deliberação. Aproximou-se de Laszio, homem com o dobro de sua idade, por que ele era um passo adiante, não emocionalmente, mas no aspecto material. Provavelmente também descobriu que Marko tinha muito caráter para seu gosto. Só o diabo sabe por que não subiu mais alto do que Laszio, em um campo tão amplo quanto Nova York, pois ele, afinal de contas, do seu ponto de vista, era apenas um *chef* assalariado. Mas, claro, a senhora era jovem, mal passava dos vinte anos. Qual a sua idade atual?

Ela apenas sorriu.

Wolfe deu de ombros. — Suponho, também, que seja questão de inteligência. Não pode ter muita. Essencialmente, na verdade, não passa de uma lunática. O lunático é um indivíduo perigosamente desajustado no ambiente natural e sadio de sua espécie — uma vez que a condição humana inclui, por exemplo, a capacidade de afeição pessoal e a disposição para sufocar os impulsos egoístas e predatórios com a corda da decência social. É por isso que a chamo de lunática. — Ele se endireitou, e apontou o dedo para ela. — Agora olhe aqui uma coisa. Não tenho tempo para rodeios. Não desconfio que Marko haja assassinado seu marido, apesar de admitir que seja possível que o tenha feito. Levei em consideração todas as inferências plausíveis no caso da coincidência do rádio, e ainda estou trabalhando nelas, sem ter chegado a uma conclusão. Que mais deseja saber?

— Todas as coisas que disse... — Sua mão ergueu-se e pousou novamente no braço da poltrona. — Marko contou tudo a meu respeito?

— Marko não toca em seu nome há cinco anos. Que mais quer saber?

Ela tremeu. Vi seu busto subir e descer, mas não ouvi o som de um suspiro suave. — Não adiantaria mesmo, já que sou lunática. Mas penso que seria bom saber se Malfi falou a respeito de Zelota com o senhor.

— Não. Que tem ele? Quem é Zelota?

Entrei na conversa. — Ele falou comigo. — Os olhos de ambos se moveram até onde eu estava, e prossegui. — Não tive chance de relatar a conversa. Malfi esteve comigo na sala, após o jantar. Disse que Laszio roubou não sei o quê de um sujeito chamado Zelota, há muito tempo, e que este tal Zelota jurou matá-lo, e há cerca de um mês ele apareceu em Nova York e foi pedir emprego a Malfi. Malfi não quis contratá-lo, mas Vukcic o fez, no Rusterman's, porém Zelota só ficou uma semana e desapareceu. Malfi disse que contou a história a Liggett e à senhora Laszio, e foi aconselhado por eles a relatar tudo a você.

— Obrigado. Mais alguma coisa, madame?

Ela se endireitou na poltrona e fixou os olhos nele. As pálpebras estavam tão baixas que não pude ver o que os olhos transmitiam, e duvidei que Wolfe pudesse. Depois, sem dizer nada, jogou mais uma cartada. Levantou-se lentamente, de propósito, deixando a capa no encosto da poltrona, avançou um passo na direção de Wolfe, colocou a mão no ombro dele e deu uma batidinha. Ele se virou e esticou o pescoço enorme para olhar na direção dela, que deu outro passo, afastando-se com um sorriso no canto da boca, para pegar a capa. Pulei para segurar a capa para ela, imaginando que também ganharia uma batidinha, mas aparentemente ela não queria estragar o efeito da primeira. Disse boa-noite a Wolfe, sem fel nem mel, e saiu. Acompanhei-a até o foyer e esperei que fosse embora.

Voltei e sorri para Wolfe. — E então, como se sente? Será que ela o marcou para a morte? Ou jogou uma maldição? Ou é assim que começa a soltar o miasma? — Olhei para o ombro da batidinha. — Quanto ao tal Zelota, estava a ponto de contar a você quando fomos interrompidos pela chegada dela. Notou que Malfi disse que ela recomendou que contasse tudo a você. Ao que parece, Malfi e Liggett estiveram com ela durante a tarde para oferecer algum consolo.

Wolfe fez que sim. — Mas, como pode ver, ela é inconsolável. Diga aos homens que entrem.

10

Parecia pura perda de tempo para mim. Se fosse apostar, pagaria dez por um se a presunção ilimitada de Wolfe conseguisse mais do que a perda de uma boa noite de sono. Aquilo não ia dar em nada, era bobagem; juntar aquele bando de africanos em uma sala mostrava um perigoso desajuste para o ambiente natural e saudável de um detetive. Recapitulando: Lio Coyne viu de relance um sujeito de paletó verde, que não reconheceu, parado perto do biombo, com um dedo nos lábios, e o rosto de outro empregado — praticamente apenas seus olhos —, que tampouco podia identificar, espiando por uma fresta na porta que dava na copa e na cozinha. São esses os fatos disponíveis. E os empregados já haviam dito ao delegado não ter visto nem ouvido nada. Sem chance. Poderíamos ter um fio de esperança se fossem interrogados um a um, mas em turma, nem pensar.

O problema da acomodação foi resolvido com a permissão para se sentarem no chão. Somavam quatorze. Wolfe, usando seu tom homem a homem, desculpou-se pelo inconveniente. Depois quis saber os nomes deles, certificando-se de que todos se identificassem. Nisso perdemos dez minutos. Estava curioso para ver como ele começaria o jogo, mas restavam ainda outras preliminares a cumprir: perguntou o que gostariam de beber. Eles resmungaram que não queriam nada, mas Wolfe disse que era absurdo, já que passaríamos grande parte da noite ali, o que provocou um murmúrio geral. No final, fui mandado ao telefone para pedir bebidas variadas, como cerveja, *bourbon, ginger ale* e água com gás, além de copos, limão, bombons de menta e gelo. Uma despesa daquelas significava que Wolfe estava desesperado. Quando retornei ao grupo, estava dizendo o seguinte a um nanico gorducho com uma covinha no queixo, que não vestia paletó verde:

— Fico feliz pela oportunidade de expressar minha admiração, senhor Crabtree. Segundo o senhor Servan, a mousse de ova de savelha foi inteiramente preparada pelo senhor. Qualquer *chef* sentiria orgulho por ela. Percebi que o senhor Mondor repetiu o prato. Não existe ova de savelha na Europa.

O baixinho mexeu a cabeça solenemente, com discrição. Todos estavam caprichando em discrição, bem como em constrangimento, suspeita e reticência. A maioria não olhava para Wolfe, nem para lugar algum. Ele estava sentado observando o grupo, percorrendo os rostos com o olhar. Finalmente suspirou e começou:

— Muito bem, senhores, eu tenho muito pouca experiência no trato com pretos. Isso pode parecer um comentário impróprio para os senhores, mas na verdade não o é. Certamente, é verdade que não se pode lidar com todos os homens da mesma maneira. Existe uma suposição muito difundida de que nesta parte do país os brancos adotam uma atitude bem definida no trato com os pretos, e estes fazem o mesmo ao lidar com os brancos. Sem dúvida, isso é verdade, até certo ponto, mas essa questão está sujeita a uma variação enorme, conforme sua própria experiência pode mostrar. Por exemplo, digamos que queiram pedir um favor aqui em Kanawha Spa. Podem falar com o senhor Ashley, o gerente, ou com o senhor Servan. Ashley é burguês, mal-humorado e convencional, além de pomposo. Servan é gentil, generoso, sentimental e também artista — além de latino. A atitude de vocês com o senhor Ashley será inteiramente diferente daquela com o senhor Servan.

— Mais fundamentais ainda do que as diferenças individuais, no entanto, são as diferenças raciais, nacionais e tribais. É a isso que me refiro quando digo que tenho experiência limitada no trato com os pretos. Quero dizer com os pretos americanos. Há muitos anos, resolvi casos com pessoas de pele escura no Egito, na Arábia e na Argélia, mas obviamente elas não têm nada a ver com os senhores. Os cavalheiros são americanos, muito mais americanos do que eu, que não nasci aqui. Esta é sua terra natal. Foram os senhores e seus irmãos brancos e negros, que permitiram minha vinda, e espero que me permitam dizer, sem ser piegas, que sou grato por isso.

Alguém resmungou. Wolfe não deu a mínima e prosseguiu: — Pedi ao senhor Servan que providenciasse sua vinda esta noite porque desejo fazer algumas perguntas e descobrir uma coisa. Estou interessado apenas nisto: a informação que necessito obter. Serei franco com os senhores; se eu pensasse que poderia consegui-la por intimidação e ameaça, não hesitaria um segundo em lançar mão delas. Não usaria violência física, mesmo que pudesse, porque em minha maneira romântica de pensar, a violência física está abaixo da dignidade do homem, e qualquer coisa conseguida por meio da violência física custa mais do que vale. Mas confesso que os truques e as ameaças, caso servissem ao meu objetivo neste caso, seriam usados sem hesitação. Mas, tendo refletido sobre esta situação, concluí que não adiantariam nada. É por isso que estou em uma sinuca. Fui prevenido por americanos brancos de que a única forma de conseguir algo dos americanos negros é usando violência, ameaça ou truque. Em primeiro lugar, duvido que seja verdade. E mesmo que seja verdade, de modo geral, tenho certeza de que este não é o caso. Não conheço ameaças que possam surtir efeito. Não consigo imaginar um truque que funcione, e não posso usar a violência. Wolfe ergueu as mãos com as palmas para cima. — Preciso da informação. Que vamos fazer?

Alguns contiveram o riso, ou olharam de lado para ele — como o sujeito alto e magro agachado contra a parede, de maçãs do rosto salientes, pele marrom-escura. O nanico que Wolfe elogiara por causa da mousse de ova de savelha olhou em torno como o sargento que nota conversas durante a ordem-unida. Um deles, mais tenso, era o paletó verde com o nariz mais chato, ainda jovem, grande e musculoso, que eu conhecia do pavilhão. Ele nunca abria a boca para responder a nada. O chefe dos garçons, com o pedaço da orelha arrancado, disse em tom baixo e sedoso:

— Faça as perguntas, senhor, e responderemos. Foi o que o senhor Servan ordenou.

Wolfe balançou a cabeça em sinal de aprovação. — Admito que este parece ser o caminho mais óbvio, senhor Moulton. E o mais simples. Mas temo que nos defrontemos com dificuldades.

— Sim, senhor. Qual a natureza das dificuldades?

Uma voz rouca ecoou — Faça as perguntas, e diremos tudo. — Wolfe fixou os olhos na origem do comentário.

— Espero que sim. O senhor permitiria uma observação pessoal? Sua voz é surpreendente, saída de um homem chamado Hyacinth Brown. Jamais poderia esperar por isso. Quanto às dificuldades — Archie, chegaram as bebidas. Quem sabe alguns dos senhores possam ajudar o senhor Goodwin?

Perdemos aí mais uns dez minutos, ou talvez mais. Quatro ou cinco deles se aproximaram, sob a orientação do chefe dos garçons, trouxemos o pedido para dentro e colocamos tudo na mesa encostada na janela. Para Wolfe, como sempre, cerveja. Eu havia esquecido de incluir leite na lista, e quebrei o galho com um *highball* de *bourbon*. O moço musculoso de nariz chato, cujo nome era Paul Whipple, preferiu *ginger ale* puro, mas todos os outros quiseram bebidas alcoólicas. Drinques na mão, eles voltaram a seus lugares no chão, relaxaram um pouco, dando-se ao luxo de alguns comentários, e fizeram silêncio mortal quando Wolfe baixou o copo vazio e recomeçou:

— Quanto às dificuldades, talvez a melhor maneira seja explicálas. Sabem, é claro, que estamos preocupados com o assassinato do senhor Laszio. Tenho consciência de que disseram ao delegado que não sabem nada a respeito do crime, mas quero que me contem certos detalhes, e além disso podem se lembrar de algum incidente que tenha sido esquecido na hora em que falaram com o delegado. Vou começar pelo senhor Moulton. Estava na cozinha na noite de terça-feira?

— Sim, senhor. A noite inteira. O cardápio previa *oeufs au cheval* para depois dos testes com os molhos.

— Eu sei. Ficamos sem eles, uma pena. Ajudou a arrumar a mesa com os molhos?

— Sim, senhor. — O chefe dos garçons era suave e diplomático. — Três homens ajudaram o senhor Laszio. Eu levei os molhos pessoalmente no carrinho de servir. Depois que tudo estava arrumado, ele só chamou uma vez, para retirar o gelo da água. A não ser por esse momento, ficamos na cozinha o tempo inteiro. Todos nós.

— Na cozinha ou no hall da copa?

— Na cozinha. Não havia nada a fazer na copa. Alguns dos cozinheiros estavam trabalhando nos *oeufs au cheval,* os garotos cuidavam da limpeza, outros comiam as sobras do pato e outras coisas. O senhor Servan deu autorização para tanto.

— Perfeito. O pato estava monumental.

— Sim, senhor. Todos estes cavalheiros sabem cozinhar como ninguém. São geniais.

— São os melhores do mundo. Eles são os maiores mestres vivos da mais sutil e agradável das artes. — Wolfe suspirou, abriu uma cerveja, serviu-se, observou a espuma que se formava no copo e perguntou abruptamente — Quer dizer que não viu nem ouviu nada do assassinato?

— Não, senhor.

— A última vez que viu o senhor Laszio foi quando entrou para tirar o gelo da água?

— Sim, senhor.

— Pelo que sei, havia duas facas para cortar os frangos de leite. Uma de aço inoxidável, com cabo de prata, e outra, uma faca de cozinha, para trinchar. Ambas estavam na mesa quando retirou o gelo da água?

O sujeito de paletó verde hesitou apenas por um segundo. — Sim, senhor, creio que estavam. Dei uma olhada na mesa para ver se estava tudo em ordem, porque me sentia responsável, e teria notado se faltasse uma das facas. Conferi até mesmo as marcas nas travessas dos molhos.

— Refere-se aos cartões numerados?

— Não, senhor. Marcamos as travessas com pequenos números de giz para que não houvesse nenhuma troca na cozinha, ou durante o transporte para a sala de jantar.

— Não vi nenhum número nas travessas.

— Nem poderia. Os números eram minúsculos, e estavam escritos sob a borda, no lado oposto ao seu. Quando coloquei as travessas na frente dos cartões numerados, virei os números das travessas para a parte de trás, voltados para o senhor Laszio.

— E os números de giz estavam na ordem correta quando removeu o gelo da água?

— Sim, senhor.

— Alguém provava os molhos quando entrou lá?

— Sim, o senhor Keith.

— O senhor Laszio estava vivo?

— Sim, senhor, bem vivo. Ele me deu uma bronca por ter colocado gelo demais. Disse que anestesiaria o paladar.

— Sem dúvida o faria. Para não mencionar o estômago. Quando esteve lá, suponho que não olhou por acaso atrás dos biombos.

— Não, senhor. Havíamos puxado os biombos quando fizemos a limpeza, após o jantar.

— Depois disso, não entrou mais na sala de jantar, até a hora da descoberta do corpo do senhor Laszio?

— Não, senhor, não entrei.

— Nem espiou o que estava acontecendo na sala?

— Não, senhor.

— Tem certeza disso?

— Claro que tenho. Acho que posso lembrar o que fiz.

— Suponho que possa. — Wolfe franziu o cenho, esticou os dedos em direção ao copo de cerveja, levou-o à boca e bebeu. O chefe dos garçons, senhor de si, bebericou seu *highball*, mas eu notei que seus olhos não saíram de cima de Wolfe.

Wolfe recolocou o copo na mesa. — Muito obrigado, senhor Moulton. — Ele fixou os olhos no sujeito à esquerda de Moulton, de estatura média, cabelo um pouco grisalho e rugas na cara. — Muito bem, senhor Grant, é um dos cozinheiros?

— Sim, senhor. — Seu tom era seco. Ele pigarreou e repetiu — Sim, senhor. Trabalho com aves e caças no hotel, mas estava aqui para ajudar Crabby. Somos os melhores. O senhor Servan nos mandou aqui para causar boa impressão.

— Quem é Crabby?

— Ele se refere a mim. — Era o baixinho gordo com a cova no queixo, o sargento.

— Ah, o senhor Crabtree. Quer dizer que ajudou a fazer a mousse de ova de savelha?

O senhor Grant disse — Sim, senhor, Crabby só supervisionou. Eu a preparei.

— Muito bem. Está de parabéns. Ficou na cozinha na terça à noite?

— Sim, senhor. Posso resumir tudo, senhor. Estava na cozinha. Não saí da cozinha, só fiquei na cozinha. Acho que isso é tudo.

— Parece que sim. Não foi à sala de jantar ou ao hall da copa?

— Não, senhor. Acabei de dizer que fiquei na cozinha.

— Sei disso. Não se ofenda, senhor Grant. Só queria ter certeza. — Os olhos de Wolfe se moveram. — Senhor Whipple, já o conheço, é claro. É um garçom atento e eficiente. Antecipou meus desejos no jantar. Parece muito jovem para ter atingido tanta eficiência. Qual a sua idade?

O garoto musculoso de nariz chato encarou Wolfe e disse — Tenho 21 anos.

Moulton, o chefe dos garçons, olhou para ele sério e ordenou — Diga "senhor". — E voltando-se para Wolfe — Paul é estudante universitário.

— Entendo. De que escola, senhor Whipple?

— Universidade Howard. Senhor.

Wolfe apontou-lhe um dedo. — Se por acaso tem aversão ao "senhor", pode dispensar o tratamento. A cortesia forçada é pior do que a falta dela. Está fazendo faculdade para aprimorar sua cultura?

— Tenho interesse por antropologia.

— Certo. Conheço Franz Boas, e tenho os livros dele autografados. O senhor estava presente na terça à noite, pelo que me lembro. Fui servido pelo senhor durante o jantar.

— Sim, senhor. Ajudei na cozinha depois do jantar, fazendo a limpeza e colaborando na preparação para o teste dos molhos.

— Seu tom de voz sugere desaprovação.

— Sim, senhor. Se quer saber minha opinião, é frivolo e infantil, para homens adultos, desperdiçar tempo e talento dessa forma, bem como o tempo de outras pessoas...

— Paul, cala a boca. — Era Moulton.

Wolfe disse — O senhor é jovem, senhor Whipple. Além disso, cada um de nós tem seu próprio conjunto de valores, e, se espera que eu respeite os seus, precisa respeitar os meus. Gostaria também de lembrá-lo da frase de Paul Lawrence Dunbar: "A melhor coisa que um gambá pode fazer é encher uma barriga vazia".

O estudante olhou para ele incrédulo. — Conhece Dunbar?

— Certamente. Não sou nenhum bárbaro. Mas vamos voltar à noite de terça-feira. Depois de servir na sala de jantar, foi à cozinha?

— Sim, senhor.

— E saiu de lá...

— Nem uma vez. Só depois de saber o que havia acontecido.

— Ficou todo o tempo na cozinha?

— Sim, senhor.

— Muito obrigado. — Os olhos de Wolfe se movimentaram novamente. — Senhor Daggett...

Ele foi em frente, obtendo sempre as mesmas respostas. Terminei meu *highball*, encostei a cadeira na parede, inclinada sobre os pés traseiros, e fechei os olhos. As vozes, as perguntas e as respostas eram apenas ruídos nos meus ouvidos. Não entendi o objetivo daquilo; tinha a impressão de não haver nenhum. Claro, a afirmação de Wolfe de não ter intenção de tentar nenhum truque, por desconhecer um apropriado, era o mesmo que uma girafa dizer que não alcança a comida porque tem o pescoço muito curto. Mas eu achava que ele precisava urgentemente abandonar o ar montanhoso de West Virginia e voltar ao nível do mar, se considerava aquele monótono interrogatório em turnos um bom truque. As perguntas e as respostas continuavam. Ele não apertou ninguém, e insistia nos comentários pessoais. Até descobriu que Hyacinth Brown havia sido abandonado pela esposa, que o deixou com três crianças para cuidar. Uma vez abri os olhos, para ver até onde chegara na fila, e os fechei de novo. Meu relógio de pulso marcava quinze para as duas quando ouvi, pela janela aberta, o distante canto de um galo.

Recoloquei a cadeira na posição normal ao ouvir meu nome sendo chamado. — Archie, mais cerveja, por favor.

Fui um pouco lento no serviço, e Moulton ergueu-se, tomando as providências. Sentei-me de novo. Wolfe convidou os outros a encher seus copos, e muitos aceitaram. Então, após ter esvaziado o seu e limpado os lábios, ele se recostou e passou os olhos pela turma, vagarosamente, de um lado para o outro, até que todos estivessem esperando uma manifestação.

Ele disse em um tom inédito, mais áspero — Senhores, disse que iria mostrar as dificuldades que mencionei. Elas estão ficando claras. Sugeriram que eu pedisse as informações de que necessitava. Foi o que fiz. Vocês ouviram tudo o que foi dito. Fico imaginando quantos de vocês sabem que me contaram uma mentira clara e deliberada.

Silêncio completo. Wolfe esperou cinco segundos pelo efeito e prosseguiu:

— Indubitavelmente, compartilham o conhecimento de que, na noite de terça, passaram-se oito ou dez minutos entre o momento em que o senhor Berin saiu da sala de jantar e o momento em que o senhor Vukcic entrou nela, e o senhor Berin disse que o senhor Laszio estava vivo quando ele saiu, e o senhor Vukcic disse que o senhor Laszio não se encontrava lá quando entrou. Claro, o senhor Vukcic não olhou atrás do biombo. Durante esse intervalo de oito ou dez minutos, alguém abriu a porta que dá do terraço para a sala de jantar e olhou para dentro, e viu dois homens de cor. Um deles, de uniforme, estava parado ao lado do biombo, com o dedo nos lábios. O outro havia entreaberto a porta que dá no hall da copa, e estava olhando diretamente para o homem que se encontrava perto do biombo. Não tenho a menor idéia de quem possa ser o homem do biombo. O outro, que estava olhando pela porta do hall da copa, era um dos senhores que estão agora sentados à minha frente aqui. Exatamente aquele que mentiu para mim.

Outro silêncio, rompido por um riso alto, nervoso. Era o sujeito magro e alto, agachado contra a parede. Desta vez o riso veio acompanhado de um comentário. — Conta pra eles, chefe! — Meia dúzia de cabeças pretas voltou-se em sua direção, e Crabtree disse revoltado —

Boney, você é um bêbado idiota! — Em seguida, desculpou-se com Wolfe — Ele não é muito bom para fazer piadas, coitado! Com relação ao que o senhor disse, lamentamos que pense ter ouvido uma mentira de um de nós. Creio que recebeu alguma informação equivocada.

— Não, devo contestar essa possibilidade. Minha informação é confiável.

Moulton perguntou, com sua voz sedosa e musical — Posso saber quem olhou pela porta e viu o que se passava?

— Não. Relatei aos senhores o que foi visto, e sei que aconteceu. — Os olhos de Wolfe percorreram os rostos dos presentes. — Desistam da idéia de negar minhas informações, todos vocês. Quem não tem conhecimento da cena na sala de jantar está fora disso, de qualquer modo. Quem sabe o que aconteceu também sabe que minhas informações têm origem em uma testemunha ocular. De outro modo, como eu poderia saber, por exemplo, que o homem perto do biombo levou os dedos aos lábios, pedindo silêncio? Senhores, a situação é simples: sei que pelo menos um dos presentes mentiu, e ele sabe que eu sei. Penso se não haverá uma forma simples de acabar com o impasse e irmos embora. Vamos tentar. Senhor Moulton, foi o senhor que olhou pela porta — a porta entre a sala de jantar e o hall, e viu o homem perto do biombo, com o dedo nos lábios?

O chefe dos garçons balançou lentamente a cabeça, mostrando a parte arrancada da orelha. — Não, senhor.

— Senhor Grant, foi o senhor?

— Não, senhor.

— Senhor Whipple, foi o senhor?

— Não, senhor.

Ele prosseguiu, recolhendo quatorze respostas negativas após quatorze perguntas. Poderia ter feito mil. Depois de completar a chamada, encheu o copo de cerveja e olhou feio para a espuma. Ninguém disse nada, ninguém se moveu. Finalmente, sem ter bebido a cerveja, Wolfe se recostou e suspirou paciente. Ele retomou a conversa sussurrando:

— Temia ter de passar a maior parte da noite aqui. Eu os avisei. Também disse que não lançaria mão de ameaças, e não pretendo.

Mas transformaram uma situação simples em algo complicado, com sua negativa unânime, e isso precisa ser explicado a vocês... Primeiro, vamos supor que insistam na negativa. Nesse caso, a única coisa que posso fazer é informar as autoridades e deixar que conversem com a pessoa que olhou para a sala de jantar do terraço. A polícia vai se convencer, como eu, de que a informação é correta, e vai começar a interrogar os senhores com conhecimento dos fatos. Estarão seguros de que um dos presentes viu o homem perto do biombo. Não posso adivinhar o que vão fazer, ou quanto vai demorar, mas a situação vai ser esta, e eu estarei fora da jogada.

Wolfe suspirou de novo, e observou os rostos. – Agora, digamos que você, seja lá quem for, abandone a negativa e diga a verdade; que vai acontecer? De modo similar, mais cedo ou mais tarde terão de enfrentar as autoridades locais, mas em circunstâncias completamente diferentes. Estou falando agora com um de vocês – sabem com quem, eu não. Não me parece que advirá algum mal se eu contar ao delegado e ao senhor Tolman que você e seus colegas vieram conversar comigo porque pedi isso, e que informaram o que viram acontecer na sala de jantar. Não há motivo para que a pessoa que me passou a informação se veja metida no caso, se disser a verdade, apesar de eu estar disposto a revelar o nome dessa pessoa às autoridades, se necessário. Claro, eles não vão gostar nem um pouco de terem ocultado um fato tão importante na noite de terça-feira, mas acho que posso dar um jeito para que deixem passar isso. Faço questão de tomar essa providência. E o resto de vocês não terá nada a ver com a história. Bem... – Wolfe olhou para cada um novamente. – Agora vem a parte mais difícil. Seja lá quem você for, posso entender sua negativa, e mesmo simpatizar com sua atitude. Você olhou pela porta – sem dúvida por causa do barulho que escutara – e viu um homem de sua raça parado perto do biombo, e cerca de quarenta minutos depois, quando soube do que havia acontecido, concluiu que aquele homem havia assassinado Laszio. Ou, pelo menos, suspeitou disso. Você não apenas soube que o homem era um negro, como provavelmente o reconheceu, uma vez que ele usava o uniforme do Kanawha Spa; foi um colega de trabalho, portanto, que o olhou diretamente quando você espiou pela porta. Isso nos traz outra complicação. Se ele é um homem que tem alguma relação de proximidade com você, e é considerado amigo, suponho que vai manter a negativa apesar de qualquer coisa que eu ou o delegado possamos fazer. Nesse caso, seus colegas aqui presentes vão passar por uma série de constrangimentos, mas isso é inevitável... Mas se ele não é seu amigo, se você se recusou a revelar quem é apenas por causa de sua condição de colega — ou, mais especificamente, porque ele é da mesma cor que você — gostaria de fazer algumas observações. Em primeiro lugar, sobre o colega. Isso não faz sentido. Há centenas de anos, concluiu-se que era impossível a um homem se prevenir contra o assassinato, pois é extremamente fácil matar alguém, de forma que se chegou a um consenso de que os homens devem procurar proteção uns nos outros. Mas, se eu protejo você, você precisa me proteger, goste de mim ou não. Se você não fizer sua parte, estará fora do acordo. É um fora-da-lei... Mas esse assassino é um preto, e você também. Confesso que isso torna a questão traiçoeira. Os compromissos da sociedade humana abrangem não somente a proteção contra o assassinato, mas milhares de outras coisas, e certamente é verdade que nos Estados Unidos — para não mencionarmos outros continentes — os brancos excluíram os negros de alguns dos benefícios desses compromissos. Dizem que essa exclusão por vezes se estendeu até o assassinato — que em certas partes deste país um homem branco pode matar um negro e gozar de impunidade, ou pelo menos ter uma boa chance de escapar das punições que esse compromisso impõe. Isso é mau. É deplorável, e não condeno os negros por se ressentirem disso. Mas estão sendo confrontados com um fato, não com uma teoria, e que proposta apresentam para mudá-lo? — Estou falando com você, que viu o homem ao lado do biombo. Se o está protegendo porque ele é seu amigo, ou por qualquer motivo pessoal válido, nada tenho a dizer, porque não gosto de conversa fiada, e você vai ter de se entender com o delegado. Mas, se o protege por causa da cor, há muito a ser dito. Você está prestando um grande desserviço à sua raça. Ajudando a perpetuar e a agravar as mesmas exclusões que abomina. O compromisso humano ideal é aquele em que as distinções de raça, cor e religião são totalmente ignoradas. Qualquer um que ajude a preservar essas distinções está tornando mais distante a conquista desse ideal. E você seguramente está ajudando a manter essas distinções. Se, em um caso de assassinato, você permite que sua atitude seja influenciada pela cor da pele de um homem que o cometeu, não importa se você é preto, branco ou cor-de-rosa...

— Está enganado!

Foi uma explosão violenta saída da boca do garoto musculoso de nariz chato, o estudante. Alguns deram um pulo, eu fiquei assombrado, todos olharam para ele.

Wolfe disse — Acho que posso defender minha posição, senhor Whipple. Se me deixar completar...

— Não estou falando de sua posição. Pode ficar com sua opinião. Estou me referindo aos fatos. Um deles.

Wolfe ergueu as sobrancelhas. — Qual deles?

— A cor da pele do assassino. — O estudante estava olhando direto nos olhos dele. — Ele não era negro. Eu o vi. Era branco.

11

Imediatamente tive outro choque. Foi uma nova explosão — desta vez, uma coisa desabando no chão. Desviou nossa atenção do estudante por um momento, até percebermos que Boney, o sujeito alto e magro que havia sido posto para dormir pela conversa de Wolfe, fora parcialmente acordado pela tensão decorrente da afirmação de Whipple, perdera o equilíbrio e caíra. Ele começou a resmungar, Crabtree calou sua boca com uma olhada. A excitação era geral.

Wolfe perguntou calmamente — Viu o homem perto da janela, senhor Whipple?

— Sim.

— Quando?

— Quando ele estava parado perto da janela. Eu abri a porta e espiei dentro da sala.

— Certo. E notou que ele era branco.

— Não. — Whipple olhou fixo para Wolfe. Ele não havia desviado o olhar quando Boney desabara. — Não disse que ele era branco; disse que era um branco. Quando eu o vi, ele estava preto, porque havia pintado a pele.

— Como sabe disso?

— Porque eu o vi. Acha que não sei a diferença entre uma pele escura e outra pintada com cortiça queimada? Eu sou preto. Mas não era só isso. Conforme disse, estava com os dedos nos lábios, e a mão dele era diferente. Não era preciso ser negro para notar aquilo. Ele usava luvas pretas justas.

— Por que foi ao hall da copa e olhou pela porta?

— Ouvi um barulho na sala de jantar. Grant pediu um pouco de páprica para os *oeufs au cheval*, mas a lata estava vazia, e fui buscar uma lata nova no armário do hall da copa. Foi por isso que ouvi o ruído. Eles estavam fazendo muita bagunça na cozinha, e não ouviram nada. Eu estava no alto da escada, procurando a lata de páprica; depois que a encontrei, desci e abri a porta um pouquinho para descobrir o porquê do barulho.

— Entrou na sala de jantar?

— Não.

Wolfe ergueu um dedo lentamente. — Creio, senhor Whipple, que a verdade normalmente é boa, e a mentira às vezes excelente, mas a mistura das duas é uma abominação.

— Estou falando apenas a verdade.

— Antes não estava. Uma vez que o assassino não era um homem de cor, por que não falou a verdade?

— Porque aprendi a não me meter com os assuntos da raça superior. Se fosse um homem de cor, eu teria contado. Os homens de cor precisam parar de desgraçar sua raça e deixar isso para os brancos. Pode ver que sua lógica não era muito boa.

— Mas, meu caro senhor. Isso não prejudica minha argumentação; apenas revela que concorda comigo. Precisamos conversar a esse respeito algum dia. Mas escondeu os fatos porque considerava tudo um assunto dos brancos, não tinha nada a ver com o caso, e imaginava que divulgar os fatos só iria trazer problemas para sua pessoa.

— Problemas aos montes. O senhor é nortista...

— Sou um ser humano, ou tento ser. Está me estudando, é antropólogo. Pretende ser cientista. Então me dê uma resposta fundamentada: como pode dizer que era um homem branco com toda a certeza?

Whipple refletiu um momento e disse: — Com toda a certeza, não. Cortiça queimada ficaria igual em uma pele morena, ou mesmo em uma mais escura, e obviamente qualquer um pode usar luvas pretas. Mas tenho certeza de que era cortiça queimada, e não vejo motivo para um homem de cor pintar a pele. Portanto, deduzi que era um homem branco, mas não tenho certeza, é claro.

— Parece-me uma dedução adequada. O que ele estava fazendo quando o viu?

— Estava parado perto do biombo, virando-se. Ele deve ter me visto por acaso. Não poderia ter escutado quando abri a porta, que não faz barulho. Além disso, só a abri oito ou dez centímetros, e havia muito ruído passando da sala de estar para a de jantar, mesmo com a porta fechada, pois o rádio estava ligado.

— Ele estava usando o uniforme do Kanawha Spa?

— Sim.

— E quanto aos cabelos dele?

— Usava também o boné do uniforme. Não vi a nuca.

— Descreva-o. Altura, peso...

— Altura e peso médios. Eu diria 1,70 ou 1,75 metro de altura. Devia pesar uns 75 a 80 quilos. Não olhei muito para ele. Vi logo que se pintara e, quando levou os dedos aos lábios, pensei que fosse um dos hóspedes fazendo alguma brincadeira, provavelmente pregando uma peça — e imaginei que o barulho tivesse algo a ver com o biombo. Fechei a porta e me afastei. Quando fiz isso, ele estava começando a se virar.

— Em direção à mesa?

— Acho que em direção à porta do terraço.

Wolfe apertou os lábios. Depois disse: — Pensou que fosse um hóspede fazendo uma brincadeira. Se resolvesse adivinhar quem era, qual dos hóspedes escolheria?

— Não sei.

— Vamos lá, senhor Whipple. Estou apenas tentando descobrir as características gerais dele. Cabeça comprida ou chata?

— Pediu que desse um nome a ele. Isso eu não poderia fazer. Não posso identificá-lo. Ele estava pintado de preto, e seu boné puxado para baixo. Acho que tinha olhos claros. O rosto não era nem redondo nem comprido, e sim médio. Eu o vi só por um segundo.

— E quanto a seus sentimentos? Diria que teve a impressão de já haver visto o sujeito antes?

O universitário balançou a cabeça. — A única impressão que tive foi a de não querer nada com uma brincadeira dos brancos. E, mais tarde, a de que eu não queria nada com o assassinato de um homem branco.

A espuma da cerveja no copo de Wolfe se fora. Ele ergueu o copo, fez cara feia, levou-o à boca, deu cinco goles, e baixou o copo vazio até a mesa.

— Muito bem. — Fixou o olhar em Whipple novamente. — Peço que me perdoe, senhor, por lembrar que essa história foi extraída contra sua vontade. Espero que não a tenha obscurecido — ou esclarecido. Quando retornou à cozinha, contou a alguém o que tinha visto?

— Não, senhor.

— O inusitado aparecimento de um estranho na sala de jantar, vestindo uniforme do Kanawha Spa, pintado de preto, com luvas negras, não mereceu menção sua?

— Não, senhor.

— Você é tonto, Paul. — Era Crabtree, e parecia irritado. — Acha que não temos tanta coragem quanto você? — Ele se virou para Wolfe. — Este garoto é muito presunçoso. Tem bom coração, que mantém oculto da vista das pessoas, mas sua cabeça é um caso sério. Está querendo segurar o tranco sozinho. Não é nada disso. Ele voltou para a cozinha e contou tudo para nós, na hora, a mesma história que contou agora. Todos nós ouvimos e repetimos para os outros. E, se deseja saber algo de especial, pode perguntar a Moulton.

O chefe dos garçons, a quem faltava um pedaço da orelha, aproximou-se. — Do que está falando, Crabby?

O nanico enfrentou o olhar do outro. — Você sabe muito bem. Paul já contou a parte dele, não foi? Não acho que tenha o direito de ficar quieto agora.

Moulton resmungou um pouco, encarou Crabtree por mais alguns segundos, deu de ombros e, ao virar-se para Wolfe, estava soando delicado e suave novamente. — O que ele está dizendo, senhor, é algo que eu ia contar assim que Paul terminasse. Eu também vi o homem.

— O homem perto do biombo?

— Sim, senhor.

— Como foi possível?

— Bem, eu achei que Paul estava demorando demais para encontrar a páprica, e fui até o hall da copa atrás dele. Quando cheguei lá, ele estava acabando de dar as costas para a porta, e apontou a sala de jantar com o dedo, dizendo que havia alguém lá dentro. Não entendi o que queria dizer. Claro, eu sabia que o senhor Laszio estava lá, e empurrei a porta um pouquinho para dar uma espiada. O homem estava de costas para mim, andando em direção à porta do terraço. Não pude ver seu rosto, portanto, mas vi as luvas e, claro, que usava o uniforme. Deixei que a porta se fechasse e perguntei a Paul quem era; ele disse que não sabia, pensava que fosse um dos hóspedes pintado de preto. Mandei Paul de volta para a cozinha com a páprica, e abri a porta de novo, só um pouquinho, e espiei, mas o sujeito não estava à vista, de forma que abri mais a porta, pensando em perguntar ao senhor Laszio se ele estava precisando de algo. Ele não estava ao lado da mesa. Entrei na sala, mas ele não se encontrava em lugar algum. Achei esquisito, porque eu sabia como o teste deveria ser conduzido, mas não posso dizer que tenha sido uma grande surpresa.

— Por que não?

— Bem, senhor... permita que eu diga que esses hóspedes agiram de modo muito estranho desde o início.

— Sim, permito.

— Obrigado, senhor. Sendo assim, apenas imaginei que o senhor Laszio tivesse ido até a sala de estar ou outro lugar.

— Olhou atrás do biombo?

— Não, senhor. Não vi nada que me chamasse a atenção ali.

— E não havia mais ninguém na sala?

— Não, senhor. Ninguém à vista.

— E o que fez? Voltou para a cozinha?

— Sim, senhor. Não pensei...

— Você ainda não acabou. — Era o *chef* baixinho, ameaçador. — O senhor Wolfe é um homem compreensivo, e é bom contarmos tudo de uma vez. Todos nós lembramos exatamente o que você nos disse.

— Ah, é mesmo, Crabby?

— Sim, e os outros também, você sabe.

Moulton deu de ombros e virou-se para Wolfe. — Ele está se referindo a uma coisa que eu estava a ponto de lhe dizer. Antes de voltar para a cozinha, dei uma olhada na mesa, porque era o responsável por ela.

— A mesa dos molhos?

— Sim, senhor.

— Uma das facas estava faltando?

— Isso eu não sei. Acho que teria notado se estivesse, ou talvez não, porque não levantei a tampa da travessa dos frangos de leite, e uma delas poderia estar ali. Mas percebi que uma coisa estava errada. Alguém andara brincando com os molhos. Estavam todos fora de ordem.

Deixei escapar um assobio involuntário. Wolfe disparou um olhar penetrante em minha direção, depois voltou os olhos para Moulton e murmurou — Ah! E como soube?

— Eu soube pelas marcas. Os números feitos com giz nas travessas. Quando levei as travessas para a mesa, coloquei a travessa com a marca 1 na frente do cartão com o número 1, a 2 na frente do 2, e assim por diante. Não estavam mais daquele jeito quando eu olhei. Haviam sido mexidas.

— Quantas delas?

— Todas, menos duas. As de número 8 e 9 estavam no lugar certo, mas o resto não.

— Pode jurar isso, senhor Moulton?

— Parece que vou ter de jurar, não é?

— E pode fazer isso?

— Posso sim, senhor.

— E por acaso o senhor não teria recolocado as travessas em seus lugares corretos, quando percebeu a mudança?

— Sim, senhor. Foi o que fiz. Suponho que eu vá perder o emprego por isso. Não é minha função corrigir os erros. Eu sabia disso. Mas se o senhor Servan quiser me ouvir, saberá que agi assim por causa dele. Não queria que perdesse a aposta. E eu sabia que ele havia apostado com o senhor Keith que os mestres acertariam 80%. Quando vi que os pratos tinham sido trocados, achei que alguém estava trapaceando, de modo que arrumei tudo no lugar. Depois saí bem depressa de lá.

— Suponho que não se lembra da ordem trocada — por exemplo, o número 1 foi posto em que lugar?

— Não, senhor, não posso dizer.

— Não importa. — Wolfe suspirou. — Agradeço muito, senhor Moulton. Ao senhor Whipple também. Já é tarde. Temo que ninguém vá poder dormir muito, pois teremos de lidar com o delegado e o senhor Tolman logo cedo. Suponho que morem aqui.

Eles confirmaram.

— Ótimo. Mandarei chamá-los quando for preciso. Não creio que vá perder seu emprego, senhor Moulton. Lembro bem meu compromisso referente a um acordo prévio com as autoridades e pretendo cumpri-lo. Agradeço a todos os senhores por sua paciência. Suponho que seus chapéus estejam no quarto do senhor Goodwin.

— Eles me ajudaram a retirar os copos e as garrafas dali e a amontoar tudo no foyer, o que não demorou muito, com tantos ajudantes especializados. O universitário não nos ajudou porque ficou para trás, conversando com Wolfe. Os chapéus e os bonés foram finalmente distribuídos, abri a porta do foyer e eles caíram fora. Hyacinth Brown levava Boney pelo braço, e este ainda resmungava quando fechei a porta.

No quarto de Wolfe, a luz da madrugada clareava a janela, apesar dos arbustos densos do lado de fora. Era minha segunda madrugada em claro na seqüência, e eu estava pensando que era melhor entrar logo de uma vez para o sindicato dos entregadores de leite e desistir de dormir. Parecia que alguém tinha despejado cimento em minhas pálpebras e deixado secar. Wolfe mantinha as dele abertas, e continuava na poltrona.

Eu disse — Parabéns. Agora só precisa de asas para virar coruja. Devo pedir que nos acordem ao meio-dia? Ainda terá oito horas até o jantar, e continuará à frente.

Ele fez cara feia. — Onde o senhor Berin está preso?

— Suponho que em Quinby, sede da comarca.

— Qual a distância daqui até lá?

— Oh, apenas cerca de trinta quilômetros.

— O senhor Tolman mora lá?

— Não sei. Seu escritório deve ser lá, uma vez que ele é o promotor público.

— Por favor, descubra isso e ponha-o no telefone. Queremos que ele e o delegado estejam aqui às oito horas. Diga a ele... não. Quando conseguir a ligação, pode deixar que eu falo.

— Agora?

— Agora.

Estendi as mãos. — São 4h30 da manhã. Deixe o sujeito...

— Archie, por favor. Tentou me ensinar a lidar com os homens de cor. Vai tentar me ensinar a tratar com os brancos também?

Fui para o telefone.

12

Pettigrew, o delegado de olhos miúdos, balançou a cabeça e falou com sua voz arrastada — Obrigado assim mesmo. Atolei-me na lama, precisei andar no barro, e deixaria sua poltrona imunda. Estou bem de pé.

Meu amigo Barry Tolman também não parecia muito impecável, mas, como não estava cheio de lama, aceitou a poltrona na hora. Isso às 8h10 da manhã de quinta-feira. Eu me sentia como o último níquel em um jogo de dados, porque havia bancado o idiota até lá pelas cinco da manhã, havia tirado a roupa, pulado para debaixo das cobertas, e pedido para ser chamado às 7h30. Tive de me levantar depois de duas escassas horas de sono, o que estragou meu dia. Wolfe tomava café da manhã na poltrona grande, com uma mesinha dobrável ao lado; vestia um robe amarelo e tinha o rosto barbeado e os cabelos penteados. Ele possuía cinco robes amarelos, e nesta viagem preferiu trazer o de lã fina com lapelas e cinto marrons. Estava de gravata também.

Tolman falou — Como expliquei pelo telefone, devo comparecer ao tribunal às 9h30. Se necessário, meu assistente pode pedir um adiamento, mas prefiro deixar as coisas como estão. Pode ser rápido?

Wolfe bebericava o chocolate para molhar o bocado de pão que acabara de pôr na boca. Depois de resolver isso, disse — Vai depender muito do senhor. Minha ida a Quinby era impossível, como disse, por motivos que ficarão claros. Estou fazendo o possível para ser rápido. Ainda nem fui para a cama...

— Disse que tem novas informações...

— Tenho. Mas as circunstâncias exigem um preâmbulo. Presumo que a prisão do senhor Berin se deva à sua convicção de que ele é culpado. O senhor não o escolheu para vítima. Se houvesse dúvidas razoáveis quanto à culpa dele...

— Certamente. — Tolman estava impaciente. — Eu já lhe disse...

— Eu sei. Agora vamos supor uma coisa. Suponha que um advogado tenha sido escolhido para representar o senhor Berin, e eu tenha sido contratado para levantar provas em seu favor. Suponha que eu tenha conseguido provas tão decisivas que levem inevitavelmente à sua libertação quando ele for a julgamento, e se considere imprudência revelar essas provas ao senhor, o inimigo, no momento. Suponha que o senhor queira conhecer essas provas agora. É verdade que não tem poderes legais para exigi-las, ou não? É ou não é verdade que tais provas são propriedade nossa até o momento em que considerarmos adequado fazer uso delas, desde que o senhor não as descubra de modo independente, por si mesmo?

Tolman franziu o cenho. — Isso é verdade, claro. Mas que droga, eu lhe disse que se as provas a favor de Berin pudessem ser levantadas...

— Eu sei, e ofereço, aqui e agora, provas que vão inocentá-lo. Mas só as revelarei com algumas condições.

— E quais são elas?

Wolfe deu um gole no chocolate e limpou a boca. — Nada muito pesado. Em primeiro lugar, se a explicação lançar uma dúvida muito forte sobre a culpabilidade de Berin, ele será libertado imediatamente.

— Quem vai decidir se a dúvida é muito forte?

— O senhor.

— Está bem. Concordo. O tribunal está em sessão, e posso conseguir isso em cinco minutos.

— Bom. Em segundo lugar, deve dizer ao senhor Berin que eu levantei as provas que o tiraram da cadeia, que fui o único responsável por isso, e que só Deus sabe o que aconteceria com ele se eu não tivesse conseguido as provas.

Tolman, ainda de cenho franzido, abriu a boca, mas o delegado se intrometeu — Espera aí, Barry. Agüenta firme. — Ele fechou os olhinhos para Wolfe. — Se você dispõe mesmo desta prova, tem de estar por aqui. Acho que somos um pouco lentos em West Virginia...

— Senhor Pettigrew, por favor. Não estou falando de crédito em público; não tenho interesse nele. Digam o que quiserem aos repórteres. Mas o senhor Berin deve ficar sabendo, sem sombra de dúvida, o que fiz, e o senhor Tolman se encarregará de contar a ele.

Tolman perguntou — E então, Sam?

O delegado deu de ombros. — Por mim tudo bem, não ligo.

— Ótimo. — Tolman disse a Wolfe — Concordo.

— Perfeito. — Wolfe colocou a xícara de chocolate na mesinha. — Em terceiro lugar, deve ficar claro que eu estou de partida para Nova York esta noite, às 12h40, e que em circunstância alguma —, exceto a suspeita de que eu tenha assassinado o senhor Laszio ou seja cúmplice do crime — serei impedido de viajar.

Pettigrew disse animado — Pode ir para o inferno.

— Para o inferno não. — Wolfe suspirou. — Nova York.

Tolman protestou — Mas e se as provas o tornarem uma testemunha material essencial?

— Não tornarão, e deve aceitar minha palavra. Estou pronto a aceitar a sua em várias coisas. Dou minha palavra de que em quinze minutos ficará sabendo de todas as provas importantes de que disponho sobre os acontecimentos na sala de jantar. Quero que concordem em não me segurar aqui após a partida do meu trem porque talvez eu venha a ser útil. De qualquer forma, devo prevenir que em tais circunstâncias eu não seria nem um pouco útil. Seria, na verdade, um incômodo insuportável. E então, senhor?

Tolman hesitou, mas depois balançou a cabeça em sinal de afirmação. — Eu concordo, nas condições colocadas.

Se um canário suspirasse quando fosse libertado da gaiola, teria dado um suspiro como o de Wolfe naquele momento. — Certo. Agora, senhor, a quarta e última condição é um pouco mais vaga do que as outras, mas acho que pode ser definida. As provas que fornecerei aos senhores me foram passadas por dois homens. Utilizei em sua descoberta métodos que me pareciam eficientes, e estava correto. Os senhores se ressentirão porque esses homens não revelaram tais fatos à polícia quando tiveram oportunidade, e não posso evitar isso. Não posso impedir seus sentimentos, mas posso solicitar que se contenham, e prometi fazer isso. Quero sua garantia de que esses cavalheiros não serão perseguidos, pressionados ou desrespeitados, nem privados de sua liberdade, nem atormentados de forma alguma. Isso valerá enquanto houver a suposição de que eles são apenas testemunhas, e não tiveram participação no assassinato.

O delegado disse — Olhe aqui, moço, não perseguimos pessoas.

— Perseguidos, pressionados, desrespeitados, presos, atormentados, tudo isso. Claro, vão poder interrogá-los à vontade.

Tolman balançou a cabeça. — Eles são testemunhas oculares. Podem deixar o estado. Acho que farão isso. Como o senhor, hoje à noite.

— Pode fazer com que fiquem.

— Até o julgamento.

Wolfe apontou o dedo para ele. — Não o julgamento do senhor Berin.

— Não estou me referindo a Berin. Se essas provas forem boas como diz, ele será solto. Mas pode ter certeza de que *haverá* um julgamento.

— Sinceramente, espero que sim. — Wolfe estava pegando um pedaço de pão para passar manteiga. — E então, senhor? Não quer ir ao fórum? Não peço muito, apenas um pouco de respeito com minhas testemunhas. Ou então vai ter de descobri-las por si mesmo e, enquanto isso, vai deixar o senhor Berin preso. E quanto mais ele ficar na cadeia, mais o senhor vai passar por idiota no final da história.

— Muito bem. — O atleta de olhos azuis fez que sim. — Concordo.

— Com todas as condições detalhadas aqui?

— Sim.

— Então o preâmbulo está encerrado. — Archie, faça com que entrem.

Disfarcei um bocejo e fui até meu quarto para chamá-los. Houve progressos enquanto eu dormi. Wolfe conseguiu que instalassem um telefone em seu quarto e tomou as providências para a reunião matinal. Eles estavam de uniforme. Paul Whipple parecia desperto e desafiador, e Moulton, o chefe dos garçons, sonolento e nervoso. Disse a eles que o cenário estava pronto, e fiz com que entrassem.

Wolfe ordenou a distribuição de cadeiras, e Moulton apressou-se em me ajudar. Tolman estava boquiaberto. Pettigrew gritou – Pô, essa não. São dois negros! Ei, você, pegue aquela cadeira! – Ele disse a Wolfe, aflito: – Olhe aqui, eu mesmo interroguei todos aqueles caras, e se por acaso eles...

Wolfe foi curto e grosso. – Estas são as testemunhas. O senhor Tolman quer ir ao fórum. Eu disse que ficariam ressentidos, certo? Vá em frente, mas guarde seus sentimentos para você. – Ele se dirigiu ao universitário – Senhor Whipple, creio que seja melhor começarmos pela sua história. Conte a estes cavalheiros o que relatou ontem à noite a mim.

Pettigrew havia dado um passo à frente, os olhos miúdos soltando faísca. – Não chamamos negro de senhor aqui em West Virginia, e não precisamos que venha gente de fora para nos ensinar a...

– Cale a boca, Sam! – Tolman também foi curto e grosso. – Estamos perdendo tempo. Seu nome é Whipple? E sua função?

– Sim, senhor. – O garoto falava calmamente. – Sou garçom. O senhor Servan ordenou que eu servisse a mesa no pavilhão Pocahontas na terça à noite.

– E o que tem a dizer?

No final das contas, Tolman não deve ter chegado a tempo ao fórum, pois passava das nove e meia quando ele saiu de Kanawha Spa. Levou apenas um quarto de hora para pegar todos os detalhes das duas histórias, mas eles continuaram em frente, ou melhor, de trás para a frente. Tolman fez um bom interrogatório, mas Pettigrew estava furioso demais para raciocinar. Ele ficou fazendo comentários sarcásticos sobre o quanto Whipple se achava instruído, e que sabia o tipo de lição de que Whipple estava precisando. Tolman tentava manter o delegado fora do caso, concentrando-se em acarear as testemunhas, e duas ou três vezes percebi que Wolfe, tomando seu café da manhã tranqüilamente, fizera um pequeno movimento de cabeça, como que aprovando o cuidado de Tolman. Whipple manteve o mesmo tom calmo durante todo o interrogatório, mas pude perceber que precisou se controlar quando o delegado fez comentários sobre sua educação e o tipo de lição de que precisava. Moulton começou guaguejando, muito nervoso, mas acalmou-se enquanto falava, e sua única tarefa foi confirmar os fatos, em resposta às perguntas de Tolman, uma vez que Pettigrew se concentrou em Whipple.

Finalmente a corda de Tolman acabou. Ele ergueu as sobrancelhas para Wolfe, olhou de relance para o delegado e novamente para Moulton, com uma carranca.

Pettigrew perguntou — Onde vocês deixaram seus bonés? Vamos ter de levá-los conosco para Quinby.

Wolfe foi brusco. — Ah, não. Lembrem-se do acordo. Eles ficam aqui trabalhando. Já falei com o senhor Servan a esse respeito.

— Não tô nem aí se você falou com ele ou com Ashley. Eles vão para a cadeia até segunda ordem.

Os olhos de Wolfe fixaram-se no promotor. — Senhor Tolman?

— Bem, concordamos que eles ficariam no estado.

— Caso fossem pessoas que pudessem deixar sua jurisdição. Estes homens trabalham aqui. Por que fugiriam? O senhor Moulton tem mulher e filhos. O senhor Whipple é estudante universitário. — Ele olhou para o delegado. — Sua suposição de que sabe lidar com homens de cor, e eu não, é uma pretensão impertinente. Na terça-feira à noite, na qualidade de agente da lei encarregado da investigação de um crime, o que deveria ser sua especialidade, interrogou estes homens e não descobriu nada. Nem mesmo suspeitou de alguma coisa. Na noite passada, tive uma conversa com eles e consegui informações vitais referentes a um crime. Certamente tem um mínimo de inteligência para perceber quanto está desmoralizado. Quer que o país inteiro fique sabendo disso? Puf! — Wolfe disse aos dois garçons — Vocês dois podem ir agora. Voltem a seus postos e trabalhem. Compreendem, é claro, que o senhor Tolman vai precisar de seu testemunho, e que devem estar disponíveis quando for necessário. Se houver necessidade de garantias de que não vão sair, um advogado poderá ajudá-los nisso. Muito bem, até logo!

Paul Whipple já estava a caminho da porta. Moulton hesitou apenas um instante, olhando para Tolman, e seguiu o colega. Levantei-me e caminhei lentamente até a porta externa, para garantir que estava fechada.

Quando voltei, Pettigrew estava no meio de algum comentário, lançando mão de todas as palavras que pudessem ser úteis no que dizia respeito a costumes tribais e hábitos pessoais dos aborígines. Tolman ficou atrás dele, com a mão no bolso, vigiando Wolfe, que despreocupadamente recolhia migalhas de pão e as depositava no prato de frutas. Nenhum dos dois prestava muita atenção ao delegado, e no final ele desistiu.

Wolfe olhou para cima. — Então, senhor?

Tolman fez que sim. — É, acho que tem razão. Pelo jeito, estão falando a verdade. Eles podem aprontar coisas incríveis quando querem, mas não parece ser o caso, no momento. — Seus olhos azuis se estreitaram um pouco. — Claro, existe um outro aspecto a ser levado em conta. Sei que recebeu um apelo para ajudar a soltar Berin, e também ouvi falar que lhe ofereceram uma boa comissão para convencer Berin a ficar no lugar de Laszio. Soube disso por Clay Ashley, que ouviu de seu amigo Liggett, do Hotel Churchill. Naturalmente, isso levanta a questão do que estaria disposto a fazer para descobrir provas que inocentem Berin.

— O senhor é diplomático. — Os cantos da boca de Wolfe ergueram-se ligeiramente. — Quer dizer forjar provas. Asseguro que não sou tão estúpido assim, nem estou tão desesperado a ponto de subornar estranhos para contarem mentiras intricadas. Além disso, teria de subornar quatorze pessoas, e não apenas duas. Essas histórias foram reveladas neste quarto, na noite passada, na presença de todos os cozinheiros e garçons de serviço no pavilhão Pocahontas. Pode interrogar todos eles. Não, senhor, as histórias são confiáveis. — Ele ergueu os braços um pouco. — Mas o senhor já sabe disso. Fez um interrogatório detalhado. E agora — uma vez que está ansioso para retornar a Quinby, a tempo de comparecer ao tribunal...

— Sim, eu sei. — Tolman não se moveu. — Este crime virou a maior bagunça. Se os negros dizem a verdade, e acho que dizem, percebe o que temos agora? Entre outras coisas, significa que toda a turma está fora disso, exceto aquele sujeito, Blanc, que alegou ter ficado no quarto. Mas ele é um estranho aqui; como poderia ter conseguido um uniforme do Kanawha Spa? Se o eliminarmos, então teremos como suspeitos apenas o mundo inteiro.

Wolfe murmurou — Sim, o problema é grave. Graças a Deus não tenho nada com isso. Mas, quanto ao nosso acordo, fiz minha parte, certo? Não lancei uma forte dúvida sobre a culpa do senhor Berin?

O delegado fungou. Tolman disse secamente — Sim. O fato de as travessas de molho terem sido alteradas certamente lança uma dúvida. Mas quem fez isso, caramba?

— Não sei dizer. Talvez o assassino, ou possivelmente o próprio senhor Laszio, para submeter Berin a um vexame. — Wolfe deu de ombros. — Tem um belo trabalho pela frente. Vai libertar Berin ainda na parte da manhã?

— Que mais posso fazer? Não tenho como mantê-lo preso mais tempo.

— Muito bem. Então, se não se importa... e como está com pressa, e como eu ainda não dormi...

— Tá! — Tolman continuou sentado. Estava com as mãos nos bolsos ainda, as pernas ligeiramente afastadas, as pontas do sapato fazendo pequenos círculos no ar. — Uma confusão dos diabos — ele declarou após uma pausa. — Fora Blanc, não tenho por onde começar. A descrição feita pelo negro combina com quase todo mundo. Claro, é possível até que um negro tenha feito o serviço, usando luvas pretas e cortiça queimada para nos enganar, mas que negro daqui teria qualquer motivo para matar Laszio? — Ficou novamente em silêncio. Finalmente, ele se endireitou na poltrona abruptamente. — Olhe aqui. Não lamento que você tenha tirado Berin desta encrenca, mesmo deixando uma grande confusão para mim. Vou honrar as condições prometidas, inclusive não interferindo em sua partida na noite de hoje. Mas, uma vez que está fornecendo provas, o que mais tem? Admito que é competente e me fez de palhaço com referência a Berin, para não falar nada do delegado aqui presente. Talvez possa dar mais alguma ajuda. Que mais descobriu?

— Mais nada.

— Tem alguma idéia de quem os negros viram na sala de jantar?

— Nenhuma.

— Acha que foi o francês? Blanc?

— Não sei. Duvido.

— A chinesa estava lá fora. Acha que está metida nisso?

— Não.

— Acha que o rádio ligado naquele momento específico tem algo a ver com o caso?

— Certamente. Ele abafou o ruído da queda de Laszio — e seu grito, se é que houve um grito.

— Mas teria sido ligado de propósito — para disfarçar?

— Não sei.

Tolman franziu o cenho. — Quando peguei Berin, ou achei que o tinha pegado, concluí que o rádio fora uma coincidência, ou uma circunstância de que ele se aproveitara. Agora isso está em pauta novamente. — Ele se inclinou na direção de Wolfe. — Quero que faça algo para mim. Não me considero idiota, mas admito que não tenho muita experiência. Não somente o senhor é veterano, como o consideram o melhor que existe. Não vejo nada de mau em pedir ajuda, se preciso mesmo. Pelo jeito, o próximo passo é uma boa conversa com Blanc, e eu gostaria que a acompanhasse. Ou melhor ainda; encarregue-se dela, e ficarei sentado ouvindo. Fará isso?

— Não, senhor.

Tolman ficou atônito. — Não?

— Não. Nem pretendo discutir isso. Que se dane. Eu estou aqui a passeio! — Wolfe fechou a cara. — Na segunda-feira eu estava no trem; e não consegui dormir. Na terça o senhor me manteve acordado até as quatro da manhã. Na noite passada meu compromisso de libertar Berin impediu que eu fosse para a cama. Esta noite devo fazer um importante discurso para um grupo de homens eminentes, sobre um tema que eles dominam. Preciso fazer uma pausa e dormir, e a cama está aqui, à espera do meu merecido descanso. Quanto à sua entrevista com o senhor Blanc, gostaria de lembrar que prometeu libertar Berin assim que eu apresentasse minhas provas.

Sua atitude e sua voz transmitiam uma decisão final. O delegado começou a resmungar qualquer coisa, mas foi interrompido por uma batida na porta. Fui até o foyer dizendo a mim mesmo que se fosse alguém capaz de retardar o merecido descanso, eu o derrubaria com um potente soco no queixo e o deixaria caído ali.

Teria sido a conta para Vukcic, apesar de ele ser bem grande, mas eu não teria coragem de bater em uma mulher só porque estava com sono, e ele chegou acompanhado por Constanza Berin. Terminei de escancarar a porta e ela cruzou o batente. Vukcic começou a fazer uma solicitação verbal, mas a moça não estava preocupada com amenidades e seguiu em frente.

Tentei detê-la, mas era tarde demais. — Ei, espere aí um pouco! Temos companhia. Seu amigo Barry Tolman está lá dentro!

Ela deu meia-volta. — Quem?

— Você entendeu direitinho. Tolman.

Ela deu outra meia-volta e abriu a porta do quarto de Wolfe, entrando como um raio. Vukcic olhou para mim e ergueu os ombros, seguindo-a. Fui junto, pensando que precisaria de uma pá e uma vassoura mais tarde.

Tolman se levantou com um pulo quando a viu. Ficou pálido por dois segundos, e depois começou a dizer:

— Senhorita Berin! Graças a Deus...

Um golpe gelado o interrompeu e o deixou de boca aberta. Não foi um golpe vocal; seu olhar não precisava de acompanhamento. Depois de congelá-lo, ela dirigiu um olhar quase tão devastador quanto o primeiro na direção de Nero Wolfe:

— E você prometeu nos ajudar! Disse que iria obrigá-los a soltar meu pai! — Apenas uma enorme minhoca mereceria um tratamento daqueles. — Mas foi você quem deu a idéia da lista... dos molhos! Suponho ter pensado que ninguém descobriria...

— Minha cara senhorita Berin...

— Mas todo mundo já sabe! Foi você quem arranjou as provas contra ele! *Aquelas* provas. E fingia para o senhor Servan, o senhor Vukcic e para mim que...

Entendi o olhar de Wolfe, percebi que seus lábios se moviam, mas não consegui ouvir o que estava dizendo. Dei um passo à frente e agarrei-a pelo braço. Virei-a, dizendo — Escute, dê uma chance...

Ela estava tentando se livrar, mas segurei firme. Wolfe disse secamente — Ela é histérica. Leve-a daqui.

Senti que o braço dela relaxava e larguei-a. Ela se virou, e encarou Wolfe novamente.

Disse calmamente. — Não sou histérica.

— Claro que é. As mulheres são histéricas. Seus momentos de calma não passam de uma pausa para recuperação entre os ataques. Gostaria de dizer algo. Consegue escutar?

Ela ficou parada olhando.

Wolfe moveu a cabeça. — Grato. Eu me dou ao trabalho desta explicação porque não quero a hostilidade de seu pai. Sugeri que as listas fossem comparadas com a lista correta, sem sonhar que o resultado pudesse implicar seu pai — na verdade, pensei que isso ajudaria a eliminar o nome dele do rol de suspeitos. Infelizmente as coisas aconteceram de um jeito diferente, e tornou-se necessário que se esclarecesse o mal-entendido que eu mesmo havia involuntariamente ajudado a criar. A única forma de fazer isso era descobrir outras provas que demonstrassem a inocência dele. Foi o que fiz. Seu pai será libertado dentro de uma hora.

Constanza arregalou os olhos para ele, e ficou quase tão pálida quanto Tolman ao vê-la. Logo em seguida, o sangue começou a voltar a suas faces. Ela gaguejou — Mas... mas... eu... não acredito nisso. Acabei de voltar da cadeia, e disseram... que eu nem podia falar com ele...

— Não precisará voltar lá. Ele se reunirá a você aqui, esta manhã. Eu me comprometi com o senhor Servan, com o senhor Vukcic e com a senhorita a livrar seu pai dessa acusação ridícula, e foi o que fiz. As provas foram fornecidas ao senhor Tolman. Será que consegue entender o que estou dizendo?

Pelo jeito, ela estava começando a compreender tudo, o que exigia ajustes internos drásticos. Os olhos começaram a se estreitar, marcas diagonais surgiam nos cantos do nariz e da boca, as bochechas vagarosamente se enchiam, e o queixo começou a se mexer. Ela ia chorar, e pelo jeito a choradeira seria das boas. Por meio minuto, ela acreditou que conseguiria se controlar, mas depois percebeu que não seria possível.

Deu meia-volta e correu em direção à saída. Abriu a porta e desapareceu. Isso colocou Tolman em funcionamento. Sem dizer até logo, correu para a porta que ela havia deixado aberta — e também desapareceu.

Vukcic e eu olhamos um para o outro. Wolfe suspirou.

O delegado fez uma tentativa. — Você é muito esperto — ele disse a Wolfe com sua voz arrastada. — Mas, se eu fosse Barry Tolman, você não pegaria o trem da meia-noite, nem qualquer outro, até que certos detalhes fossem esclarecidos.

Wolfe fez um sinal com a cabeça e murmurou — Tenha um bom dia, senhor.

Ele saiu batendo a porta do foyer com tanta força que dei um pulo. Sentei-me e comentei — Meus nervos parecem minhocas no anzol. — Vukcic também se sentou.

Wolfe olhou para ele e perguntou — E então, Marko? Suponho que esteja na hora de dizer bom-dia. Foi para isso que veio?

— Não. — Vukcic passou os dedos no cabelo. — Achei que deveria, de certo modo, ficar ao lado da filha de Berin, e, quando ela quis ir para Quinby de carro, me senti na obrigação de levá-la. É a cidade onde fica a cadeia. Mas não deixaram que ela o visse. Se eu soubesse que você já havia encontrado provas suficientes para livrá-lo... — Ele balançou a cabeça. — Por falar nisso, qual é a prova? Se não for segredo.

— Não sei se é segredo ou não. Deixou de pertencer a mim. Passei tudo para as autoridades, e suponho que devam decidir se divulgam os fatos ou não. Posso contar uma coisa, que não é nenhum segredo: não dormi a noite passada.

— Nem um pouco?

— Não.

Vukcic resmungou — Você não parece ter passado a noite acordado. — Ele levou os dedos aos cabelos novamente. — Escute, Nero, gostaria de lhe pedir algo. Dina veio conversar com você a noite passada, não foi?

— Sim.

— O que ela tinha a dizer? Bem, se puder conversar sobre isso comigo.

— Deixo essa decisão por sua conta. Ela me disse que é um tipo especial de mulher, e que pensava que você pensava que eu suspeitava de que você tivesse assassinado Laszio. — Wolfe sorriu. — E me deu um tapinha no ombro.

Vukcic disse furioso — Ela é completamente louca!

— Suponho que sim. Mas um tipo muito perigoso de louca. Claro, um buraco no gelo só oferece perigo a quem vai patinar. Isso não é da minha conta, Marko, mas você perguntou.

— Eu sei. Por que diabos ela acha que eu me considero suspeito da morte de Laszio?

— Você não disse isso a ela?

— Não. O que ela contou a você?

Wolfe balançou a cabeça. — Ela não estava indo direto ao assunto, fazia rodeios. Mas disse, contudo, que você comentou com ela minhas perguntas sobre o rádio e a dança.

Vukcic fez que sim, silencioso e melancólico. Depois de um tempo, recuperou-se. — Sim, tive uma conversa com ela. Duas conversas. Não há dúvida, ela é perigosa. Ela consegue... você precisa entender que ela foi minha esposa por cinco anos. E ontem eu a tive perto de mim novamente. Eu a tive em meus braços. Não é nenhum truque dela, conheço todos de cor. É simplesmente o que ela é. Você não consegue ver nem sentir isso, Nero, não produz nenhum efeito em você, porque está protegido por uma barricada. Como diz, um buraco no gelo só é perigoso para quem vai patinar. Mas, droga, o que é a vida, se a gente tem medo de tomar...

— Marko! — Wolfe parecia irritado. — Já cansei de dizer que este é seu pior hábito. Quando discutir com você mesmo, faça isso dentro da sua cabeça. Não faça de conta que está tentando me convencer ou provando algo. Você sabe muito bem o que é a vida; a vida é feita de atitudes humanas, e entre elas está um controle decente e inteligente dos apetites que partilhamos com os cachorros. Um homem não disputa uma carcaça nem late no alto de um morro do crepúsculo ao amanhecer. Ele come alimentos cozidos, quando consegue, em quantidades limitadas, e administra suas paixões conforme suas conveniências.

Vukcic estava de pé. Ele franziu a testa e resmungou para o velho amigo — Quer dizer que eu estou uivando; é isso?

— Sim, está, e sabe muito bem.

— Bom, peço desculpas. Sinto muito.

Ele deu meia-volta e sumiu do quarto.

Levantei-me e fui até a janela para prender uma cortina que se soltara por causa da corrente de ar que entrou pela porta aberta. Nos arbustos densos, um passarinho cantava, e fiquei espantado. Depois me virei e fiquei parado na frente de Wolfe. Ele fechara os olhos. Enquanto eu o observava, aquele corpo imenso inchou com a tomada de ar para um potente suspiro e murchou novamente.

Bocejei e disse — De qualquer modo, foram embora rápido, graças a Deus. São quase dez da manhã, e você precisa dormir. Eu também.

Ele abriu os olhos. — Archie, sinto afeição por Marko Vukcic. Cacei libélulas com ele nas montanhas. Você percebe que aquela louca vai fazer Marko de bobo mais uma vez?

Bocejei. — Ouvi tudo. Se eu falasse assim de Marko, você me expulsaria do quarto na hora. Sabe de uma coisa? Nós dois estamos em péssimas condições, e precisamos dormir. Estava falando sério quando disse a Tolman que não queria mais saber desse homicídio?

— Mas é claro! O senhor Berin está salvo. Não estamos mais interessados. Partimos esta noite.

— Ótimo. Então pelo amor de Deus vamos para a cama.

Ele fechou os olhos e suspirou outra vez. Pelo jeito, pretendia ficar ali sentado, preocupando-se com Vukcic por mais algum tempo, mas eu não poderia ajudá-lo naquela tarefa. Dei meia-volta e comecei a sair, decidido não apenas a colocar o aviso NÃO PERTURBE como também a reforçar a idéia com instruções ao sujeito de paletó verde no hall principal. Mas, assim que eu pus a mão na maçaneta, uma voz me fez parar.

— Archie. Você dormiu mais do que eu. Eu estava a ponto de dizer, nós nem pegamos no discurso desde que chegamos. Eu pretendo ensaiá-lo pelo menos duas vezes. Sabe em que mala está? Pegue-o, por favor.

Se eu estivesse em Nova York teria pedido demissão.

13

Lá pelas dez da manhã, sentei-me em uma poltrona perto da janela aberta e bocejei, olhos fixos no textô datilografado, meu próprio trabalho. Havíamos repassado o discurso até a página 9.

Wolfe, de frente para mim, estava sentado na cama com quatro almofadas nas costas, exibindo meio hectare de seda amarela do pijama. No criado-mudo do lado, havia um par de garrafas de cerveja vazias e um copo vazio. Tive a impressão de que ele olhava de modo intencionalmente crítico para minhas meias, enquanto prosseguia:

— "...mas o indescritível aroma do mais fino dos presuntos da Geórgia, cuja qualidade os coloca, em minha opinião, definitivamente ao lado dos melhores que se podem encontrar na Europa, não se deve de modo algum ao tratamento *post-mortem* da carne. Conhecimentos profundos e cuidados extremos durante o processo de cura são essenciais, é claro, mas podemos encontrá-los em Czestochowa e Westphalia com mais facilidade do que na Geórgia. Poloneses e alemães possuem os porcos, a formação acadêmica e a habilidade. Mas a eles falta o amendoim".

Ele parou para assoar o nariz. Eu mudei de posição. Ele prosseguiu: — "Um porco cuja dieta é composta de 50% a 60% de amendoim fornece um presunto de incrível doçura e sutil suculência que, bem curado, bem tratado e bem cozido, terá precedência sobre qualquer outro presunto que o mundo possa se dar ao luxo. Cito esse exemplo como uma das contribuições americanas que estamos discutindo, e como mais uma prova de que os itens americanos dignos de constar na lista de honra das comidas finas não se limitam absolutamente aos produtos encontrados já prontos nas árvores, sem exigir mais do que a colheita. Os índios comiam batatas e perus muito antes da chegada do homem branco, mas não comiam porcos alimentados com amendoim. Esses presuntos inesquecíveis não são dádivas da natureza; resultam do esforço e da dedicação do inventor, da persistência do provador e da escolha do *connoisseur*. Resultados similares foram obtidos alimentando galinhas com vacínios desde pequenas, começando normalmente...".

— Espera aí. Galinhas não. Aves ficaria melhor.

— Galinhas são aves.

— Você me disse para interrompê-lo.

— Mas não disse que discutisse comigo.

— Foi você quem começou, não eu...

Ele ergueu a mão. — Vamos prosseguir: "...começando normalmente com a idade de uma semana. O sabor de um galeto de quatro meses, acostumado a comer grande quantidade de vacínios desde o nascimento, ensopado com cogumelos, estragão e vinho branco — ou, se desejarem um toque mais americano, aproveitado para uma torta de milho, com cebola, salsa e ovos —, não é apenas distinto, é único. Sem dúvida, trata-se de alta cozinha. Este é um exemplo até melhor da minha tese, do que o do presunto, porque os europeus não poderiam alimentar os porcos com amendoim, já que não têm o amendoim. Mas eles têm galinhas... galinhas...". Archie!

— Aves.

— Não importa. "... galinhas e vacínio, e passaram-se séculos sem que ninguém imaginasse a possibilidade de um assimilar o outro e nos brindar com tal resultado. Outra demonstração da criatividade..."

— Ei, espere aí! Você deixou um parágrafo inteiro de lado. "Vocês podem argumentar, talvez..."

— Muito bem. Importa-se de sentar-se direito? A cadeira fica rangendo sem parar. "Vocês podem argumentar, talvez, que essa questão não diz respeito à arte culinária, mas se pensarem bem perceberão que sim. Vatel tinha sua própria fazenda, e dava atenção pessoal à lavoura. Escoffier recusava aves de determinado distrito, por mais gordas e bem nutridas que fossem, por causa dos minerais presentes na água que bebiam ali. Brillat-Savarin elogiou seguidas vezes..."

Eu estava de pé. Sentado, sentia coceira nos braços e nas pernas, e não conseguia ficar quieto. Olhos fixos no discurso, fui até a mesa, peguei um copo d'água da garrafa e bebi. Wolfe prosseguiu, monótono. Resolvi não me sentar de novo, e fiquei no meio da sala flexionando os músculos da perna para diminuir o formigamento.

Não sei o que me alertou. Não poderia ter sido algo que vi, meus olhos estavam fixos no discurso, e a janela aberta encontrava-se à minha esquerda, a pelo menos uns três metros e meio de distância, em ângulo reto quanto à minha linha de visão. Não acho que tenha ouvido nada. Mas alguma coisa fez com que eu virasse a cabeça para o lado, e mesmo assim a única coisa que percebi foi um movimento nas moitas do lado de fora da janela, e não tenho a menor idéia do que me fez atirar o discurso. Mas eu joguei o calhamaço de papel direto na janela. No mesmo instante, uma arma foi disparada; deu para ouvir isso com perfeição. Simultaneamente, a fumaça e o cheiro de pólvora entraram pela janela, o discurso deu um pulo e caiu no chão, e ouvi Wolfe dizendo, por trás de mim.

— Olhe aqui, Archie.

Olhei e vi o sangue escorrendo pelo lado do rosto. Por um segundo, senti o sangue gelar nas veias. Queria pular pela janela e pegar o filho da... o cara que atirou, e acabar com ele pessoalmente. Mas Wolfe não estava morto, continuava ali sentado. O sangue, porém, parecia jorrar em abundância. Pulei para o lado da cama.

Ele mantinha os lábios comprimidos com força, mas abriu a boca para perguntar. — Onde foi? No crânio? — Ele tremeu. — No cérebro?

— Diabo, nada disso. — Eu o examinei, e fiquei tão aliviado que minha voz falhou. — Que cérebro? Mantenha as mãos afastadas e tenha paciência. Espere até eu arranjar uma toalha. — Corri para o banheiro e voltei; enrolei uma toalha no pescoço dele, e usei a outra para estancar o sangue. — Acho que não chegou a atingir o osso da face; cortou só carne e pele. Sente-se fraco?

— Não. Traga o espelho de barba.

— Espere até que eu...

— Traga o espelho!

— Pelo amor de Deus! Segure a toalha no lugar. — Corri ao banheiro outra vez, para pegar o espelho, e o passei para ele, seguindo depois para o telefone. Uma voz feminina disse bom-dia com doçura.

— Tá. Bom-dia. Tem um médico nessa droga?... Não, espere, não quero falar com ele; diga que venha direto para cá, imediatamente; um homem levou um tiro na suíte 60 do pavilhão Upshur... Eu disse um tiro, não se esqueça, e mande o médico. Chame também Odell, o detetive do hotel, e aquele policial estadual, se ainda estiver por aí, e mande uma garrafa de brandy. Entendeu? ... Muito bem, você é uma gracinha.

Voltei para perto de Wolfe. Sempre que eu quiser cair na gargalhada, só terei de lembrar sua aparência naquela ocasião. Com uma das mãos ele impedia que a toalha caísse do pescoço, e com a outra segurava o espelho, para o qual olhava com absoluta indignação e revolta. Percebi que estava mantendo os lábios bem apertados para que o sangue não entrasse na boca. Procurei seus lenços e enxuguei um pouco mais de sangue.

Ele moveu o ombro esquerdo para cima e para baixo. — Escorreu um pouco de sangue pelo meu pescoço. — Ele mexeu o maxilar para cima e para baixo e de um lado para o outro. — Não sinto nada quando faço isso. — Colocou o espelho sobre a cama. — Você não pode estancar este maldito sangramento? Espere, não aperte com tanta força! Que é isso aí no chão?

— É seu discurso. Acho que tem um buraco de bala no meio dele, mas tudo bem. Pode disfarçar um pouco, e virá-lo para o seu lado. Agora, por favor, pare de falar... espere, vou tirar as almofadas...

Coloquei-o na posição horizontal, com a cabeça erguida por dois travesseiros, fui até o banheiro buscar uma toalha molhada em água fria, voltei e fiz uma compressa. Ele ficou de olhos fechados. Eu estava chegando com outra toalha molhada quando bateram à porta.

O médico era um careca de óculos atrevido, com uma maleta na mão e uma enfermeira do lado. Quando eu pedi que entrasse logo, alguém surgiu trotando no hall. Deixei entrar também quando vi que era Clay Ashley, o gerente do Kanawha Spa. Ele começou a falar comigo ansioso — Quem foi como aconteceu como está ele... — Disse que se calasse e seguisse o médico e a enfermeira.

O médico careca não era nenhuma toupeira, pelo menos. A enfermeira puxou uma poltrona para a valise, que abriu imediatamente. Encostei uma mesa na cama, enquanto o doutor se debruçava sobre Wolfe sem me perguntar nada. Wolfe começou a se virar de lado, mas recebeu ordem de ficar quieto.

Wolfe protestou. — Uma ova. Quero ver seu rosto!

— Para quê? Para ver se estou *compos mentis*? Estou bem. Fique quieto.

Ouvi a voz de Clay Ashley atrás de mim. — Que significa isso? Você disse que ele levou um tiro? Que aconteceu?

O médico falou com firmeza, sem se virar — Fiquem quietos, até que eu possa ver o que houve.

Bateram de novo na porta, com força. Fui atender, e Ashley me seguiu. Era meu amigo Odell e um par de guardas, tendo atrás deles o sujeito de paletó verde do hall. Ashley disse ao empregado de uniforme:

— Saia já daqui e fique de boca fechada.

— Eu só queria dizer ao senhor que ouvi um tiro, e dois hóspedes perguntaram...

— Diga que não sabe de nada. Diga que foi o escapamento de um carro, entendeu?

— Sim, senhor.

Levei o quarteto para o meu quarto. Ignorei Ashley, porque tinha ouvido Wolfe afirmar que ele era burguês, e disse aos guardas:

— Nero Wolfe estava sentado na cama, ensaiando um discurso que fará esta noite, e eu estava em pé, a três metros da janela aberta, acompanhando sua fala com o texto do discurso na mão, para corrigi-lo. Alguma coisa lá fora chamou minha atenção. Não sei se foi um som ou um movimento; olhei pela janela e a única coisa que posso dizer que vi foi um ramo do arbusto se mover. Joguei o discurso em direção à janela. Ao mesmo tempo, uma arma foi disparada lá fora, Wolfe gritou meu nome. Vi que seu rosto sangrava, fui dar uma olhada nele. Depois liguei para a recepção do hotel e fiquei estancando o sangue até a chegada do médico, pouco antes de vocês aparecerem.

Um dos guardas segurava um bloco de anotações na mão. — Qual o seu nome?

— Archie Goodwin.

Ele anotou. — Viu alguém no meio dos arbustos?

— Não. Se me permite uma sugestão, não se passaram ainda nem dez minutos do disparo. Já contei tudo o que sei. Se deixarem as perguntas para depois, e derem uma olhada no local agora, poderão conseguir alguma pista quente.

— Quero ver Wolfe.

— Para perguntar se fui eu quem atirou nele? Bom, não fui eu. Até já sei quem foi. O mesmo homem que matou Laszio no pavilhão Pocahontas, na terça à noite. Não sei o nome dele, mas tenho certeza de que foi ele. Gostariam de pegar o assassino, vocês dois? Pois sigam as pistas lá fora, antes que esfriem.

— Como você sabe que foi a mesma pessoa que matou Laszio?

— Porque Wolfe começou a fuçar muito perto da toca dele, e o sujeito não gostou. Tem muita gente que gostaria de ver Nero Wolfe morto, mas não estão na área.

— Wolfe está consciente?

— Certamente que sim. Por aqui, passando pelo foyer.

— Vamos lá, Bill.

Eles foram na frente, seguidos por Ashley e por mim, tendo Odell ficado no fim da fila. No quarto de Wolfe, a enfermeira havia coberto metade da mesa com ataduras e equipamentos. Um esterilizador elétrico fora ligado na tomada. Wolfe, virado sobre o lado direito, estava de costas para nós, e o médico o examinava, inclinado sobre ele, os dedos atarefados.

— E então, doutor?

— Quem... — A cabeça do médico virou-se em nossa direção. — Ah, são vocês. Apenas um ferimento superficial na face. Vou precisar dar uns pontos.

Wolfe perguntou — Quem está aí?

— Pare de falar. É a polícia estadual.

— Archie. Onde está você, Archie?

— Estou aqui, chefe. — Dei um passo à frente. — Os guardas querem saber se fui eu quem deu o tiro em você.

— Bem que eu imaginei. Idiotas. Diga que dêem o fora daqui. Mande todo mundo sair, menos o médico. Não estou em condições de ter companhia.

O guarda disse — Gostaríamos de perguntar, senhor Wolfe...

— Não tenho nada a dizer a vocês, só que alguém atirou contra mim pela janela. O senhor Goodwin já não contou isso? Acham que vocês podem pegá-lo? Tentem.

Clay Ashley falou indignado. — Isso não é atitude que se tome, Wolfe. Toda esta confusão aconteceu porque eu permiti uma reunião de pessoas que não fazem parte de minha clientela. Longe disso. Tenho a impressão...

— Sei quem é esse. — A cabeça de Wolfe começou a se mover, e o doutor teve de segurá-la com firmeza. — O senhor Ashley. Sua clientela! Puf! Ponha ele para fora também. Ponha todo mundo para fora. Está me ouvindo, Archie?

O médico falou decidido. — Agora chega. Quando ele fala, começa a sangrar.

Eu disse aos guardas — Vamos lá, caiam fora. O sujeito já está bem longe agora; vocês não correm o menor risco. — E a Ashley — Transmita meus respeitos a sua clientela. Suma daqui.

Odell ficara perto da porta, de modo que foi o primeiro a sair. Ashley e os guardas foram os seguintes. Segui-os pelo foyer, até o hall principal. Ali parei um dos guardas e o mantive parado; agarrei um lado da farda, e seu colega, vendo que ele ficava para trás, parou também, enquanto Ashley e Odell seguiam em frente. Ashley batia o pé furiosamente, e Odell trotava atrás.

— Escute — Disse ao guarda. — Vocês não gostaram de minha primeira sugestão. Vou dar outra. Este indivíduo que esfaqueou Laszio e atirou em Wolfe parece ser bem ativo. Pode até ser que ele meta na cabeça a idéia de praticar mais tiro ao alvo por aí. É um dia agradável de abril, e Wolfe não vai querer ficar de janelas fechadas e cortinas puxadas, e eu não pretendo ficar lá sentado o dia inteiro, vigiando os arbustos. Chegamos aqui vivos, e gostaríamos de sair nas mesmas condições, às 12h40 desta noite. Que tal se vocês mantivessem um guarda aqui para ficar de olho nas janelas e nas moitas lá dos fundos? Tem um banco ótimo, aqui perto, ao lado do riacho.

— Muito agradecido. — Ele me pareceu um tanto sarcástico. — Pode ser que você prefira que o coronel venha de Charleston até aqui para lhe dar instruções.

Fiz um gesto apaziguador. — Estou nervoso. Não dormi e meu chefe levou um tiro. Não perdeu os miolos por pouco. Estou surpreso por continuar bancando o educado. Seria ótimo saber que as janelas estão sendo vigiadas. Podem fazer isso?

— Sim. Vou fazer um relatório por telefone e pedir mais homens. — Ele olhou para mim. — Você só viu mesmo o que nos contou, não foi?

Disse que ele tinha razão. O guarda deu as costas, levando consigo o irmão.

No quarto de Wolfe a consulta prosseguia. Fiquei parado ao pé da cama observando por alguns minutos. Depois meus olhos pousaram no texto do discurso caído no chão. Abaixei-me para pegar o calhamaço e examiná-lo. Sem dúvida, a bala passara bem no meio, afrouxando um dos grampos de metal que mantinham as folhas juntas. Alisei o papel, atirei o texto em cima da escrivaninha e retomei meu posto ao pé da cama.

O médico era um pouco lerdo, mas mostrava-se eficiente e compenetrado. Já havia começado a dar os pontos em Wolfe, que permanecia deitado de olhos fechados e me informou com um murmúrio ter recusado a oferta de uma anestesia local. A mão que segurava o cobertor estava cerrada com força, e toda vez que a agulha penetrava na carne ele grunhia. Depois de alguns pontos ele perguntou — Meus gemidos o incomodam? — O médico disse que não, e aí os grunhidos aumentaram. Depois de terminar os pontos e de fazer o curativo, o médico me disse, enquanto terminava o trabalho, que o ferimento fora superficial, mas doeria um pouco. O paciente precisava descansar e ficar livre de aborrecimentos. Ele estava fazendo um curativo que não precisaria ser mexido até nossa chegada a Nova York. O paciente insistia em que precisava fazer um discurso naquela noite, e não pôde ser persuadido do contrário, de forma que o médico deveria ser chamado caso o excesso de atividade muscular causasse hemorragia. Seria aconselhável que o paciente ficasse na cama até a hora do jantar.

Ele terminou. A enfermeira o ajudou a recolher sua parafernália e restos de materiais, inclusive as toalhas ensangüentadas. Ofereceu-se para ajudar Wolfe a trocar o pijama sujo por um limpo, mas ele recusou a gentileza. Puxei a lista de despesas, mas o doutor disse que tudo seria incluído na conta, e deu a volta na cama para ter uma visão frontal do rosto de Wolfe e fornecer outras instruções.

Eu os acompanhei até o hall principal para dizer ao empregado de paletó verde que nenhum visitante, fosse quem fosse, seria recebido na suíte 60. De volta ao quarto de Wolfe, encontrei o paciente ainda deitado em cima do lado direito do corpo e de olhos fechados.

Fui para o telefone. – Telefonista? Alô? Escute. O médico disse que o senhor Wolfe precisa descansar em silêncio. Por favor, avise a mesa para não chamar este número. Não importa quem seja...

– Archie! Cancele esta ordem!

Solicitei que aguardasse. – Espere um momento. Sim, senhor? Wolfe não se moveu, mas disse novamente. – Cancele a ordem sobre o telefone.

– Mas você...

– Cancele.

Pedi à recepção que deixasse tudo como estava antes, desliguei o telefone e me aproximei do paciente. – Desculpe. Não pretendia interferir em seus assuntos pessoais por nada neste mundo. Se quer que o telefone toque...

– Não quero que toque. – Ele abriu os olhos. – Mas não poderemos fazer nada se ficarmos incomunicáveis. Disse que a bala atravessou meu discurso. Deixe-me vê-lo, por favor.

Seu tom de voz não deixava margem a dúvidas. Peguei o texto na escrivaninha e o entreguei sem demora. De cenho franzido, ele o folheou. Ao ver a extensão dos danos, a ruga aumentou. – Suponho que possa decifrá-lo. Por que o jogou?

– Porque estava na minha mão. Se ele não tivesse desviado a bala, você poderia ter passado desta para melhor – ou poderia ter passado longe, tenho de admitir. Depende da categoria do atirador.

— Suponho que sim. Esse sujeito é imbecil. Eu tinha lavado minhas mãos para o caso. Ele tinha uma ótima chance para deixar tudo como estava, mas agora está perdido. Vamos pegá-lo.

— Claro que sim.

— Seguramente. Tenho muita paciência, Deus sabe que não sou alvo passivo para armas de fogo. Enquanto o curativo estava sendo feito, refleti sobre as probabilidades, e vi que temos pouco tempo para agir. Passe o espelho. Suponho que eu esteja sensacional.

— Está bem enfeitado. — Passei o espelho para ele. — Wolfe estudou seu reflexo e os lábios se comprimiram. — Quanto a pegar esse cara, sou francamente a favor, mas pela sua aparência, e pelo que o médico disse...

— Não há nada que se possa fazer. Feche a janela e as cortinas.

— Vai ficar escuro. Disse ao policial que vigiasse lá fora...

— Faça o que estou dizendo, por favor. Não confio na polícia. Além disso, estarei espiando pela janela a toda hora, e não quero que meu processo mental seja interrompido. Não, deixe a parte de baixo aberta. Assim vai haver luz suficiente. Está melhor. As outras também. Ótimo. Agora me traga roupa de baixo limpa, uma camisa, o robe que está no armário...

— Você precisa ficar na cama.

— Absurdo. Há mais sangue na cabeça quando se está deitado do que quando a gente fica em pé. Se as pessoas vierem aqui, não poderei me apresentar adequadamente, com este curativo protuberante na cara, mas pelo menos poderei evitar ofender o pudor. Pegue a roupa de baixo.

Reuni as peças enquanto ele manipulava sua massa, em primeiro lugar para se sentar na beirada da cama, depois para se erguer, gemendo a cada novo estágio. Ele franziu o cenho em sinal de desagrado quando tirou o pijama cheio de sangue. Trouxe toalhas, secas e molhadas. Conforme a operação limpeza prosseguia, ele me passava os detalhes do programa.

— A única coisa que podemos fazer é tentar nossa sorte quanto às possibilidades, até encontrar um fato que permita uma única interpretação. Detesto alternativas, mas é o que temos no momento. Você sabe como fazer para escurecer um homem com cortiça queimada? — Bem, você pode tentar. Arranje algumas rolhas e fósforos — e peça um uniforme do Kanawha Spa, tamanho médio, com boné inclusive. Mas, antes de tudo, Nova York no telefone. — Não, estas meias não. Quero meias pretas, talvez não tenha condições de trocá-las para o jantar. Precisamos arranjar tempo para terminar aquele discurso. — Presumo que você saiba os números de Saul Panzer e do inspetor Cramer. Mas, se vamos descobrir os fatos aqui, seria indesejável correr o risco de que aquele patife saiba de nossos planos. Precisamos impedir que...

14

Meu amigo Odell estava parado perto de uma coluna com uma folha enorme de palmeira acima da cabeça, olhando para mim com um tico de dúvida em sua fisionomia, que considerei injusta para comigo.

Eu disse — Não estou tentando arranjar um encontro clandestino, nem estou metido em espionagem. Já disse mais de uma vez: só quero ter certeza de que um telefonema particular seja particular. Não se trata de suspeita, só de precaução. Quanto à necessidade de você consultar o gerente primeiro, que droga de segurança você é? Não controla nem seu próprio serviço? Pode vir junto e ficar do meu lado, se quiser, e, se eu fizer alguma coisa de que não goste, pode me jogar uma pedra. Por falar nisso, este Kanawha Spa parece ser muito duro com os hóspedes. Se não te acertam com uma pedra, acabam te dando um tiro.

Sem se livrar das dúvidas, ele começou a se mover. — Está bem. Da próxima vez que eu contar uma história engraçada a um cara, vai ser sobre Joãozinho e Maria. Pode vir, meu.

Ele me conduziu pelo saguão, passando pelo elevador, a um corredor lateral estreito. Vi portas com vidros foscos. Ele abriu uma do lado direito e fez um gesto para que eu entrasse. Era uma sala pequena, a mobília consistia em uma mesa telefônica que ocupava toda a sua extensão, cerca de cinco metros. Havia seis moças enfileiradas, em cadeiras de encosto reto. Odell foi até a que ficava em uma das pontas e conversou um pouco. Depois me indicou a terceira moça da fila. Visto por trás, seu pescoço parecia um pouco áspero, mas, quando ela se virou para nós, notei que tinha pele suave e olhos azuis promissores. Odell disse algo, ela fez que sim e eu falei:

— Acabei de pensar em um novo modo de fazer um telefonema. O senhor Wolfe, da suíte 60, no pavilhão Upshur, deseja uma ligação para Nova York. Vou ficar aqui observando.

— Suíte 60? Não é o homem que foi baleado?

— Sim.

— E você, o sujeito que disse que eu sou uma gracinha.

— Sim. De certa forma, estou aqui para confirmar isso. Se você puder...

— Com licença. — Ela deu meia-volta, falou, escutou e brincou com alguns pegas. Quando terminou, eu disse:

— Ligue para Nova York, Liberty 2-3306, e passe a chamada para a suíte 60.

Ela sorriu. — Ligações telefônicas com supervisão pessoal, hein?

— Sim. Eu não me divertia assim havia séculos.

Ela começou a trabalhar ativamente. Percebi alguma atividade atrás de mim, e vi que Odell havia sacado um bloco e caneta, e estava escrevendo alguma coisa. Estiquei o pescoço para ver o que escrevera, e depois disse a ele animado — Gosto de um sujeito que conhece seu trabalho, como você. Para economizar o esforço de ficar orelhando na próxima ligação, posso adiantar que será para Spring 7-3100, Central de Polícia de Nova York.

— Muito obrigado. O que ele está fazendo, pedindo socorro porque tem um arranhão no rosto?

Respondi qualquer coisa, estava com a cabeça em outro lugar, pois acompanhava as ligações. Era uma mesa telefônica do tipo antigo, e seria fácil perceber se ela estivesse escutando. Suas mãos passeavam de um lado para o outro, pegando e largando plugues, e passaram-se cinco minutos até que a ouvi dizer — Senhor Wolfe? Sua chamada para Nova York. Prossiga, por favor. — Ela me brindou com um rápido sorriso. — A quem eu deveria contar? Ao senhor Odell?

Sorri em retribuição. — Não ocupe sua cabecinha com isso. Seja boazinha, menina...

— E logo vou usar diamantes. Sei. Você já... Desculpe.

Odell ficou comigo até o final. Teve de esperar bastante, porque a conversa de Wolfe com Saul Panzer durou bem um quarto de hora, e a segunda, com o inspetor Cramer — se é que foi Cramer —, quase o mesmo tempo. Quando terminou e os plugues foram retirados, pensei que seria de bom-tom perguntar se ela desejava diamantes redondos ou ovais. A moça retrucou que preferia uma Bíblia nova; a dela estava se estragando devido ao uso intenso, ela a lia bastante. Inclinei-me para fazer um afago em sua cabeça, ela se encolheu e Odell me puxou pela manga.

Deixei o detetive do hotel no saguão, com meus agradecimentos e a garantia de que não havia esquecido suas ambições quanto ao Hotel Churchill, e prometi que o senhor Wolfe sondaria o senhor Liggett na primeira oportunidade.

Um minuto depois, eu mesmo tive a oportunidade, mas estava muito ocupado para tirar vantagem dela. Saí pelo acesso principal para cumprir minha missão seguinte, o que me levou a passar pelo galpão de montaria. Havia um monte de cavalos por ali, alguns montados, outros não, com cavalariços de paletó verde. Gosto de cavalos, a uma distância de três metros ou mais, de modo que reduzi o passo ao me aproximar. Foi então que vi Liggett, que vestia roupas adequadas à montaria, suponho que emprestadas, apeando de um baio enorme. Outra razão para eu ter diminuído o passo foi a esperança de ver um outro hóspede sendo pisado, mas não aconteceu nada. Não que eu tenha algo contra hóspedes enquanto tais; trata-se apenas de um sentimento natural contra gente capaz de pagar vinte paus por dia para dormir em um quarto, e que sempre parece polida demais ou então que já nasceu com dor-de-barriga. Sendo assim, se eu fosse um cavalo...

Mas tinha minhas missões. Wolfe já estava sozinho naquele quarto havia mais de meia hora, e apesar de eu ter dado ordens estritas ao empregado de paletó verde para que ninguém entrasse na suíte 60, sob pretexto algum, e de a porta estar trancada, no fundo eu não ligava para a situação. Assim sendo, fui para o pavilhão Pocahontas de uma vez. Encontrei Lisette Putti e Vallenko, com raquetes de tênis na mão, perto da entrada. Mamma Mondor divertia-se com seu tricô na varanda. No acesso, um policial estadual e um investigador brutamontes de terno fumavam dentro de um carro. As duas salas estavam desertas, mas o movimento na cozinha chamava a atenção — cozinheiros e ajudantes, caras de paletó verde e mestres corriam de um lado para o outro, concentrados. Pelo jeito, mais um almoço do tipo boca-livre estava sendo preparado, para não mencionar o jantar daquela noite, que deveria ilustrar o tema do discurso de Wolfe e consistiria em pratos originários da América. Estes, obviamente, deveriam ser preparados sob a supervisão de Louis Servan, e lá estava ele, de boné branco e avental, andando de um lado para o outro, farejando, olhando, sentindo, experimentando e dando ordens. Não pude conter um sorriso ao ver Albert Malfi, o fatiador de frutas corso, também de boné e avental, correndo atrás de Servan, na hora em que fui ao encontro do decano, e evitando uma colisão com Domenico Rossi quando ele saiu de trás de um fogão.

O rosto cansado e digno de Servan anuviou-se quando me viu. — Ah, senhor Goodwin! Acabei de saber do terrível... do senhor Wolfe. O senhor Ashley ligou para cá. Um convidado meu — o convidado de honra — terrível! Vou falar com ele assim que der um jeito de sair daqui. Foi muito sério? Ele vai poder jantar conosco?

Eu o tranqüilizei, dois ou três dos outros aproximaram-se, aceitei suas manifestações de solidariedade a meu chefe e disse a eles que seria melhor evitar os telefonemas por algumas horas. Depois lamentei interromper um homem tão ocupado, e informei a Servan que precisava trocar umas palavras com ele, que me acompanhou até a sala pequena. Após algum tempo de conversa, ele mandou chamar Moulton, o chefe dos garçons com a orelha incompleta, e passou algumas instruções.

Quando Moulton se retirou, Servan hesitou.

— Quero ver o senhor Wolfe assim mesmo. O senhor Ashley disse que ele arrancou uma história incrível de dois de meus garçons. Posso compreender a relutância deles... mas não posso aceitar... meu amigo Laszio assassinado em plena sala de jantar. — Ele passou a mão nervosamente nos cabelos. — Estes deveriam ser momentos de alegria...

tenho mais de setenta anos, senhor Goodwin, e esta foi a pior coisa que já aconteceu em minha vida... preciso voltar para a cozinha... Crabtree é bom sujeito, mas é distraído, e não confio muito nele com tanta agitação...

— Esqueça. — Bati no ombro dele. — Quero dizer, esqueça o crime. Deixe que Nero Wolfe se preocupe com isso; é o que sempre faço. Elegeram os quatro novos membros esta manhã?

— Sim. Por quê?

— Estou curioso com relação a Malfi. Ele foi aceito?

— Malfi? Um dos *Quinze Maîtres*? Deus do céu, claro que não!

— Certo. Apenas curiosidade. Volte para a cozinha e divirta-se. Vou dar seu recado a Wolfe.

Ele balançou a cabeça e saiu rápido com seu passo miúdo. Eu estava longe de Upshur havia mais de uma hora, e voltei a galope, pelo caminho mais curto.

O quarto de Wolfe parecia sombrio depois do sol que brilhava lá fora. A cama fora feita, e encontrei tudo arrumado. A poltrona grande havia sido virada para ficar de frente para as janelas, e ele estava sentado com o discurso na mão, franzindo a sobrancelha para a última página. Eu havia assobiado quando cheguei ao foyer, para indicar que estava tudo bem, e agora me aproximava para dar uma boa olhada no curativo. Parecia em ordem, sem sinais de sangramento recente.

Fiz o relatório: — Tudo providenciado. Servan passou os detalhes para Moulton. Todos enviaram votos de pronto restabelecimento. Servan vai mandar um belo almoço para nós. Está fazendo um dia lindo lá fora, pena que estejamos trancados aqui dentro. Nosso cliente aproveita melhor o dia passeando de cavalo.

— Não temos cliente.

— Eu estava me referindo ao senhor Liggett. Ainda penso que deveria dar a ele o prazer de poder pagar pelos seus serviços. É o que quer. Isso sem mencionar a contratação de Berin para seu hotel. Conseguiu falar com Saul e Cramer?

— Você não foi até a mesa telefônica?

— Sim, mas não sei com quem falou.

— Conversei com ambos. Aquela possibilidade está sendo investigada. — Ele suspirou. — Esta coisa dói. Que estão preparando para o almoço?

— Sei lá. Não faço a menor idéia. Cinco ou seis deles estão correndo feito loucos. Claro que dói, e não vai receber nem um tostão por isso. — Sentei-me e repousei a cabeça no encosto da poltrona, porque já estava cansado de carregá-la. — Não é só o ferimento; a coisa toda parece ter tornado você mais do contra que o normal. Deve ser a falta de sono. Sei que zomba do que chama procedimentos de rotina, mas você mesmo já conseguiu alguns resultados através deles, algumas vezes, e, por mais gênio que seja, não há nenhum mal em descobrir o que certas pessoas estavam fazendo às dez e quinze da manhã de hoje. Por exemplo, se souber que Leon Blanc se encontrava na cozinha preparando a sopa, ele não poderia estar no meio dos arbustos atirando em você. Estou só explicando como se faz a investigação.

— Muito obrigado.

— Muito obrigado, você diz, mas vai continuar fazendo o oposto, certo?

— Não estou sendo do contra, só inteligente. Como já expliquei várias vezes, a busca de provas negativas é um recurso final desesperado, quando não se encontra uma prova positiva. Coletar e checar álibis é cansativo, e normalmente perda de tempo total. Não. Arranje uma prova conclusiva, e, se ela for confrontada com um álibi, destruirá o álibi, caso seja mesmo boa. De qualquer forma, não estou interessado no homem que atirou em mim. Quero quem matou Laszio a facadas.

Arregalei o olho. — Que é isso, uma piada? Você mesmo disse que era a mesma pessoa.

— Certamente que sim. Mas, como foi o assassinato de Laszio que o levou a atirar em mim, é óbvio que devemos provar o assassinato. A não ser que possamos provar que matou Laszio, como dar a ele um motivo para tentar me matar? E, se a gente não puder provar que há um motivo, de que adiantará saber o que ele fazia às dez e quinze? A única coisa que pode nos ajudar é uma prova direta de que ele cometeu o assassinato.

— Mas claro. — Movi a mão debilmente. — Isso é tudo. Naturalmente você já tem a prova.

— Tenho. Está sendo verificada.

— Eu sabia. Qual é a prova, e quem é o criminoso?

Ele começou a balançar a cabeça, mas piscou e parou. — Está sendo testada. Não estou dizendo que a prova seja conclusiva; longe disso. Precisamos aguardar o resultado do teste. Como não é muito conclusiva, pedi ao senhor Blanc uma pequena performance, pois estamos sendo pressionados pelo tempo, e nenhuma alternativa pode ser ignorada. E afinal de contas é bem possível, apesar de eu achar que ele não tem uma arma. Alguém está batendo na porta.

A performance com Blanc foi elaborada, porém completamente inútil. Sua única vantagem foi ter me mantido ocupado e acordado até a hora do almoço. Não fiquei surpreso com o resultado, e acho que Wolfe também não. Ele estava apenas sendo cuidadoso, evitando deixar passar qualquer possibilidade.

Os primeiros a chegar foram Moulton e Paul Whipple, e tinham consigo todo o equipamento necessário. Levei os dois para receber de Wolfe uma aula detalhada do projeto, depois os encostei no meu quarto, e fechei a porta. Minutos depois Leon Blanc chegou.

O *chef* e o gastrônomo conversaram um bocado. Blanc obviamente estava indignado com o atentado contra Wolfe, e demonstrou isso com clareza. Depois foram ao que interessava. Blanc estava ali, disse, a pedido de Servan, e responderia a quaisquer perguntas que o senhor Wolfe fizesse. Essa ordem valia para todos, mas Blanc a levou ao pé da letra, inclusive nas insistentes questões constrangedoras referentes à profundidade de seu relacionamento com a senhora Laszio. Blanc agarrou-se à história de que a conhecera bem quando ela era a senhora Vukcic e ele o *chef de cuisine* do Churchill, mas nos últimos cinco anos, desde sua ida para Boston, a encontrara apenas duas ou três vezes, e os dois nunca tinham sido íntimos. Depois Wolfe passou para a noite de terça-feira e para o período em que Blanc teria permanecido em seu quarto, no pavilhão Pocahontas, enquanto os outros experimentavam a *Sauce Printemps* e alguém estava esfaqueando Laszio. Ouvi a maior parte da conversa de longe, porque fiquei no banheiro; havia deixado a porta aberta só um pouquinho, experimentando o efeito da cortiça queimada nas costas da minha mão. Servan havia enviado uma espiriteira a álcool e cortiças suficientes para um espetáculo circense.

Blanc esperneou um pouco quando Wolfe sugeriu o teste da cortiça, mas não o bastante para se safar, de modo que abri a porta do banheiro e pedi que entrasse. Foi uma festa. Ele ficou só de cuecas. Primeiro, passei uma camada de creme, depois a cortiça queimada. Suponho que não tenha feito um trabalho muito profissional; eu não era especialista naquilo, mas pelo menos ele ficou preto. As orelhas e os cabelos foram um problema, e Blanc reclamou que entrara cortiça em seus olhos, mas a culpa foi dele mesmo, que ficou piscando sem parar. Depois ele vestiu o uniforme dos garçons, inclusive o boné, e o resultado não foi de todo mau, a não ser pela ausência das luvas pretas, que Moulton não conseguiu encontrar. Usamos um par marrom-escuro.

Eu o levei até Wolfe para obter sua aprovação. Depois telefonei para o pavilhão Pocahontas, e disse à senhora Coyne que estávamos prontos.

Em cinco minutos ela chegou. Fui encontrá-la no corredor, para dar-lhe uma breve explicação do projeto, e disse-lhe que não deveria abrir a boca se quisesse ajudar Wolfe a mantê-la fora daquilo. Depois mandei que entrasse no foyer, deixei-a lá, e voltei para orientar Blanc. Sua irritação era imensa quando terminei o serviço no banheiro, mas agora Wolfe já o havia acalmado novamente. Mandei que ficasse parado perto do pé da cama, a uma distância que parecia adequada, e puxei seu boné para baixo. Disse-lhe que levasse um dedo aos lábios e ficasse imóvel. Em seguida, fui até a porta do foyer e a abri uns quinze centímetros.

Depois de dez segundos, disse a Blanc que podia sair da pose. Fui até o foyer e levei Lio Coyne até o corredor outra vez.

— E aí?

Ela balançou a cabeça. — Não, não era aquele homem.

— Como sabe que não era ele?

— As orelhas são grandes demais. Não era ele.

— Pode jurar isso no tribunal?

— Mas você... — Seus olhos se estreitaram. — Você disse que não iria...

— Fique tranqüila, não será preciso. Mas tem mesmo certeza?

— Certeza absoluta. Este homem é mais magro, também.

— Certo. Muito obrigado. O senhor Wolfe talvez queira falar com a senhora mais tarde.

Os outros disseram a mesma coisa. Fiz com que Blanc posasse mais duas vezes, uma de frente para a porta, para Paul Whipple, e a outra de costas, para Moulton. Whipple sustentou que poderia jurar que o homem que vira perto do biombo, na sala de jantar, não era o mesmo que estava no quarto de Wolfe, e Moulton disse que não poderia jurar porque só vira as costas do sujeito, mas imaginava que não fosse o mesmo homem. Mandei-os de volta para Pocahontas.

Depois tive de ajudar Blanc a se limpar. Remover aquilo foi muito mais difícil do que aplicar, e não sei se algum dia sua orelha vai ficar totalmente branca de novo. Considerando-se que ele afinal não era um assassino, sua atitude até que foi bem compreensiva. Depois do sangue de Wolfe e da cortiça queimada de Blanc, eu certamente seria amaldiçoado pelo pessoal da lavanderia do Kanawha Spa naquele dia.

Blanc ergueu-se e disse a Wolfe — Eu me submeti a tudo isso porque Servan pediu. Sei que os assassinos devem ser punidos. Se eu fosse um deles, esperaria isso. Esta é uma experiência terrível para cada um de nós, senhor Wolfe, terrível. Não matei Phillip Laszio, mas, se eu tivesse o poder de trazê-lo de volta à vida erguendo um dedo, sabe o que eu faria? Eu faria isto. — Ele enfiou ambas as mãos nos bolsos, o mais fundo possível, e as deixou lá.

Ele fez menção de sair, mas sua partida foi adiada por alguns minutos pela chegada de uma pessoa. A mudança de programa tornara necessário, claro, avisar ao cara de paletó verde no hall que o embargo de visitantes fora suspenso, e agora estava chegando o primeiro de uma fila que passou a bater na porta intermitentemente durante toda a tarde.

O primeiro foi meu amigo Barry Tolman.

— Como está o senhor Wolfe?

— Cansado e beligerante. Entre.

Ele entrou, abriu a boca quando avistou Wolfe e aí viu quem estava ali.

— Oh! O senhor aqui, senhor Blanc!

— Sim. A pedido do senhor Servan...

Wolfe intrometeu-se — Estive realizando uma experiência. Acho que não precisa perder mais seu tempo com o senhor Blanc. Não é mesmo, Archie? O senhor Blanc matou Laszio?

Balancei a cabeça. — Não, senhor. Três confirmações de inocência.

Tolman olhou para mim, para Wolfe e para Blanc. — É mesmo? De qualquer modo, gostaria de vê-lo mais tarde. Vai estar em Pocahontas?

Blanc disse que sim, de má vontade; expressou o desejo de que Wolfe estivesse melhor à noite e saiu. Quando voltei, depois de acompanhá-lo até a porta, Tolman já estava sentado, a cabeça inclinada para o lado, olhando o curativo de Wolfe, que dizia:

— Não para mim, senhor. O médico disse que era superficial. Mas posso assegurar que é altamente perigoso para o homem que o provocou. E olhe aqui. — Ele exibiu o texto do discurso perfurado. — A bala passou por aqui antes de me atingir. O senhor Goodwin salvou minha vida quando atirou o discurso na direção da janela. Pelo menos é o que ele diz. Estou inclinado a concordar. Onde está o senhor Berin?

— Aqui. Em Pocahontas... com a filha. Eu o trouxe pessoalmente, neste instante. Recebi um telefonema em Quinby, informando que o senhor levara um tiro. Acredita que foi a mesma pessoa que esfaqueou Laszio?

— Quem mais?

— Mas por que tentaria acertá-lo? Estava fora do caso.

— Mas a pessoa não sabia disso. — Wolfe se mexeu na cadeira, piscou e disse amargo — Não estou mais fora do caso agora.

— O que é conveniente para mim. Não estou dizendo que fiquei feliz por terem atirado no senhor... quer dizer que começou por Blanc? O que o fez decidir que não foi ele?

Wolfe começou a explicar, mas outra interrupção me afastou dali. Desta vez era o almoço, e Louis Servan estava realmente com a macaca. Havia três bandejas enormes e três garçons, além de um quarto, servindo de batedor, para abrir portas e caminho. Eu estava faminto, e os odores que saíam das bandejas me deixaram pior ainda. O batedor, nada menos do que o próprio Moulton, após uma mesura e uma saudação a Wolfe, abriu os apoios para as bandejas e avançou para a mesa com um pano na mão.

Wolfe disse a Tolman — Com sua licença. — Levantou-se da poltrona com um grunhido de satisfação, e caminhou até as bandejas. Moulton aproximou-se dele e colocou-se à disposição. Wolfe ergueu uma das tampas, baixou a cabeça e olhou. Depois aspirou o perfume. Virou-se para Moulton e perguntou — *Piroshki*?

— Sim, senhor, preparado pelo senhor Vallenko.

— Sim, eu sei. — Ele ergueu as outras tampas, inclinou-se e aspirou o perfume, e balançou a cabeça em sinal de reverência. Ergueu-se novamente. — Alcachofras *barigoule*?

— Acredito, senhor, que ele usou o termo *drigante*. Foi o senhor Mondor. Ou algo parecido.

— Não importa. Deixe tudo aqui, por favor. Podemos nos servir, se não se importa...

— Mas o senhor Servan disse...

— Prefiro assim. Deixe tudo nas bandejas.

— Vou deixar um dos garçons...

— Por favor, não. Estou tendo uma conversa. Podem ir, todos vocês.

Eles saíram. Pelo jeito, se eu quisesse comer alguma coisa, teria de ir à luta, de forma que exigi dos meus músculos um esforço suplementar. Quando Wolfe retornou à poltrona, perguntei — Como faremos? Estilo pensão, com pá carregadeira?

Ele esperou até completar a operação de sentar antes de responder. Primeiro suspirou. — Não. Telefone para o hotel e peça o prato do dia.

Arregalei os olhos para ele. — Você deve estar delirando.

— Archie. — Ele parecia selvagem. — Acho que pode apreciar a ironia de tudo isso. O *piroshki* foi feito por Vallenko, e as alcachofras por Mondor. Mas como posso saber quem estava na cozinha e o que andou acontecendo por lá? Estas bandejas eram destinadas a nós, e provavelmente todos sabiam disso. Destinadas a mim. Ainda pretendo voltar para casa hoje à noite. Ligue para o hotel, e tire as bandejas daqui, para que eu não sinta mais este cheiro. Ponha tudo em seu quarto e deixe por lá.

Tolman disse — Mas, meu caro... se realmente pensa... podemos mandar analisar este material...

— Eu não quero que seja analisado, quero comer tudo. Mas não posso. E não vou. Provavelmente não há nada de errado com a comida, e olhem para mim, um sujeito aterrorizado, intimidado por um criminoso! De que adiantaria analisar isso? Sabe de uma coisa, senhor... Archie?

Era a porta de novo. O cheiro daquelas bandejas cobertas me deixou em um estado quase tão ruim quanto o de Wolfe, e eu torci para que fosse um fiscal de alimentos do Ministério da Saúde para certificar-se de que a comida não havia sido adulterada, mas era apenas o empregado do hall. Ele tinha um telegrama endereçado a Nero Wolfe.

Voltei com o telegrama na mão, rasguei o envelope e o entreguei. Wolfe esticou a mão para pegá-lo e leu.

Murmurou — Certo. — Ao notar o tom de voz, olhei fixo para ele, que me devolveu o telegrama, aberto. — Leia para o senhor Tolman.

Foi o que fiz.

NERO WOLFE KANAWHA SPA W VA

NÃO MENCIONADO EM JORNAIS PT CRAMER COOPERA PT PROSSIGO PT TELEFONO DO DESTINO

PANZER

Wolfe disse calmamente — Isso é melhor. Muito melhor. Quase poderíamos comer aquele *piroshki* agora, mas existe uma pequena chance... não. Ligue para o hotel, Archie. E, senhor Tolman, creio que haverá uma oportunidade também para o senhor cooperar...

15

Jerome Berin sacudiu os dois punhos cerrados, de forma que a poltrona tremeu embaixo dele. – Deus do céu! Mas que cachorro nojento! Quanta... – Ele parou de falar abruptamente e perguntou – Você disse que não foi Blanc? Nem Vukcic? Nem meu velho amigo Zelota?

Wolfe murmurou – Nenhum deles, creio.

– Então eu confirmo, mas que cachorro nojento! – Berin debruçou-se e tocou o joelho de Wolfe. – Vou ser franco; o sujeito não precisa ser um cachorro para querer matar Laszio. Qualquer um poderia ter feito isso, qualquer um mesmo, e não passaria de um incidente no destino do lixo. Concordo que é errado esfaquear um homem pelas costas, mas na hora da pressa detalhes deste tipo podem ser ocasionalmente abolidos. É, não ofenderia alguém que tivesse matado Laszio, mesmo daquela maneira. Agora, atirar no senhor pela janela – logo o senhor, convidado de honra dos *Quinze Maîtres!* Apenas porque se interessou pela defesa da justiça! Porque tentou provar minha inocência! Porque teve o bom senso de perceber que eu jamais poderia ter cometido sete erros ao experimentar nove molhos! Vou lhe contar uma coisa... pode acreditar no que me deram para comer naquele lugar... naquela cadeia?

Ele contou, e parecia horrível. Estava ali, com a filha, para agradecer pelo esforço de Wolfe em seu benefício. Eram quase quatro horas, o sol iluminava o quarto, pois Tolman providenciara dois guardas para as janelas, perto dos arbustos. As cortinas estavam puxadas e as janelas abertas. O almoço do hotel podia não ter sido o *piroshki* de Vallenko, mas atingira seus objetivos, e Wolfe conseguiu se alimentar, apesar da dificuldade para mastigar. Eu havia abandonado completamente a idéia de tirar uma soneca. Não daria tempo. Tolman tinha ficado quase até o final do almoço, e depois disso Rossi, Mondor e Coyne passaram por ali para lamentar o atentado contra Wolfe e seu ferimento — e foram seguidos por outros. Até mesmo Louis Servan deu um jeito de escapar da cozinha por alguns minutos, apesar de eu não conseguir entender como. Além disso, por volta das três da tarde, recebemos um telefonema de Nova York, que Wolfe atendeu. Sua reação consistiu basicamente de huns, e o que eu soube a respeito, quando ele terminou, foi só que andara conversando com o inspetor Cramer. Mas percebi que não se tratava de más notícias, porque depois do telefonema ele sentou-se, esfregou o nariz e deu a impressão de estar satisfeito consigo.

Constanza Berin ficou sentada durante vinte minutos na beira da poltrona, tentando dar um palpite na conversa e, quando seu pai fez uma pausa para acender o cachimbo, ela finalmente conseguiu.

— Senhor Wolfe... eu fui terrível esta manhã.

Ele pousou os olhos sobre ela. — Foi mesmo, senhorita Berin. Eu noto com freqüência que uma mulher, quanto mais bonita é, mais se permite ataques irracionais. A gente acaba percebendo isso. Diga uma coisa: quando começa a ficar daquele jeito, não há nada que possa fazer para se controlar? Já tentou?

Ela riu. — Mas não era um ataque. Eu não tenho ataques. Estava apavorada e furiosa porque prenderam meu pai por assassinato, e eu sabia que o coitado era inocente, mas aparentemente eles tinham provas, e fui informada de que o senhor as fornecera... Como poderia ser razoável com uma coisa dessas? É a primeira vez que venho a este estranho país... a América é um lugar horroroso.

— Algumas pessoas discordariam da senhorita.

— Suponho que sim... suponho que não seja o país em si... possivelmente seja a gente que vive aqui... Oh, peço desculpas, não me refiro ao senhor, ou ao senhor Goodwin... Tenho certeza de que são muito gentis, e o senhor Goodwin, com a esposa e tantos filhos...

— Como? — Wolfe me dirigiu um olhar zombeteiro. — As crianças estão bem, Archie?

— Bem, obrigado. — Fiz um gesto. — Aqueles pestinhas. Morro de saudades deles quando viajo. Mal posso esperar a hora de voltar para casa.

Berin tirou o cachimbo da boca para me dizer — Crianças são ótimas, mas minha filha... — Ele deu de ombros. — Ela é uma boa filha, naturalmente, mas me deixa louco! — Ele se inclinou para bater no joelho de Wolfe com o cachimbo. — Por falar em voltar para casa. Será verdade, como disseram, que os miseráveis podem nos obrigar a ficar aqui enquanto desejarem? Só porque Laszio levou uma facada nas costas? Minha filha e eu partimos hoje à noite para Nova York, e depois para o Canadá. Estou fora da cadeia, mas não estou livre. É assim?

— Temo que sim. Estava pensando em pegar o trem da meia-noite para Nova York?

— Sim. Mas agora eles estão dizendo que ninguém vai sair deste lugar até que descubram quem foi que matou o miserável! Se formos obrigados a esperar que o imbecil do Tolman e o outro, de olhos miúdos, façam isso... — Ele encheu o cachimbo de novo e tirou baforadas até encher o local de fumaça.

— Mas não precisamos esperar por eles. — Wolfe suspirou. — Graças a Deus. Eu creio, senhor, que será mais sábio arrumar as malas, e confirmar as reservas para o trem, caso as tenha. Felizmente o senhor não precisou esperar até que o senhor Tolman descubrisse a verdade sobre os molhos. Se precisasse...

— Eu poderia estar preso até agora. Sei disso. Poderia acabar assim. — Berin usou a mão para imitar um machete cortando sua cabeça. — Certamente estaria até agora na cadeia, e em três dias morreria de fome. Nós, os catalães, sabemos enfrentar a morte quando ela chega, mas, pelo amor de Deus, um homem que consegue engolir aquela comida não é um homem, não é sequer um animal! Sei o quanto lhe devo, e rezei para que fosse abençoado a cada bocado do meu almoço. Discuti a questão com Servan. Disse a ele o quanto devo ao senhor, e que não concedo a homem algum a honra de permanecer em débito para com ele. Disse a Servan que preciso pagá-lo... mas ele me avisou que o senhor não aceitaria pagamento. E ele é nosso anfitrião aqui, um diplomata. Soube que ofereceu dinheiro, e que o senhor recusou, indignado. Compreendo e respeito seus sentimentos, uma vez que é nosso convidado de honra...

Outra batida na porta fez com que eu deixasse Wolfe cozinhando no caldo da sopa que ele havia preparado. Eu sabia que algum dia ele ia acabar falando demais, e, enquanto ia até o foyer, eu dava risada — admito, maliciosa — e pensava como seria, naquele momento, sentir-se como uma jóia na almofada da hospitalidade.

O recém-chegado era Vukcic, apenas. Mas sua presença teve o mesmo efeito que um tiro disparado pela janela sobre a conversa, que deixou o tema vulgar dos pagamentos por serviços prestados. Vukcic estava com problemas. Parecia embaraçado, melancólico, nervoso e distraído. Os Berin saíram poucos minutos depois de sua chegada. Ele parou na frente de Wolfe, braços cruzados, carrancudo, e disse que, apesar da impertinência de Wolfe naquela manhã, quanto a uivos no alto do morro, seu dever enquanto amigo era comparecer pessoalmente para hipotecar solidariedade e lamentar o ataque sofrido...

Wolfe foi ferino — Levei um tiro há seis horas. Poderia já estar morto a esta altura.

— Ah, não diga isso, Nero. Claro que não. Soube que apenas o rosto foi atingido, e pelo que posso ver...

— Perdi um litro de sangue. Archie! Você falou um litro, não foi?

Eu não tinha falado nada, mas minha lealdade é indiscutível. — Sim, senhor. Pelo menos isso. Quase dois. Claro, não parei para medir exatamente a quantidade, mas jorrava como cascata, como as cataratas do Niágara...

— Já basta. Muito obrigado.

Vukcic continuou em pé, cenho franzido. Seu topete caía nos olhos, mas ele não descruzou os braços para penteá-lo com os dedos. Ele resmungou — Sinto muito. Sei que foi por pouco. Se tivessem conseguido matar você... — Pausa. — Bem, Nero, quem foi?

— Não sei. Não tenho certeza. Por enquanto.

— Está tentando descobrir?

— Sim.

— Foi o assassino de Laszio?

— Sim. Maldito seja! Gosto de mexer a cabeça quando falo, mas agora não posso. — Wolfe encostou os dedos cuidadosamente no curativo, sentiu a ferida e deixou que a mão caísse novamente. — Vou lhe dizer uma coisa, Marko. Esta névoa que se ergueu entre seus olhos e os meus não pode ser ignorada, e seria fútil discutir o assunto. Só posso dizer que em pouco tempo ela desaparecerá.

— Será? Como?

— Através do desenrolar dos fatos. Por obra de Átropos, e por obra minha, o agente da Parca. De qualquer forma, conto com isso. Neste meio tempo, não há nada que possamos dizer um ao outro. Você está enfeitiçado novamente — desculpe, não pretendia mencionar isso. Como pode ver, não dá para conversarmos. Eu o ofenderia, e você me aborreceria mais do que consigo agüentar. *Au revoir*, Marko.

— Deus do céu. Não nego que eu tenha sido enfeitiçado.

— Sei disso. Você sabe bem o que está fazendo, mas não consegue parar. Obrigado por ter vindo.

Neste momento Vukcic descruzou os braços para passar a mão no cabelo. Fez isso três vezes, vagarosamente, e depois, sem dizer mais nada, deu as costas e saiu.

Wolfe ficou quieto por um longo tempo, de olhos fechados. Depois suspirou profundamente e me pediu que pegasse o texto do discurso para o ensaio final.

As únicas interrupções desta vez foram alguns chamados telefônicos, de Tolman, Clay Ashley e Louis Servan. Lá pelas seis tivemos outra visita e, quando abri a porta, vi que se tratava de Raymond Liggett, do Hotel Churchill. Meu sorriso de boas-vindas foi acionado imediatamente, pois senti o cheiro de honorários no ar. Afinal de contas, uma das coisas que mais estavam me irritando, dentre muitas, era o desprazer de ver Wolfe gastando seu cérebro, estourando dinheiro em interurbanos longos e em drinques para quatorze homens de pele escura, perdendo duas noites de sono, levando um tiro, com uma provável cicatriz permanente como lembrança, sem aumentar sua conta bancária. Paralelamente, também havia a questão do emprego do meu amigo Odell. Não que eu devesse algo ao detetive do hotel, mas quem está no ramo de investigações na área de Nova York nunca sabe em que lugar vai ser conveniente encontrar um rosto amigo. Ter um protegido meu como detetive da casa no Churchill, ou mesmo como segurança, poderia ser muito útil um dia.

Sem dúvida, eu tinha a sensação de que havia honorários a caminho. A primeira coisa que Liggett disse, depois de se sentar e demonstrar os sentimentos apropriados pelo ferimento no rosto de Wolfe, foi que um dos motivos de sua visita era perguntar a Wolfe se estava disposto a reconsiderar a questão de convencer Berin a aceitar o cargo de *chef de cuisine* do Hotel Churchill.

Wolfe murmurou — Fico surpreso que ainda o queira — um homem que foi acusado de assassinato. E a publicidade negativa?

Liggett descartou isso com um gesto. — Por que não? As pessoas não comem a publicidade; elas comem comida. E você conhece o prestígio de Berin. Francamente, estou mais interessado em seu prestígio do que em sua arte. Tenho uma equipe ótima na cozinha, de ponta a ponta.

— Então quer dizer que as pessoas comem o prestígio. — Wolfe tamborilou calmamente na barriga. — Não creio que possa fazer nada.

Liggett deu seu sorriso fino. Os olhos cinzentos pareciam tão irritados quanto na quarta-feira de manhã, ou mais. Menos não. Ele deu de ombros. — Bem, ao que parece, eles gostaram do que fez. Para Berin. Sei que ontem de manhã você disse que não aceitaria este serviço, mas também disse que não iria investigar o assassinato de Laszio, e pelo que soube reconsiderou esta questão. Ashley disse que o senhor conseguiu um feito notável. Não sei bem o que foi.

Wolfe inclinou a cabeça meio centímetro. — Obrigado.

— É o que Ashley diz. Além disso, foi esta sua descoberta, seja lá qual for, que levou à libertação de Berin. Ele sabe muito bem disso, e portanto o senhor está em uma condição especialmente vantajosa para sugerir a ele — ou mesmo pedir — que aceite o emprego. Já expliquei ontem por que estou particularmente ansioso para contratá-lo. Posso acrescentar, confidencialmente...

— Não quero ouvir confidências, senhor Liggett.

Liggett ignorou o comentário com um gesto impaciente. — Não chega a ser um segredo. Um concorrente está atrás de Berin há dois anos. Trata-se de Branting, do Alexander. Soube que Berin tem uma reunião com Branting, em Nova York, amanhã à tarde. Foi este o principal motivo que me trouxe aqui. Preciso contratá-lo antes que ele fale com Branting.

— E logo depois de sua chegada ele foi preso. Uma pena. Mas ele está solto agora, neste exato minuto encontra-se no pavilhão Pocahontas, com toda a certeza. Saiu daqui há duas horas. Por que diabos não vai lá e fala logo com ele?

— Expliquei tudo ontem. Porque acho que não conseguirei convencê-lo. — Liggett inclinou-se para a frente. — Olhe aqui. A situação no momento é ideal. Seus esforços o tiraram da cadeia, ele é impulsivo e emotivo, e está cheio de gratidão. Pode resolver tudo com uma conversa. O problema é que não sei o que Branting andou oferecendo a ele, ou pretende oferecer, mas seja o que for eu cubro. Disse ontem que gostaria de contratá-lo por quarenta mil, mas chegaria a sessenta mil por ano, se fosse preciso. Agora o tempo é curto, e creio poder chegar a setenta. Pode começar falando em cinqüenta...

— Eu não concordei em falar nada.

— Mas eu estou dizendo ao senhor. Pode oferecer cinqüenta mil dólares por ano. Sei que supera em muito o que ele ganha em San Remo, mas talvez ganhe uma porcentagem lá. De qualquer forma, Nova York é diferente. E se conseguir fisgá-lo vai ganhar dez mil dólares em dinheiro.

Wolfe ergueu as sobrancelhas. — Está louco por ele, não é?

— Preciso dele. Os diretores da empresa já discutiram o assunto — afinal de contas, Laszio estava ficando velho — e exigiram sua contratação. Claro, não sou o dono do Churchill, apesar de ter uma boa quantidade de ações. Ainda tem tempo para botar o time em campo, antes do jantar. Gostaria de ter vindo mais cedo, esta tarde, quando eles trouxeram Berin de volta, mas por causa de seu acidente...

— Não foi um acidente. Os acidentes são involuntários. — Wolfe tocou o curativo. — Isso foi intencional, ou pior...

— Claro, tem razão. Vai falar com Berin agora?

— Não.

— Esta noite?

— Não.

Liggett deu um pulo. — Como assim, você é louco? Tem uma chance de ganhar dez mil dólares! — Ele estalou os dedos — Desse jeito! Por que não?

— Não é meu ramo agenciar cozinheiros. Sou detetive. Atuo só na minha área.

— Não estou pedindo que você vire profissional. Só vai exigir, nestas circunstâncias, um bom papo com Berin. Pode dizer que ele vai ser *chef* executivo, com controle completo, sem interferência da administração do hotel, sem ter de prestar contas de nada, fora resultados. Nossa administração de custos é feita...

Wolfe apontou o dedo. — Senhor Liggett, por favor. Está perdendo seu tempo. Não irei falar com o senhor Berin sobre o Hotel Churchill.

Silêncio. Disfarcei um bocejo. Fiquei surpreso por Liggett não ter batido com a cabeça na parede de exasperação, uma vez que suas tendências apontavam naquela direção, mas tudo o que fez foi ficar sentado, duro, sem mexer um músculo, olhando para Wolfe. Este, também imóvel, o encarou com os olhos semicerrados.

O silêncio ocupou um minuto inteiro. Finalmente Liggett disse, em tom calmo, sem nenhuma exasperação na voz — Pagarei vinte mil em dinheiro se conseguir Berin para mim.

— Não estou tentado, senhor Liggett.

— Posso chegar a trinta mil. Em moeda corrente, amanhã de manhã.

Wolfe tremeu um pouco, sem desviar os olhos. — Não. Não valeria a pena para o senhor. O senhor Berin é um *chef* de primeira, mas não é o único no mundo. Pense bem. Veja seu caso. Esta sua pretensão infantil é ridícula. Foi pessimamente aconselhado. Não deveria ter vindo falar comigo assim. Provavelmente o senhor é um homem razoável. Caso consultasse apenas seus próprios interesses e se guiasse só por suas opiniões e necessidades, estou certo de que jamais faria uma coisa dessas. O senhor foi mandado aqui, senhor Liggett. Sei disso. Era um erro que se poderia esperar, levando-se em conta quem o mandou. Puf! O senhor pode, suponho, retornar e relatar seu fracasso, mas, se precisar de conselhos novamente, consulte só a si mesmo.

— Não sei do que está falando. Estou fazendo uma proposta clara.

Wolfe deu de ombros. — Se sou incoerente, isso encerra a conversa. Relate o fracasso, então, a si mesmo.

— Não vou relatar nenhum fracasso. — Os olhos de Liggett eram duros como seu tom de voz. — Só vim conversar com o senhor porque parecia mais prático. Para evitar aborrecimentos. Posso fazer o que quer que seja sem sua ajuda.

— Então, por favor, faça.

— Mas ainda assim gostaria de evitar aborrecimentos. Pagarei cinqüenta mil dólares.

Wolfe balançou a cabeça, de leve, quase imperceptivelmente. — Vai ter de comunicar seu fracasso, senhor Liggett. Se é verdade, como querem os cínicos, que cada homem tem seu preço, o senhor não conseguiu chegar ao meu com o dinheiro.

O telefone tocou. Quando um sujeito fica frio e rígido, gosto de manter os olhos nele, por precaução, de modo que contornei a poltrona de Liggett sem lhe dar as costas. A primeira voz no aparelho parecia a da garota de olhos azuis, dizendo que era um chamado de Nova York. Depois ouvi uma voz áspera pedindo para falar com Nero Wolfe, e fui informado de que o inspetor Cramer estava aguardando na linha. Passei o telefone.

— Para você. É o senhor Purdy.

Com um resmungo, ele conseguiu pegar o telefone. Sentou-se e encarou o visitante:

— Este é um assunto confidencial, senhor Liggett. E, uma vez que nossos entendimentos estão concluídos... se não se importa...

Liggett desistiu. Sem uma palavra, sem pressa nem hesitação, ele se levantou e foi embora. Acompanhei-o até o foyer, e quando saiu fechei a porta e passei a chave.

A conversa de Wolfe com Cramer durou mais de dez minutos, e desta vez me sentei e escutei o que foi dito, obtendo mais do que huns, mas não o suficiente para entender o quadro geral da situação. A mim parecia que Wolfe desconfiava da minha capacidade de dissimulação quando esta era necessária, de forma que, quando terminou de falar, eu estava pronto para exigir esclarecimentos detalhados, mas ele mal se acomodou na poltrona e o telefone tocou de novo. Desta vez ela disse que era um chamado de Charleston, e depois de alguns ruídos ouvi uma voz tão familiar quanto a da moça do Avon chama.

— Alô. Senhor Wolfe?

— Não, panaca, aqui é da Suprema Corte.

— Oi, Archie. Como vão as coisas por aí?

— Maravilhosas. Descansando um bocado. Espere, o senhor Wolfe vai falar. — Passei o aparelho. — Saul Panzer, de Charleston.

A conversa durou mais dez minutos, e forneceu mais algumas dicas e toques da alternativa que Wolfe aparentemente andava explorando, apesar de ainda assim parecer algo inacreditável. Quando terminou a conversa, Wolfe voltou a se recostar com cuidado, unindo os dedos no ponto culminante da barriga.

Ele perguntou — Que horas são?

Verifiquei no relógio. — Quinze para as sete.

Ele resmungou — Falta pouco mais de uma hora para o jantar. Não me deixe esquecer de levar o discurso no bolso quando formos para lá. Consegue lembrar de algumas coisinhas sem precisar anotar?

— Claro. Quanto precisar.

— Todas elas são importantes. Primeiro, preciso falar com o senhor Tolman. Suponho que esteja no hotel. Providencie. Depois preciso falar com o senhor Servan pelo telefone. Isso pode ser difícil. Creio que não seja comum a presença de convidados na última noite, mas nesse caso a tradição precisará ser violada. Enquanto eu estiver telefonando, você vai preparar o que for preciso, fazer as malas e providenciar que sejam enviadas para o trem. Pode ser que por volta da meia-noite nosso tempo seja curto demais. Peça também ao hotel que feche nossa conta, e pague-a. Por acaso ouvi você mencionar que trouxe o revólver? Ótimo. Creio que não será preciso usá-lo, mas leve-o. E pelo amor de Deus chame o barbeiro; não consigo fazer minha barba. Chame o senhor Tolman e comece a fazer as malas. Discutiremos o programa desta noite enquanto me visto...

16

A tradição foi violada, entreouvi alguns resmungos na sala grande, antes que a porta para a sala de jantar fosse aberta e Louis Servan surgisse no pórtico para nos convidar a entrar. A maior parte das reclamações, contudo, enquanto bebericavam xerez ou vermute em pequenos grupos espalhados, era dirigida contra a ordem recém-emitida de que nenhum deles poderia deixar o estado de West Virginia sem permissão das autoridades. Domenico Rossi fez um discurso sobre a questão, em voz alta o bastante para ser ouvido por Barry Tolman, que estava em pé ao lado do rádio, parecendo preocupado porém elegante. Ramsey Keith solidarizou-se com sua raiva. Jerome Berin, por sua vez, disse que era mesmo um ato bárbaro, mas eles seriam malucos se permitissem que qualquer coisa interferisse na digestão. Albert Malfi, com um ar meio decepcionado, mas com os olhos ainda dardejantes, parecia ter resolvido cortejar mamma Mondor como primeiro passo para a campanha eleitoral de 1942. Raymond Liggett estava sentado no sofá, conversando discretamente com Marko Vukcic. Meu amigo Tolman resolveu tomar uma atitude, mas quebrou a cara. Quando Constanza Berin entrou, ele se ergueu e foi em sua direção, com um ar resoluto, e falou. Ela o ignorou tão completamente que por um segundo eu pensei que ele não estivesse ali, e fosse só um delírio de minha imaginação.

Poucos minutos antes de seguirmos para a sala de jantar, Dina Laszio entrou. As conversas morreram. Rossi, seu pai, correu para recebê-la, tendo bem atrás de si Vukcic. Em seguida, vários outros foram prestar homenagem à viúva. Ela parecia uma viúva pesarosa tanto quanto eu parecia um dervixe alucinado, mas é claro que não se pode esperar que uma mulher leve um traje de luto sempre que saia de casa para uma pequena viagem com o marido, para o caso de o sujeito partir desta para melhor. E na verdade eu não poderia desaprovar o fato de ela ter resolvido comparecer ao banquete, uma vez que eu sabia que Nero Wolfe havia solicitado a Servan que ela estivesse presente e insistido muito nesse ponto.

Fiquei outra vez do lado de Constanza na mesa, o que era tolerável. Wolfe sentou-se à direita de Servan. Vukcic estava do lado oposto de Dina Laszio, um pouco para baixo. Liggett e Malfi estavam bem na minha frente, um ao lado do outro. Berin sentou-se no lado oposto de Wolfe, à esquerda de Servan, o que me pareceu uma grande honra para um cara recém-saído do xadrez, e ao lado dele estava Clay Ashley, tentando bancar o afável, mas sem muito sucesso. Os outros estavam espalhados, e o escasso suprimento de senhoras distribuído de modo uniforme. Ao nos sentar, vimos que em cada prato havia um menu rebuscado:

LES QUINZE MAÎTRES
Kanawha Spa, West Virginia
Quinta-feira, 8 de abril de 1937
JANTAR AMERICANO
Ostras ao Forno em sua Concha
Cágado Maryland Pãezinhos Sovados
Peru Novo em Caçarola
Croquetes de Arroz com Geléia de Marmelo
Feijão-de-lima ao Creme Sally Lunn
Abacate Todhunter
Sorbet de Abacaxi Pão-de-ló
Queijo Fresco de Wisconsin Café

Servan supervisionava o serviço com dignidade solene e ansiosa, conforme os garçons comandados por Moulton entravam e saíam eficientemente. O primeiro prato deve ter ajudado a baixar o nível da ansiedade, pois as ostras estavam tão carnudas e saborosas, para não mencionar seu aroma, que pareciam ter sido alimentadas com amendoins e vacínios. Foram servidas com cerimônia e uma pitada de pompa. Quando os garçons terminaram de distribuir as assadeiras enormes, cada uma com uma dúzia de ostras, formaram uma fileira na frente do biombo — o mesmo que, 48 horas antes, escondera o corpo de Phillip Laszio — e a porta do hall da copa se abriu para a entrada de um cozinheiro de pele escura e avental e boné brancos imaculados. Ele aproximou-se, deu alguns passos, aparentando tanto embaraço que recuou novamente, mas Servan ergueu-se e chamou-o. Depois se dirigiu aos presentes, anunciando aos que estavam na mesa: — Gostaria de apresentar o senhor Hyacinth Brown, *chef* de peixes do Kanawha Spa. As ostras ao forno que os senhores estão a ponto de provar são obra dele. Poderão julgar se são dignas de ser servidas aos *Quinze Maîtres*. O senhor Brown gostaria que eu dissesse que ele aprecia esta honra. Não é mesmo, senhor Brown?

— Sim, senhor. Exatamente como disse.

Quando começaram os aplausos, Brown ficou tão embaraçado que fez uma mesura, deu as costas e foi embora. Os mestres ergueram os garfos e atacaram, acompanhados pelos outros. Ouvi huns e outros murmúrios de aprovação. Pierre Mondor afirmou com autoridade: — Excelente. Forno alto? — Servan fez que sim, sério, e os garfos voltaram a trabalhar.

A performance se repetiu com o cágado, mas desta vez os aplausos foram para Crabtree. Quando todos terminaram, houve início de tumulto, de tanto entusiasmo. A presença de Crabtree foi exigida novamente. A maioria deles se levantou para apertar a mão do cozinheiro, e ele não se sentiu nem um pouco embaraçado. Na verdade, adorou. Dois garçons entraram com o peru. Grant era um deles, a cara enrugada e o cabelo crespo grisalho. O outro era um sujeito alto que eu não conhecia, pois não comparecera à nossa festa de quarta à noite. Foi o melhor peru que comi na vida, mas as outras porções abundantes limitaram minha capacidade de consumo. Os sujeitos comiam como se fossem uma mulher enchendo uma mala. Não era questão de quanto cabia, mas sim do que precisava pôr lá dentro. Contavam também com a ajuda do clarete para empurrar a comida. Estavam ficando alegres à medida que passava o tempo, e mesmo o velho Servan distribuía sorrisos felizes a todos.

Indubitavelmente, o rango era de primeira. Não abusei do vinho. Minha cabeça zumbia por conta própria e, se eu precisasse salvar novamente a vida de Wolfe, era bom reservar o que me restava de disposição.

Não havia tensão no ar; tratava-se apenas de uma festa alegre, todo mundo bem alimentado, aspirando o aroma do café e do brandy que estavam sendo servidos, quando Wolfe ergueu-se para começar seu discurso, um pouco depois das dez horas. Ele parecia mais um queixoso em um processo de atropelamento e fuga do que o encarregado do discurso após o jantar, e certamente tinha consciência disso, apesar de não parecer preocupado com o fato. Movemos as cadeiras para poder ouvi-lo em posição mais confortável, e mergulhamos no silêncio. Ele começou, em tom calmo, informal:

— Senhor Servan, senhoras, mestres, caros convidados. Eu me sinto um pouco estúpido. Em circunstâncias diferentes, seria tanto instrutivo quanto agradável para os senhores, ou pelo menos para alguns, ouvir um discurso sobre as contribuições americanas à *haute cuisine*, e teria sido aconselhável que eu usasse todo o meu poder de persuasão para convencê-los de que tais contribuições não são nem desprezíveis nem parcas. Mas quando aceitei o convite para tratar de tal assunto, o que me deixou extremamente satisfeito e lisonjeado, não tinha idéia de quanto isso seria desnecessário neste momento. É delicioso falar de comida, mas é infinitamente mais delicioso saboreá-la, e nós acabamos de fazê-lo. Um homem certa vez me confessou que um dos maiores prazeres da vida dele era fechar os olhos e sonhar com mulheres bonitas e, quando lhe foi dito que seria ainda mais agradável abrir os olhos e olhar para elas, sustentou que não, de forma alguma, pois as mulheres com que sonhava eram todas lindas, muito mais bonitas do que qualquer uma que os olhos pudessem observar. Eu poderia argumentar, de modo similar, que se fosse eloqüente a respeito da comida que serve de tema hoje, ela poderia ser melhor do que os pratos que experimentaram. Mas até mesmo essa desculpa especiosa me é negada. Posso descrever e prestar homenagem a alguns pratos americanos excepcionais, mas não posso superar as ostras, o cágado e o peru que acabaram de passar por ali — ele mostrou a mesa — e estão agora aqui. — Com uma palmada delicada, tocou o local apropriado.

Eles aplaudiram. Mondor gritou — Bien dit! — Servan exultava.

Para dizer a verdade, ele ainda não iniciara o discurso, pois aquilo ali não constava do texto. Agora sim, começou. Nos primeiros dez minutos ou mais, fiquei constrangido. Não havia nada melhor no mundo do que ver Nero Wolfe embaraçado, mas não na presença de estranhos. Quando o momento chegasse, o que ainda não havia acontecido, eu gostaria que fosse uma performance especial, de encomenda para Archie Goodwin, sem ninguém mais no local. Fiquei constrangido porque temi que as dificuldades com o trem, a falta de sono e o atentado pudessem ter perturbado Wolfe, e ele esquecesse o maldito discurso, mas depois dos tais dez minutos vi que não havia motivo para preocupações. Ele estava indo bem. Dei mais um gole no brandy e relaxei.

Quando passou da metade, comecei a me preocupar com outra coisa. Dei uma olhada no relógio. Estava ficando tarde. Charleston distava apenas noventa quilômetros, e segundo Tolman a estrada era boa e a viagem poderia ser feita tranqüilamente em uma hora e meia. Sabendo o quanto o programa era complicado, em minha opinião não havia muitas chances de dar o fora naquela noite, mas a festa seria totalmente arruinada se algo acontecesse com Saul. Fiquei profundamente aliviado pela segunda vez, quando o sujeito de paletó verde do hall entrou discretamente na sala de jantar e, conforme fora orientado, me fez o sinal combinado. Esgueirei-me da cadeira com o mínimo de alarde e saí de fininho.

Encontrei um sujeito pequeno sentado na sala menor. Precisava fazer a barba, era narigudo e havia colocado seu boné marrom velho em cima dos joelhos. Ele se levantou e esticou a mão, que apertei com um sorriso.

— Oi, querido. Nunca imaginei que chegaria o dia em que você me pareceria bonito. Dê uma voltinha; quero ver como está seu traseiro.

Saul Panzer perguntou — Como está o senhor Wolfe?

— Numa boa. Está lá dentro fazendo um discurso que eu ensinei pra ele.

— Tem certeza de que ele está bem?

— Por que não estaria? Ah, refere-se ao ferimento? — Fiz um gesto. — Não foi nada. Ele acha que é um herói. Peço a Deus que me acerte na próxima vez, assim ele pára de contar vantagem. Conseguiu algo?

Saul fez que sim. — Consegui tudo.

— Será que precisa explicar alguma coisa a Wolfe antes que ele entre em ação?

— Acho que não. Fiz tudo como ele mandou. A polícia inteira de Charleston entrou na jogada.

— Sim, eu sei. Meu amigo senhor Tolman providenciou isso. Tenho um outro amigo, Odell, que atira pedras nas pessoas... peça que eu te conte isso um dia. Este lugar é legal. Pode esperar aqui até ser chamado. É melhor que eu volte para lá. Já comeu?

Ele disse que essa parte já estava resolvida também, e eu o deixei. De volta à sala de jantar, retomei meu lugar ao lado de Constanza, e, quando Wolfe fez uma pausa no final do parágrafo, puxei meu lenço do bolso do paletó, limpei os lábios e guardei-o novamente. Ele me olhou rapidamente, para acusar o recebimento do sinal. Estava na parte sobre a introdução do filé em pó no mercado de Nova Orléans pelos índios Choctaw, de Bayou Lacombe, de modo que soube que havia atingido a página 14. Pelo jeito, ele estava se saindo muito bem. Até mesmo Domenico Rossi parecia interessado, apesar de Wolfe ter lembrado em determinado momento que nos três centros mais importantes de contribuição americana à arte culinária — Louisiana, Carolina do Sul e Nova Inglaterra — não houve influência italiana alguma.

Ele chegou ao final. Apesar de eu conhecer seus planos e saber que o tempo era curto, supunha que fosse pelo menos fazer uma pausa, dando talvez a Servan a chance de contribuir com alguns comentários lisongeiros, mas não parou nem o tempo suficiente para que percebessem que o discurso havia acabado. Ele olhou em volta — uma breve observação dos rostos — e prosseguiu:

— Espero não aborrecê-los se continuar a falar, mas de outro assunto. Conto com sua paciência, pois o que tenho a dizer é do interesse de vocês todos, assim como do meu. Já encerrei minhas observações sobre a arte culinária. Vou falar sobre assassinato. O assassinato de Phillip Laszio.

Houve movimentação e murmúrios. Lisette Putti deu um gritinho. Louis Servan ergueu a mão.

— Por favor, esperem. Gostaria de dizer que isso foi combinado com o senhor Wolfe. É lamentável encerrar assim o jantar de *Les Quinze Maîtres*, mas parece inevitável... Nós nem mesmo... contudo, não há como...

Ramsey Keith, olhando para Tolman, Malfi, Liggett e Ashley, tornou-se hostil. — Então essa é a razão para esta gente...

— Sim, essa é a razão. — Wolfe foi ríspido. — Peço ao senhor, peço a todos, não me culpem por introduzir um assunto doloroso em um momento festivo. O inconveniente foi o homem que matou Laszio, lançando assim uma sombra sobre um encontro alegre, despertando suspeita em um grupo de homens eminentes e estragando meus dias de descanso, bem como os de todos. Sendo assim, não só tenho um motivo especial para guardar rancor desse homem — levou o dedo ao curativo — como todos aqui presentes também. Ademais, antes do jantar, ouvi vários dos senhores reclamando de que seriam retidos aqui pelas autoridades. Bem sabem que essa é uma conseqüência inevitável do infortúnio que se abateu sobre os senhores. As autoridades não poderão permitir que se dispersem pelos quatro cantos da Terra enquanto tiverem razão para suspeitar de que um dos presentes é assassino. Não podem sair daqui até que o culpado seja descoberto. E é isso que pretendo fazer aqui e agora. Vou revelar o assassino e provar sua culpa antes que ele deixe esta sala.

Lisette Putti soltou outro gritinho e cobriu a boca com a palma da mão. Não houve murmúrios, alguns olharam para o lado, mas a maioria manteve os olhos fixos em Wolfe.

Ele prosseguiu — Para começar, acho melhor contar aos senhores o que foi feito aqui — nesta sala — na noite de terça-feira, e depois passar à questão de quem cometeu o crime. Não aconteceu nada de inusitado até que Mondor, Coyne, Keith e Servan experimentassem os molhos. No momento em que Servan saiu, Laszio foi para o outro lado da mesa e mudou a posição das travessas, menos de duas. Sem dúvida, teria trocado essas de lugar também, se a porta não houvesse sido aberta um pouco para a entrada de Berin. Era um truque maldoso e infantil, destinado a desacreditar Berin e possivelmente também Vukcic. Pode ser que Laszio tivesse a intenção de devolver as travessas a seus lugares corretos após a saída de Berin, mas não o fez, porque foi morto antes de ter essa chance... Enquanto Berin estava aqui, o rádio na outra sala foi ligado. Era o sinal previamente combinado para um homem que esperava no meio dos arbustos, do lado de fora. Ele estava suficientemente próximo da janela da sala para...

— Espere aí! — O grito não foi muito alto, nem explosivo. Demonstrava certo controle. Mas todos ficaram surpresos ao se voltar para Dina Laszio, a autora. Havia certa agitação em seus modos, bem como em sua voz, e seus olhos mostravam-se mais sonolentos do que o normal. Eles estavam fixos em Wolfe. — Podemos interrompê-lo quando conta mentiras?

— Creio que não, madame, mesmo que tenha razão. Se cada uma das minhas afirmações for contestada, jamais chegaremos a lugar algum. Por que não esperar até que eu termine? Se no final ficar claro que eu menti, a senhora poderá me levar à falência com um processo por calúnia.

— Eu liguei o rádio. Todos sabem disso. O senhor disse que foi um sinal previamente combinado...

— Foi o que eu disse. Por favor, não vamos transformar isso em um discussão vulgar. Estou explicando um assassinato e fazendo acusações muito sérias. Deixe que eu termine, e então conteste meus argumentos, se puder. Ou eu estarei desacreditado e desgraçado, ou alguém aqui será... senhor Tolman, existe enforcamento em West Virginia?

Tolman, olhos colados nos de Wolfe, confirmou.

— Então alguém morrerá na ponta de uma corda. Como eu estava dizendo, o homem escondido nos arbustos lá fora — ele apontou a porta que dava no terraço — estava bem próximo da janela da sala de estar, de modo que, ao ser alertado pelo rádio, pôde observar a volta de Berin para a sala. Nesse instante, ele foi até o terraço e entrou nesta sala por aquela porta. Laszio, sozinho aqui na sala, ficou surpreso com a entrada de um empregado de uniforme — pois o homem usava um uniforme do Kanawha Spa e tinha o rosto negro. O homem aproximou-se da mesa e identificou-se, pois Laszio o conhecia muito bem. — Sabe — disse o homem com um sorriso — eu sou o senhor White — (vamos chamá-lo assim por enquanto, pois ele era na verdade um homem branco); — sou o senhor White disfarçado, ah, ah, ah. Vamos pregar uma peça nesses sujeitos. Vai ser muito engraçado, ah ah, Laszio, meu velho amigo. Fique atrás do biombo, e eu ficarei aqui perto da mesa... Confesso que ninguém, fora Laszio, ouviu essas palavras, ou quaisquer outras. O diálogo real pode ter sido muito diferente, mas, independentemente disso, o importante é que Laszio foi para trás do biombo e o senhor White, tendo encontrado uma faca na mesa, seguiu-o e enterrou a faca em seu coração, pelas costas. Foi um serviço feito com requinte e rapidez, com certeza, uma vez que não houve luta nem gritos suficientemente altos para serem ouvidos na sala. O senhor White deixou a faca onde a havia enfiado, percebendo que atingira seu objetivo, e saiu de trás do biombo. Quando estava fazendo isso, percebeu em um relance que a porta da copa — aquela porta — estava aberta alguns centímetros, e um homem, um homem de cor, espiava pela fresta. Ou ele já estava resolvido a agir dessa forma em caso de emergência, ou demonstrou grande presença de espírito, porque simplesmente ficou parado perto do biombo, olhando firme nos olhos que o observavam, e levou o dedo aos lábios. Um gesto simples e sensacional. Ele poderia saber, ou não — provavelmente não sabia —, que naquele mesmo instante a porta que dava para o terraço, atrás dele, também havia sido aberta, e uma mulher estava olhando para dentro. Mas seu disfarce funcionou duplamente. O homem de cor percebeu a fantasia, um homem branco maquiado, pensou que ele fosse um dos hóspedes fazendo uma brincadeira e não sentiu necessidade de perguntar nada, nem de interferir. A mulher pensou que se tratava de um empregado, e não estranhou nada. Antes de sair da sala, o senhor White foi visto por mais um homem, o chefe dos garçons, o senhor Moulton, aqui presente — mas, no momento em que Moulton espiou pela fresta da porta, o senhor White já estava de saída, de costas, de modo que Moulton não viu seu rosto. Vamos registrar esses nomes conforme prosseguimos, está bem? O homem que olhou pela porta inicialmente foi Paul Whipple, um dos garçons daqui — e também estudante de antropologia na Universidade Howard. O senhor Moulton acompanhou a saída do senhor White. A mulher que olhou pela porta do terraço foi a senhora Lawrence Coyne.

Coyne virou-se de lado para olhar abismado para a mulher. Ela ergueu o queixo em direção a Wolfe. — Mas o senhor prometeu...

— Não prometi nada, senhora Coyne, sinto muito. Mas é melhor não deixar nada obscuro...

Coyne disse indignado — Eu não ouvi nada... nada.

— Por favor. — Wolfe levantou a mão. — Asseguro ao senhor e à sua esposa que não há motivo para preocupação. Na verdade, garanto que devemos ser todos gratos a ela. Se não tivesse machucado o dedo na porta, e pedido ao senhor que o beijasse, quando conversávamos, seria bem provável que o senhor Berin fosse para o laço, e não o homem que o merecia. Mas isso já está descartado... Foi o que aconteceu aqui na terça-feira à noite. Vou esclarecer algo quanto ao rádio. Alguém poderia pensar, uma vez que estava ligado e era um sinal previamente combinado, que o momento havia sido escolhido para lançar suspeitas sobre Berin, posto que era ele quem estava experimentando os molhos. Mas não foi assim. Provavelmente não houve a intenção de lançar suspeitas sobre ninguém em particular. Se houve, a pessoa visada era Marko Vukcic. O combinado foi ligar o rádio minutos antes da visita de Vukcic à sala de jantar, e não faria diferença quem estivesse experimentando os molhos naquele instante. O acaso escolheu Berin, como também foi por acaso que Laszio fez a troca de molhos para espicaçar Berin. E a armadilha para Berin terminou de ser montada quando Moulton, inocentemente, aproximou-se da mesa e devolveu as travessas de molho a seus lugares, antes da entrada de Vukcic.

Não havia mencionado isso aos senhores. Mas eu estava explicando que o sinal do rádio fora dado alguns minutos antes da entrada de Vukcic na sala de jantar, porque Vukcic era o único homem aqui presente que a senhora Laszio confiava poder reter na sala, atrasando sua ida à sala de jantar, o que dava ao senhor White o tempo necessário a sós com Laszio para realizar seu objetivo. Como todos sabemos, ela garantiu o atraso jogando-se nos braços de Vukcic para dançar e permanecendo assim.

— Mentiras! Sabe que é tudo mentira!

— Dina! Cale a boca!

Era Domenico Rossi, olhando firme para a filha. Vukcic, de queixo caído, também a encarava. Outros deram uma espiada, mas desviaram a vista novamente.

— Mas ele está dizendo mentiras!

— Disse que calasse a boca! — Rossi estava mais calmo, e tinha mais autoridade do que quando puxava uma briga. — Se ele está dizendo mentiras, deixe que diga todas elas.

— Obrigado, senhor. — Wolfe inclinou a cabeça um centímetro. — Acho que agora é hora de decidirmos quem é o senhor White. Os riscos imensos que ele correu aqui nesta sala eram mais aparentes do que reais. Até o momento em que enfiou a faca nas costas de Laszio, ele não corria risco algum; era apenas um mascarado inocente. E depois, se fosse visto — bem, ele *foi* visto —, qual era o problema? Ele estava pintado de preto. As pessoas que o viram na terça à noite têm-se encontrado com ele desde então, e nenhuma delas suspeitou disso, pois o uniforme e a pintura preta haviam desaparecido. Para sua segurança, ele dependia de que jamais suspeitassem de sua pessoa. E tinha vários motivos para achar que estava em segurança, mas o principal era que na terça-feira à noite ele não estava em Kanawha Spa — estava em Nova York.

Berin explodiu — Meu Deus do céu! Se ele não estava aqui...

— Eu quis dizer que, para todos os efeitos, ele não estava aqui. Sempre se presume que um homem esteja no local onde as probabilidades o colocam, a não ser que surja a suspeita de que esteja em outro lugar. O senhor White pensou que essa suspeita fosse algo impossível.

Mas ele foi confiante e descuidado demais. Permitiu que sua própria língua criasse a suspeita, em uma conversa comigo... Conforme todos sabem, tenho larga experiência em casos desse tipo. É meu ramo de atividade. Disse ao senhor Tolman, na terça-feira à noite, que tinha certeza da inocência do senhor Berin, mas não revelei o melhor motivo que possuía para acreditar nessa inocência. E a razão era a seguinte: eu estava convencido de que a senhora Laszio havia feito um sinal para o assassino, ao ligar o rádio. Outros detalhes relacionados com isso podem ser atribuídos ao acaso, mas seria preciso muito boa vontade para acreditar que ter se agarrado a Vukcic quando dançavam, atrasando sua ida à sala de jantar, dando tempo para que o marido fosse morto, também fosse coincidência. Especialmente quando alguém como eu estava presente e notou que sua atitude era proposital. Ela cometeu um grande erro naquele momento. Se fosse mais inteligente, teria ponderado que minha presença exigia mais sutileza... Quando Berin foi preso, eu me interessei pelo caso, como sabem, mas assim que consegui sua libertação deixei de me preocupar com o problema. Depois disso, outro erro idiota foi cometido, o que é quase inacreditável. O senhor White achou que eu estava chegando muito perto, e, sem nem se dar ao trabalho de descobrir que eu estava fora do caso, esgueirou-se pelos arbustos do lado de fora da minha janela e me deu um tiro. Acho que sei como ele se aproximou do pavilhão Upshur. Meu assistente, o senhor Goodwin, cerca de uma hora depois, viu quando ele apeou de um cavalo nas proximidades do hotel. A trilha de montaria passa a cinqüenta metros dos fundos de Upshur. Ele poderia facilmente ter saído da trilha, amarrado o cavalo em algum lugar, avançado pelos arbustos até minha janela e, depois do tiro, montado no cavalo novamente sem ser visto. De qualquer forma, cometeu um erro, e, com isso, ao invés de me tirar do caso, ele me provocou. Retomei as investigações... Presumi, como já disse, que o assassino estava mancomunado com a senhora Laszio. Descartei a suposição de que havia sido um projeto apenas dela, e que o criminoso fora contratado, pois isso tornaria a fantasia desnecessária. Além disso, era difícil acreditar que um assassino contratado, desconhecido de Laszio, pudesse entrar na sala, pegar uma faca na mesa, convencer Laszio a ir para trás do biombo e matá-lo, sem nem um grito ou reação física. E ainda ontem, quando Berin foi preso e passei a me dedicar a buscar provas para libertá-lo, eu só tinha um pequeno indício para começar a investigação. Era o pedido da senhora Coyne ao marido, que beijasse seu dedo porque este ficara preso na porta. Da mesma forma hoje, quando resolvi pegar o assassino, eu só tinha uma outra pista, também muito precária. Era o seguinte. Ontem, por volta das duas horas, os senhores Malfi e Liggett chegaram ao Kanawha Spa, em vôo direto de Nova York. Foram imediatamente para o meu quarto, no pavilhão Upshur, sem falar com ninguém, a não ser com os empregados, e tiveram uma conversa comigo. Durante essa conversa, Liggett disse — creio que seja uma reprodução literal: "Pelo jeito, quem cometeu o crime foi capaz de usar o refinamento para outros propósitos que não experimentar os temperos da *sauce printemps*". Recorda-se disso, senhor?

— Pelo amor de Deus — Liggett rosnou. — Seu idiota, que está querendo fazer, me meter nessa história?

— Temo que sim. Pode iniciar seu processo por calúnia junto com a senhora Laszio. Lembra-se de ter dito isso?

— Não. Nem você.

Wolfe deu de ombros. — Deixou de ser importante agora. Só era vital enquanto parte de minhas pistas. De qualquer forma, foi o suficiente para uma investigação. Parecia improvável que um detalhe tão ínfimo como o nome do molho tivesse sido incluído nas primeiras notícias resumidas do crime transmitidas por telégrafo para Nova York. Liguei para um empregado meu e para o inspetor Cramer, da polícia. Meus pedidos ao senhor Cramer foram de certa forma mais abrangentes: por exemplo, pedi a ele que checasse todos os passageiros de aviões, de carreira ou fretados, de todos os aeroportos, partindo de Nova York na terça-feira, com escala em qualquer parte desta região, a tempo de chegar a Kanawha Spa às nove da noite de terça-feira. Disse nove da noite porque, ao passarmos para a sala de jantar, após o jantar, a senhora Laszio desapareceu imediatamente, e não foi mais vista durante uma hora. Se minha teoria tem algum fundo de verdade, parecia lógico que essa ausência se devesse a um encontro com seu cúmplice. Também pedi ao senhor Cramer que investigasse a vida da senhora

Laszio em Nova York — seus amigos e companheiros freqüentes. — Agora não, madame, por favor. Terá sua chance de falar depois. — Pois a suspeita, naquele momento, não se restringia a Liggett. Havia até um dos presentes que não estava totalmente descartado. E desejo expressar publicamente meus agradecimentos ao senhor Blanc por sua tolerância e boa vontade em participar da experiência que eliminou seu nome da lista. Sem dúvida, ele achou aquilo ridículo. Naquela tarde, à uma hora, recebi um telegrama informando que a *sauce printemps* não havia sido mencionada nas notícias de nenhum dos jornais nova-iorquinos na manhã de terça. Uma vez que Liggett apanhara o avião antes das dez da manhã, não fizera escalas e não conversara com ninguém, como poderia saber que o molho era *sauce printemps*? Provavelmente ele *tinha* conversado com alguém. Ele tinha conversado com a senhora Laszio, por volta das nove e meia da noite de terça-feira, em algum lugar das imediações deste prédio, participando dos preparativos que culminaram na morte de Laszio.

Não fiquei muito satisfeito, porque não conseguia ver as mãos de Liggett. Ele estava do outro lado da mesa, que as ocultava. Nem seus olhos podiam ser vistos. Estavam fixos em Wolfe. Só podia ver o pequeno sorriso no canto da boca, que estava virado para o meu lado, e parte do pescoço, com os músculos salientes pelo esforço de trincar os dentes. Ele não conseguia ver Dina Laszio do lugar onde estava sentado. Eu, sim. Ela mordia o lábio inferior. Este era o único sinal de que não estava tão à vontade quanto na hora em que deu a batidinha no ombro de Nero Wolfe.

Wolfe prosseguiu. — O inspetor Cramer me telefonou às três da tarde. Entre outras coisas, ele me contou que Saul Panzer, meu empregado, havia tomado um avião para Charleston, conforme minhas instruções. Depois — é bom mencionar isso também — outro erro cretino foi cometido, por volta das seis da tarde. Para ser justo com o senhor Liggett, duvido que tenha sido idéia dele. Suponho que a senhora Laszio tenha arquitetado o ardil e convencido o cúmplice a colocá-lo em prática. Ele foi ao meu quarto e ofereceu cinqüenta mil dólares em dinheiro para que eu pedisse ao senhor Berin que aceitasse o emprego de *chef de cuisine* no Hotel Churchill.

Lisette Putti soltou outro gritinho. Jerome Berin berrou — Naquele antro de ladrões! Naquele buraco fedorento! Eu? Preferiria fritar ovos na unha...

— Isso mesmo. Recusei a oferta. Liggett foi idiota ao fazê-la, mas eu não sou tão presunçoso a ponto de desprezar uma confissão de culpa do inimigo, e a oferta de uma soma tão espetacular era obviamente uma confissão de culpa. Ele vai negar isso. Provavelmente vai até negar que tenha feito a oferta, mas não importa. Recebi outra confirmação importante: mais um chamado do inspetor Cramer. Vou resumir, para não incomodá-los com detalhes, pois o tempo é curto. Mas entre eles havia a informação de que corriam boatos de um interesse mútuo, datado de dois anos atrás, entre a senhora Laszio e o senhor Liggett. Ele também verificou um outro ponto que me intrigava. No trem, a caminho daqui na segunda-feira à noite, o senhor Berin me contou uma visita feita ao Resort Room do Hotel Churchill, no sábado, onde os garçons se vestiam com os uniformes de restaurantes famosos, entre eles os do Kanawha Spa. Os homens do senhor Cramer descobriram que há cerca de um ano o senhor Liggett mandou duplicar o uniforme do Kanawha Spa para usar em um baile a fantasia. Sem dúvida, foi o fato de já possuir o uniforme que sugeriu a técnica a ser utilizada nesse projeto. Assim, como podem ver, eu estava começando a ter um bom esboço de meu quadro: Liggett sabia da *sauce printemps* antes da hora. Tinha um caso com a senhora Laszio. Tinha um uniforme do Kanawha Spa no guarda-roupa. Havia outros elementos. Por exemplo, ele deixou o hotel na terça-feira à tarde, sob a alegação de jogar golfe, mas não apareceu em nenhum dos clubes que costuma freqüentar. Mas podemos pular essa parte. O senhor Tolman pode reunir todas essas provas depois da prisão de Liggett. Agora é melhor passarmos para Saul Panzer — ainda não contei que ele telefonou de Charleston imediatamente após o chamado do inspetor Cramer. Peçam que entre, por favor. Ele aguarda na sala de estar.

Moulton foi rápido.

Liggett disse em tom calmo — Sua mentira mais esperta foi a da tentativa de suborno. E a mais perigosa, porque há um pouco de verdade nela. Fui mesmo ao seu quarto para pedir que falasse com Berin.

Suponho que seu secretário esteja pronto a confirmar que eu ofereci cinqüenta mil...

— Por favor, senhor Liggett. — Wolfe fez um gesto para interrompê-lo. — Eu não falaria nada antes da hora, se fosse o senhor. É melhor pensar cuidadosamente antes de... ah! Como vai, Saul? Fico contente em vê-lo.

— Sim, senhor. Eu também. — Saul Panzer entrou e ficou parado em pé, ao lado da minha cadeira. Usava como sempre o terno cinza surrado e as calças eternamente sem passar. Segurava nas mãos o boné marrom encardido. Depois de uma olhada para Wolfe, sua vista aguçada percorreu o retângulo de rostos, e eu sabia que naquele momento cada uma daquelas faces havia sido registrada em uma galeria onde ficaria guardada para todo o sempre.

Wolfe disse — Fale com o senhor Liggett.

Os olhos de Saul fixaram-se no alvo imediatamente. — Como tem passado, senhor Liggett?

Liggett não se abalou. — Ah! Não passa de uma farsa.

Wolfe deu de ombros. — Não temos muito tempo, Saul. Fale só o essencial. O senhor Liggett jogou golfe na terça à tarde?

— Não, senhor. — Saul estava rouco, e pigarreou. — Na terça-feira, à 1h55 da tarde, ele pegou o avião da Interstate Airways no aeroporto de Newark. Peguei o mesmo avião hoje, com a mesma aeromoça, e mostrei a ela o retrato de Liggett. Ele deixou o avião no aeroporto de Charleston, quando foi feita a escala, às 6h18 — assim como eu, hoje. Por volta das seis e meia, ele apareceu na Little's Garage da Rua Marlin e alugou um carro, um Studebaker 1936, sob depósito de 200 dólares, em notas de vinte dólares. Vim dirigindo o mesmo carro para cá esta noite: está lá fora agora. Fiz algumas perguntas no caminho, mas não consegui descobrir onde ele parou para lavar o rosto, na volta, e tirar a tinta preta. Precisei correr, porque o senhor disse que chegasse aqui antes das onze. Ele foi de novo até a Little's Garage por volta da 1h15 na noite de terça, e teve de pagar dez dólares por um pára-lama amassado. Saiu do estacionamento e pegou um táxi na Rua Laurel, com placas C3428, dirigido por Al Bissell, rumo ao aeroporto de Charleston. Lá pegou o vôo noturno expresso da Interstate

Airways, que chegou a Newark às 5h34 da quarta-feira. Depois disso, não sei o que fez, mas foi para Nova York, porque estava em seu apartamento poucos minutos depois das oito, quando telefonou para Albert Malfi. Às oito e meia mais ou menos, ligou para Newark, e fretou um avião para trazer Malfi e ele a Kanawha Spa, e às 9h52...

— Já basta, Saul. Depois disso, seus movimentos foram feitos abertamente. Disse que veio para cá esta noite guiando o mesmo carro que Liggett alugou na terça-feira?

— Sim, senhor.

— Muito bem. Tudo se encaixa. E tinha fotos de Liggett para mostrar a todas aquelas pessoas — a aeromoça, o sujeito do estacionamento, o motorista de táxi...

— Sim, senhor. Ele era branco quando saiu do estacionamento.

— Sem dúvida, parou no caminho para fazer alterações em sua aparência. Não é tão difícil quanto possa parecer. Nós pintamos um homem de preto esta tarde, em meu quarto. Limpar depois é mais difícil. Suponho que não notaram sinais de pintura nele — quem sabe o funcionário do estacionamento, ou o motorista de táxi.

— Não, senhor. Tentei isso.

— Claro. Mas eles obviamente não examinaram as orelhas dele. Você não falou nada sobre bagagem.

— Ele levava uma maleta média, couro marrom com fivelas de latão, sem tiras.

— Em todas as aparições?

— Sim, senhor. Tanto na vinda como na volta.

— Ótimo. Acho que é o suficiente. Pegue aquela cadeira perto da parede.

Wolfe observou os rostos, e apesar de ele ter conseguido atenção durante seu discurso sobre culinária, agora todos estavam mais atentos ainda. Daria para ouvir um alfinete cortando o ar antes de bater no chão. Ele disse — Já estamos chegando ao ponto desejado. Compreendem agora por que eu disse que detalhes como a menção de Liggett à *sauce printemps* não tinham mais grande importância. É óbvio que ele tratou um crime importante como o assassinato com incrível leviandade. Mas precisamos ter em mente duas coisas: primeiro, ele supôs que sua ausência de Kanawha Spa jamais seria posta em dúvida, e, segundo, não estava em seu juízo perfeito. Ele estava drogado. Havia provado o veneno que o senhor Laszio conhecia muito bem. No que diz respeito ao senhor Liggett, parece que está tudo terminado. Nada resta a fazer, a não ser ao senhor Tolman, que vai prendê-lo, preparar o caso, levá-lo a julgamento e condená-lo. Tem algum comentário a fazer, senhor Liggett? Eu ficaria quieto, em seu lugar.

— Não vou dizer nada. — A voz de Liggett continuava firme como sempre. — A não ser que Tolman engula essa história e aja como você quer. Nesse caso, ele vai se arrepender tanto quanto você. — O queixo de Liggett se ergueu um pouco. — Conheço você, Wolfe. Já ouvi falar de seus truques. Só Deus sabe por que foi me escolher para isso, mas vou descobrir antes de acabar com você.

Wolfe inclinou a cabeça gravemente. — Sua única atitude possível. Claro. Mas eu já acabei com o senhor. Eu o desmascarei. Seu maior erro foi atirar em mim no momento em que eu me tornara um mero espectador. Olhe aqui. — Ele enfiou a mão no bolso, pegou o discurso e o exibiu. — Foi por aqui que sua bala passou, bem no meio do meu discurso, antes de me atingir. Senhor Tolman, as mulheres participam do júri em casos de homicídio neste estado?

— Não. Apenas homens.

— Sério? — Wolfe dirigiu o olhar para a senhora Laszio. Ele não havia se detido nela desde o momento em que começou a mostrar a culpa de Liggett. — Sua sorte melhorou um pouco, madame. Vai ser difícil persuadir um júri de doze homens a decretar sua culpa. — Falou novamente com Tolman — Está pronto a acusar Liggett pelo assassinato de Laszio?

A voz de Tolman foi ouvida com clareza: — Sim, estou.

— Realmente? Então vá em frente. O senhor não hesitou com Berin.

Tolman ergueu-se. Precisou dar apenas quatro passos. Colocou a mão no ombro de Liggett e disse em voz alta — Você está preso, Raymond Liggett. Uma acusação formal de homicídio será feita amanhã de manhã. — Ele se virou e falou ríspido com Moulton. — O delegado está aí fora. Diga a ele que entre.

Liggett virou a cabeça para encarar Tolman. — Isso será sua ruína, moço.

Wolfe, interrompendo Moulton com um gesto, disse a Tolman — Deixe o delegado esperando mais um pouco. Se não se importa. Não gosto dele. — Ele fixou os olhos novamente na senhora Laszio. — Além disso, madame, ainda temos de pensar na senhora. No que diz respeito a Liggett, bem... como pode ver... — Ele moveu a mão para mostrar Tolman, parado atrás de Liggett. — Agora é sua vez. Ainda não está presa. Tem algo a dizer?

A mulher fatal parecia doente. Suponho que fosse boa em matéria de maquiagem, e só um especialista notaria alguma coisa errada com ela, mas não podia prever uma emergência dessas. Seu rosto estava vincado. O lábio inferior não se encontrava com o superior, pois estava sendo mordido. Os ombros tinham caído, e o peito afundado. Ela disse com voz fina, abandonando completamente a voz sensual — Eu não fiz nada... só... mentiras, foi o que já disse. Mentiras!

— Quer dizer que eu só disse mentiras sobre Liggett? E o que Saul Panzer contou? Eu a previno, madame, coisas que podem ser provadas não são mentiras. A senhora disse mentiras. Como assim?

— Mentiras... sobre minha pessoa.

— E sobre Liggett?

— Eu não sei.

— Claro. Mas quanto à senhora. Ligou o rádio, não é mesmo?

Ela fez que sim, sem falar. Wolfe repetiu — Não é mesmo?

— Sim.

— E, por acaso, ou propositadamente, deteve Vukcic, dançando com ele, enquanto seu marido estava sendo assassinado?

— Sim.

— E como seu marido está morto... não fosse a infeliz circunstância de morte de Liggett em um futuro próximo também, esperava casar-se com ele, não é?

— Eu... — Sua boca se retorceu. — Não! Não pode afirmar... não!

— Por favor, senhora Laszio, mantenha a calma. Vai precisar dela.

O tom de Wolfe tornou-se repentinamente gentil. — Não quero pressioná-la. Tenho perfeita consciência de que, no que diz respeito à senhora, os fatos permitem duas conclusões muito diferentes. Uma delas é mais ou menos assim: a senhora e o senhor Liggett desejavam um ao outro — ou pelo menos ele a desejava, e a senhora desejava o nome e a fortuna dele. Mas seu marido era o tipo de homem que não abre mão de suas posses, o que tornava as coisas difíceis. Finalmente chegou o dia em que o desejo se tornou tão grande, e o obstáculo tão intransponível, que a senhora e Liggett optaram por uma atitude desesperada. Aparentemente o encontro dos *Quinze Maîtres* oferecia uma boa oportunidade para a remoção do seu marido, pois haveria três pessoas presentes que o odiavam, bons suspeitos. Sendo assim, Liggett veio a Charleston de avião, e depois para cá de carro, encontrou-a lá fora, como fora previamente combinado, às nove e meia da noite de terça-feira. Foi só então que os planos receberam os toques finais, pois Liggett não poderia saber com antecedência da aposta entre Servan e Keith e do teste da *sauce printemps* que estava sendo preparado para dirimir a dúvida. Liggett escondeu-se nos arbustos. A senhora retornou para a sala de estar, e ligou o rádio no momento apropriado, atrasando Vukcic ao dançar com ele, de modo a dar a Liggett a oportunidade de entrar na sala de jantar e matar seu marido. Por favor, senhora, não olhe assim para mim! Como eu disse, essa é uma interpretação possível de suas atitudes.

— Mas está errada. É tudo mentira! E não...

— Por favor. Não negue demais. Confesso que pode haver mentiras nessa versão, pois existe outra interpretação possível. Tente compreender isso, e reflita bem. — Wolfe apontou um dedo para ela e adotou um tom mais incisivo. — Será provado que Liggett esteve aqui e foi informado por alguém a respeito do teste dos molhos, e com isso soube qual seria, precisamente, o momento em que poderia entrar com segurança nesta sala para matar Laszio, sem correr o risco de ser interrompido. Ele *sabia* que Vukcic não entraria aqui antes que pudesse terminar seu serviço. De outra forma, suas ações não teriam sentido. É por isso que digo que não negue demais. Se tentar insistir que não se encontrou com Liggett lá fora, e que não combinou nada com ele, e que ligar o rádio foi apenas coincidência, e que manter Vukcic na sala de estar durante aqueles minutos fatais também foi coincidência — nesse caso temo pela sua segurança. Mesmo um júri de doze homens, olhando para a senhora no banco dos réus, vai se recusar a engolir essa história. Acredito, para ser franco, que a senhora vá ser condenada por homicídio.

— Mas eu não disse que a senhora é uma assassina. — A voz de Wolfe era quase um murmúrio. — Desde que o crime foi cometido, a senhora inegavelmente vem tentando, pelo menos através do silêncio, proteger Liggett, mas o coração de uma mulher... — Ele deu de ombros. — Nenhum júri irá condená-la por isso, nem ficará em uma posição ruim, se puder ser mostrado que o combinado com Liggett, quando falou com ele na terça-feira à noite, durante o encontro lá fora, era inocente, da sua parte. Meramente como hipótese, vamos dizer, por exemplo, que a senhora pensou que Liggett estava fazendo apenas uma brincadeira, sem intenção maldosa alguma. Não importa qual era a brincadeira. Não consigo pensar nesses detalhes, mesmo como hipótese, pois não sou dado a esse tipo de brincadeira. Mas a peça que ele queria pregar exigia que passasse alguns minutos a sós com Laszio, antes da entrada de Vukcic. Isso, claro, explicaria tudo — o rádio ligado, o atraso de Vukcic —, tudo o que a senhora fez, sem envolvê-la em um crime. Compreenda, senhora Laszio; eu não estou sugerindo isso como retirada estratégica. Estou só dizendo que não pode negar o que aconteceu; apenas pode ter uma explicação que salve a senhora. Nesse caso, seria quixotesco tentar salvar Liggett também. Não tem poderes para tanto. E se a explicação fosse essa, eu não esperaria até que fosse tarde demais...

Foi demais para Liggett. Sua cabeça voltou-se lentamente, como se agarrada por um alicate gigante, para o lado, até que ficou cara a cara com Dina Laszio. Ela não olhou para ele. Estava mordendo o lábio de novo, os olhos fixos em Wolfe, fascinados. Quase dava para ouvi-la mordendo o cérebro também. Isso durou meio minuto inteirinho, e depois, por incrível que pareça, ela sorriu. Percebi que seus olhos se desviavam para Liggett, e que o sorriso era um pedido de desculpas educado. Ela disse em voz baixa, sem hesitar nem um pouco. — Sinto muito, Ray. Sinto muito, mas...

Ela gaguejou. Os olhos de Liggett a fuzilavam.

Ela transferiu o foco para Wolfe e disse com firmeza. — O senhor tem razão. Claro que tem razão; não posso fazer nada. Quando eu o encontrei lá fora, depois do jantar, conforme combinamos...

— Dina! Dina, pelo amor de Deus...

Tolman, o atleta de olhos azuis, jogou Liggett outra vez na cadeira. A mulher fatal continuou:

— Ele me disse o que pretendia fazer, e eu acreditei nele, pensei que era uma brincadeira. Depois, mais tarde, quando me disse que Phillip o atacou, tentou atingi-lo...

Wolfe disse ferino — Sei o que está fazendo, madame. Está ajudando a mandar um homem para a forca.

— Eu sei. Mas não posso fazer nada! Quer que continue a mentir por causa dele? Ele matou meu marido. Quando eu o encontrei lá fora, e ele disse o que tinha planejado...

— Sua vigarista ordinária! — Liggett perdeu totalmente o controle. Ele se livrou de Tolman, tropeçou nas pernas de Mondor, jogou Blanc e a cadeira deste no chão e tentou atingir Wolfe. Eu estava pronto a agir, mas, quando cheguei, Berin já o havia agarrado com ambas as mãos, e Liggett tentava se desvencilhar, dando chutes e gritando como um lunático.

Dina Laszio, claro, parou de tentar falar, com todo aquele barulho e confusão. Ficou quieta, sentada, olhando para tudo com seus grandes olhos sonolentos.

17

Berin afirmou com toda a certeza: — Ela vai se agarrar a essa versão. Fará o que puder para ficar longe do perigo, e pronto.

O trem voava como uma gaivota por Nova Jersey na manhã ensolarada de sexta-feira, em algum lugar a leste de Filadélfia. Em sessenta minutos estaríamos cruzando o Hudson pelo túnel. Eu estava encostado novamente na parede da cabine do pullman. Constanza ocupava a cadeira, Wolfe e Berin os assentos da janela, com as garrafas de cerveja entre eles. Wolfe parecia bem desalinhado, porém era óbvio que nem sequer tentaria fazer a barba no trem, mesmo que não houvesse curativo algum. Mas ele sabia que dali a uma hora aquela coisa ia parar de se mexer, e uma ponta de esperança surgia em seu rosto.

Berin perguntou — Não acha?

Wolfe deu de ombros. — Não sei nem estou interessado. Meu problema era pegar Liggett, provando sua presença no Kanawha Spa na terça à noite, e a senhora Laszio era a única pessoa que poderia confirmar isso para nós. Como disse, ela é indubitavelmente tão culpada quanto Liggett, talvez até mais, dependendo de seus critérios. Estou inclinado a pensar que o senhor Tolman tentará levá-la a julgamento por homicídio. Ele a deteve na noite passada como testemunha ocular, e pode segurá-la com isso para preparar seu caso contra Liggett, ou enquadrá-la como cúmplice. Não sei se fará muita diferença. Faça o que fizer, não conseguirá condená-la. Trata-se de um tipo especial de mulher; ela mesma me disse isso. Mesmo que Liggett fique com tanta raiva que confesse tudo, para implicá-la em seu crime, persuadir doze homens de que a melhor coisa a fazer com uma mulher daquelas é mandá-la para a forca vai ser um feito e tanto, e duvido que o senhor Tolman tenha estatura para isso.

Berin, enchendo o cachimbo, franziu o cenho. Wolfe ergueu seu copo de cerveja com uma das mãos, enquanto agarrava o braço da poltrona com a outra.

Constanza sorriu para mim. — Estou tentando não ouvi-los. Ficam falando de matar pessoas. — Ela ficou delicadamente arrepiada.

Murmurei — Você pelo jeito está rindo à toa, apesar das circunstâncias.

Ela ergueu as sobrancelhas acima dos olhos purpúreos profundos. — Que circunstâncias?

Fiz um gesto, descartando o comentário. Berin havia acendido o cachimbo e falava novamente — Bem, isso revirou meu estômago. Coitado do Rossi. Viu como ele ficou? Pobre diabo. Quando Dina Rossi era uma menininha, e eu a carregava no colo, era quieta e dissimulada, mas uma garota muito boazinha. Claro, todos os assassinos um dia foram criancinhas, o que parece incrível. — Ele deu várias baforadas, até que a cabine ficou lindamente cheia de fumaça. — Por falar nisso, sabe que Vukcic pegou este trem a tempo?

— Não.

Berin balançou a cabeça. — Ele veio esbaforido, no último minuto. Eu o vi, como um leão fugindo das moscas. Mas ele não deu as caras agora de manhã, apesar de eu tê-lo procurado de um lado para o outro. Sem dúvida, seu secretário informou que passei por aqui por volta das oito.

Wolfe sorriu. — Eu não estava adequadamente vestido.

— Foi o que ele disse. Por isso só voltei agora. Não me sinto à vontade. Nunca fico à vontade quando estou em débito, e preciso descobrir quanto lhe devo, para poder pagá-lo. Em Kanawha Spa o senhor era convidado, e não queria falar sobre o assunto, mas agora já pode. O senhor me tirou de um grande aperto, talvez tenha até salvo minha vida, e agiu assim em função de um pedido de ajuda profissional feito por minha filha. Dessa maneira, contraiu-se uma dívida, e quero pagá-la, mesmo sabendo que seus honorários são bem altos. Quanto cobra por um dia de trabalho?

— Quanto o senhor cobra?

— O quê! — Berin arregalou os olhos. — Deus do céu, eu não trabalho por dia; sou artista, não descascador de batatas.

— Eu também. — Wolfe apontou o dedo. — Olhe aqui, senhor. Vamos admitir o postulado de que eu tenha salvo sua vida. Se for verdade, estou disposto a deixar que seja um gesto de amizade e boa vontade, e a não aceitar pagamento algum por ele. Poderia aceitar isso?

— Não. Estou em débito. Minha filha pediu sua ajuda. Não se pode esperar que eu, Jerome Berin, aceite um favor destes.

— Está bem... — Wolfe suspirou. — Se não aceita minha amizade, problema seu. Nesse caso, a única coisa que posso fazer é apresentar minha conta. Ela é simples. Se vamos avaliar os serviços profissionais que prestei ao senhor, como insiste, o valor tem de ser alto, pois os serviços foram excepcionais. Mas... uma vez que insiste em pagar... o senhor me deve a receita da *saucisse minuit*.

— O quê! — Berin arregalou os olhos de novo. — Bah! Ridículo!

— Como assim, ridículo? O senhor me perguntou quanto devia. Eu disse.

Berin ficou furioso. — Mas que audácia! Vá para o inferno! — Ele sacudiu o cachimbo a ponto de lançar faíscas no ar. — Essa receita não tem preço! E vem me pedir... Deus do céu! Já recusei meio milhão de francos! E o senhor tem o topete, a insolência de...

— Por favor — Wolfe interrompeu. — Não vamos brigar por causa disso. O senhor coloca o preço em sua receita. Isso é prerrogativa sua. Eu determino o preço dos meus serviços. Isso é prerrogativa minha. O senhor recusou uma proposta de meio milhão de francos. Se me enviasse um cheque de meio milhão de francos, eu o rasgaria — e faria o mesmo com um cheque de qualquer outro valor. Salvei sua vida, ou poupei-o de um aborrecimento menor, pense o que quiser. Perguntou quanto me devia, e eu disse: o senhor me deve aquela receita, e não vou aceitar nenhuma outra forma de pagamento. Pague se quiser, problema seu. Seria um prazer indescritível poder comer *saucisse minuit* em minha própria casa — pelo menos duas vezes por mês, creio —, mas também será satisfatório, por outro lado, lembrar — com freqüência muito maior — que Jerome Berin tem uma dívida para comigo e se recusa a pagá-la.

— Bah! — Berin retrucou. — Safadeza!

— De forma alguma. Não estou tentando coagi-lo. Não vou processá-lo. Apenas lamentarei ter empregado meu talento, perdido noites de sono e levado um tiro sem ter recebido os agradecimentos por um ato generoso de amizade nem o pagamento que me é devido. Acho que devo lembrá-lo de ter oferecido uma garantia, caso revelasse a receita para mim. A salsicha será preparada apenas em minha casa, e servida apenas em minha mesa. Gostaria de reservar o direito de oferecê-la a meus convidados — e, claro, o senhor Goodwin, que vive comigo e come o que eu como, também vai saboreá-la.

Berin, olhando fixo para ele, resmungou — Seu cozinheiro.

— Ele nunca saberá. Eu passo boa parte do tempo na cozinha.

Berin continuou a olhar, em silêncio. Finalmente resmungou — Não pode ser escrita. Nunca foi.

— Não preciso escrever nada. Tenho facilidade para memorizar.

Berin levou o cachimbo à boca, sem olhar para ele, e deu uma baforada. Depois ficou mais algum tempo encarando Wolfe. Então, deu um profundo suspiro e olhou em torno, para Constanza e para mim. Disse ríspido — Não posso falar com tanta gente aqui.

— Uma das pessoas é sua filha.

— Que se dane, sei que ela é minha filha. Eles terão de sair.

Eu me levantei e ergui as sobrancelhas para Constanza. — Bem? — O trem balançou, e Wolfe agarrou o outro braço da poltrona. Teria sido um horror se acontecesse um acidente naquele momento.

Constanza ergueu-se, debruçou-se para dar um tapinha na cabeça do pai e cruzou a porta que eu mantinha aberta.

Eu acreditava que era o final apropriado para nosso passeio, já que Wolfe conseguira a receita, mas uma diversão inesperada estava por vir. Como ainda faltava uma hora para a chegada, convidei Constanza para tomar um drinque no vagão-restaurante, e ela foi saltitando atrás de mim pelos três carros que precisávamos percorrer para atingir nosso destino. Havia somente oito ou dez fregueses no vagão-restaurante, a maioria escondida atrás dos jornais matinais, e sobravam lugares. Ela pediu *ginger ale*, o que me lembrou os velhos tempos, e eu preferi um *highball*, para celebrar os honorários recebidos por Wolfe. Mal tivemos tempo de dar dois goles quando percebi que um passageiro nosso conhecido se erguia do outro lado, guardava o jornal e caminhava em nossa direção. Ele parou na frente de Constanza, e olhou para ela.

Ele disse — Você não pode fazer isso comigo, *não pode*! Eu não mereço, e você não pode fazer isso! — Parecia tenso. — Você precisa entender... precisa ver que...

Constanza falou, puxando conversa graciosamente — Não acreditava que algum dia meu pai fosse dar aquela receita a alguém! Uma vez, em San Remo, ouvi uma história dele, sobre um inglês, uma pessoa muito importante...

O intruso afastou-se os centímetros necessários para ficar entre nós dois, e a interrompeu rudemente. — Olá, Goodwin. Gostaria de pedir a você que...

— Olá, Tolman. — Sorri para ele. — Qual é o problema? Tem dois prisioneiros novinhos em folha em sua cadeia, e fica passeando por aí...

— Preciso ir a Nova York reunir provas. É muito importante... Olhe aqui, quero sua opinião. A senhorita Berin tem o direito de me tratar deste jeito? Pode ser sincero. Ela se recusa a falar comigo. Finge que não me vê. Eu fui obrigado a fazer o que fiz. Que mais poderia fazer?

— Sem dúvida. Você poderia ter pedido demissão. Mas nesse caso estaria desempregado, e só Deus sabe quando poderia se casar. Era realmente um problema, posso entender. Mas eu não ficaria preocupado. Poucos minutos atrás, eu estava pensando no motivo de tantos sorrisos da senhorita Berin, aparentemente sem nenhuma razão especial, mas agora entendo. Ela sorria porque sabia que o senhor estava no trem.

— Senhor Goodwin! Isso não é verdade!

— Mas ela nem quer falar comigo!

Fiz um gesto para acalmá-lo. — Claro que quer. Você é que não sabe como tratar do assunto. O método que ela usa é tão bom quanto qualquer outro que vi recentemente. Preste atenção, e da próxima vez você mesmo pode tentar...

Eu virei meu copo e deixei cair algumas gotas em sua saia, bem em cima do joelho, onde fazia uma curva.

Ela deu um pulinho e gritou. Tolman pulou e puxou o lenço. Eu me levantei e disse a eles — Está tudo bem, não mancha. — Depois me afastei, peguei o jornal dele e me sentei onde o promotor estivera antes.

ESTA OBRA FOI COMPOSTA PELA HELVÉTICA PRODUÇÕES EDITORIAIS EM BASKERVILLE E IMPRESSA PELA GRÁFICA EDITORA BISORDI EM OFF-SET PARA A EDITORA SCHWARCZ EM JUNHO DE 1991.